# 貝がらと海の音

JuNzo
ShOnO

庄野潤三



P+D BOOKS
小学館

# 目次

一 ――――― 5
二 ――――― 38
三 ――――― 79
四 ――――― 106
五 ――――― 132
六 ――――― 158
七 ――――― 183
八 ――――― 210
九 ――――― 236
十 ――――― 262
十一 ――――― 289
十二 ――――― 315
あとがき ――――― 341

# 一

成城へ行く用があって、昼食後、妻と二人で家を出る。八月が終って、九月に入った最初の日のこと。暑い日。崖の坂道を下りて行くと、崖寄りの、雨水が流れるようになったコンクリートの溝の縁の狭いところを、小さなとかげがわれわれと競走するように走った。大へんな速度で走る。私も妻もとかげの走る速さに驚きながら歩く。と、不意に向きを変えて、もと来た方へ走り出した。今までとは逆の方向へ、これまでと全く変らない速さで走り出した。

こちらについて走って行ったのではよくないと咄嗟に判断したのだろうか。とにかく、一瞬に向きを変えることに決めて、真うしろを向いて走り出した。

「驚いたな」

と私はいった。

「よくあんなことが出来るもんだな」

「そうですね」

向きを変えるのは分る。このまま走って行けば何かしらとかげにとって不都合なことが起ると考えたのだろうか。それにしても、あれだけの速さで走っていて、咄嗟に向きを変えて、もと来た方へ走り出す。それも目にもとまらぬ早業で今まで走っていたのと同じ速さで走り出したのだから、大したものだ。

「天才だなあ、今のとかげ」

「天才ですね」

しばらく坂道を下りて行ってから、

「あんな小さいとかげで、よくあれだけ速く走るなあ。あんな小さいとかげ、はじめて見た」

というと、

「崖の芒《すすき》の生えているところにいて、ときどき出て来るんでしょうね」

と妻がいう。

私の家の道路に面した石垣の下に並べたプランターがある。そこへ妻はブローディアを植えている。このプランターの下にとかげがいて、ブローディアの咲いている六月、妻が朝、草花に水をやるとき、プランターの下からとかげが飛び出す。水がかかって驚くのかも知れない。

前に次男のところの小学二年になるフーちゃんと幼稚園へ行っている春夫が来たとき、とかげを欲しがったので、妻がプランターを一つ動かした。とかげが一匹、飛び出した。だが、フーちゃんも春夫もいざとなると怖くて、つかめなかった。フーちゃんというのは、名前が文子で、まだ私たちの家から坂を下りて行った先の大家さんの借家にいて、よくお母さんのミサヲちゃんに連れられて「山の上」(と私たちのことを呼んでいた)へ遊びに来ていた二歳のころから、私たちはこの子のことをフーちゃんと呼んでいた。

とかげをフーちゃんたちに持たせてやることは失敗に終ったが、そのあと、妻が庭の山椒《さんしょう》の葉にとまっているあげはの小さい幼虫を一匹、山椒の葉ごとお菓子の箱に入れて、二人で次男のところへ持って行ってやった。

(次男の一家は、一昨年の秋、「山の下」の大家さんの借家から電車で一駅先の読売ランド前の坂の上の家へ引越した。広島の方へ移るので売りに出していた夫婦者の家を、貯金を頭金にして買ったのである)

フーちゃんは大よろこびで、私たちが次男の家にいる間中、あげはの幼虫のいる箱を放さなかった。図鑑を持って来て、あげはのところを読んだり、そこに出ている図と山椒の葉にとまっている幼虫を見くらべたり、虫眼鏡を持って来て、青虫を覗き込む。名前をつけることになった。ミサヲちゃんが、

「あげは、だから、アゲちゃんは？」

といったら、あっさりと決まった。

帰りがけ、妻がフーちゃんに、「アゲちゃんが蝶になったら、電話で知らせてね」といった。ミサヲちゃんには、「山椒の葉をいっぱい入れておいたけど、食べ尽したら、どこか山椒のあるお家で貰って来てね」と頼んでおいた。

家へ帰る道で、私たちは、フーちゃんがあんなによろこぶとは思わなかったなと話した。

それから一月ほどたって、七月半ばの或る朝のこと、電話がかかって来た。妻が出ると、

「庄野です」

とフーちゃんの声である。無口であまり物をいわないこの子は、電話のとき一層頼りない、心細い声を出す。

「アゲちゃんがちょうになっちゃった」

という。よかったねと妻はいった。

フーちゃんは、何かよくないことが起ったような声でいった。

箱から出してもらったアゲちゃんはフーちゃんたちが見守る中を、庭へ飛び出して行ったのだろうか。フーちゃんは蝶になったと報告した（妻との約束通り）きりで、詳しいことは何もいわなかった。今まで家の中にいたアゲちゃんがいなくなって、さびしかったのかも知れない。

全速力で走る崖の坂道の小さいとかげを見たら、フーちゃんと春夫に上げたあげはの幼虫のことを久しぶりに思い出した。

午前中に妻は「山の下」へ大阪の義姉（去年の秋に亡くなった二番目の兄の奥さん）から届いた木曾《きそ》の開田《かいだ》村の玉蜀黍《とうもろこし》を届ける。「山の下」は、私たちの家の前の坂を下りて行った先の大家さんの借家に住む長男一家のこと。私たちのいる丘ともう一つ南の丘との間の谷間に当るところにいる。夏は暑い。

玉蜀黍は、兄が長年、万作小屋という名前の山小屋で夏の休暇を過し、村の人たちと親しくつき合っていた木曾の開田村に兄の句碑が建ったので、除幕式に村役場から招かれて出席した義姉と兄の長女の晴子ちゃんの木曾のお土産である。おいしい玉蜀黍であった。

「山の下」から帰った妻は、長男の長女で今年三歳になる恵子ちゃんがかいた「じいたんのかお」の絵をくれた。鉛筆でかいたもの。まるい、大きな顔に目と鼻と口が入っていて、頭の上にまばらな髪の毛が立っている。「じいたん」の心細い頭髪の様子をよくつかんでかいてある。

「よく見ているなあ。恵子ちゃん」

「そうですね。顔のまるいところ、感じが出ていますね」

電話をかけてお礼をいって上げてと妻がいう。電話口に出て、

「恵子ちゃんですか？　じいたんだよ」

　恵子ですとしゃがれ声の返事が聞える。

「じいたんのかお、かいてくれてありがとう」

　それから、バイバーイというと、向うから元気のいい「バイバーイ」が聞えた。それで終り。

「山の下」で、妻は玉蜀黍のほかになすのやで買った蜂蜜《はちみつ》をあつ子ちゃんに分けて上げる。恵子ちゃんは、蜂蜜をもらったと聞いて、指につけてなめたいといい出す。八月に、向ヶ丘遊園の本屋で三人の孫に上げる本を妻と一緒に買った。南足柄の山の中腹の雑木林に住む長女が小学四年の末っ子の正雄を連れて来るというので、そのときに三人に上げるつもりで買った。正雄に『三銃士』、フーちゃんに『ギリシャ神話』、恵子ちゃんには絵本の『クマのプーさん』。『クマのプーさん』をもらった恵子ちゃんは、お父さんに読んでもらったのだろう。「山の下」では、恵子ちゃんの面倒は専《もっぱ》らお父さんがみている。今は、今年三月に生れた龍太《りゅうた》にあつ子ちゃんの手がかかるから、なおさらそうなるだろう。

　蜂蜜はプーさんの大好物で、壺《つぼ》のなかの蜂蜜を指につけてなめる。恵子ちゃんはプーさんの真似がしたくて、

「なめたーい」

という。

プーさんのする通り、指につけてなめたいというのだが、あつ子ちゃんは、「いけません。スプーンでとりなさい」という。妻はあつ子ちゃんに、「いいよ、いいよ。指につけてなめさせて上げなさい」といって帰って来た。あとはどうなったか、知らない。

この前、八月の末に南足柄の長女から宅急便が届いた。近所の松崎さんからもらった、何にでもよく効くというクリーム（これは、長女が庭先で蜂に眉の上を刺されたときにすぐつけたら、痛みがとれ腫れもしなかったというから、「何にでもよく効く」かどうかはともかくとして毒虫に刺された場合につけると効くことは証明されたわけだろう）、栗、フランスの紅茶、角砂糖、前にも送ってくれた大雄山線塚原駅前の菓子屋で売っているチョコレートケーキ（大へんおいしい）などが入っていた。

長女の手紙が入っている。

ハイケイ足柄山からこんにちは。先日は久しぶりの「山の上」の古巣で、おいしいお昼御飯を頂いたり、可愛い姪や甥の大集合のなかでティータイムをにぎやかにすごしたり、本当にどうも有難うございます。正雄も新学期が秒読みになったときに、最後の楽しい一日を遊ばせてもらって、大よろこびで帰って来ました。翌日から夏休みの自由課題の「からすの研究」に取り組み、木の枝や犬の毛や（註・長女のところでは犬を二匹飼っている。二匹とも棄《す》て犬を拾って育てた。トムとジェリー）わらで見事な大きなからすの巣を作りました。思わず卵を産みたくなるものです。

松崎さんが何にでも効くクリームを持って来てくれたので送ります。あっちこっちに少しずつでも塗ると、とても身体にいいそうなので、清水さんにも教えて上げてね。（註・清水さんは、近くの西三田団地にいる妻の友人で、地主さんに借りている畑で丹精したばらをよく届けて下さる方である。前に南足柄の長女のところへ庭のエビネ蘭を見にご一緒に出かけたこともある）清水さんから伊予《いよ》のピオーネが二箱も届いたの。大きいのに種のない、おいしい葡萄《ぶどう》です。松崎さんたちにもお裾《すそ》分《わ》けして、皆で嬉しく食べています。

あまりの日照り続きで、畑を持っている菊池さんのおじいちゃんや加藤さんのおばあちゃんが大弱りなので（註・菊池さんも加藤さんも土地の人。長女は親しくつき合っていて、よく菊池さんから畑の野菜を頂いたりしている）松崎さんたちと相談して、各自が滅多にしない良いこと（例えば松崎さんは大掃除、久布白《くぶしろ》さんは洗車とか）をしようと話していたら、なんと急に空が暗くなり、雷とともに土砂ぶりの雨になりました。こんなに利き目があるとは。みなで怖れ、おののいたの。

では、おいしいものを沢山食べて、「何にでも効くクリーム」で病気を弾《はじ》きとばして、元気におすごし下さい。

この宅急便の手紙から一週間ほどたって、長女から電話がかかって来た。丁度、妻がお使いに出た留守であった。

「なつ子です」

といってから、声を張り上げて、

「梨が着きましたァ」

駅前の、生田《いくた》へ引越して来て以来の馴染《なじみ》のもぎとり梨の梨屋さんから送った多摩川梨の箱が着いたという知らせであった。

そこで、清水さんのピオーネみたいに足柄中にまき散らすんじゃないよとひとこと釘を刺しておいたら長女は、

「もうまき散らしています」

長女の親しくしている家が山の住宅に何軒もある。清水さんのピオーネが二箱着いたときは、その友達に分けたらしい。今度の多摩川梨もたちまち方々へ持って行くのではないかと思ったら、もう「まき散らして」いるという。話題を変えた。

「正雄がからすの巣を作ったんだって？」

「いいのが出来たの。学校へ持って行ったら、友達にはあんまり受けなかったみたい。なんだ、これ、というだけなんだって。先生もあまり反応がなかったらしい」

「そうか。こっちは大きなからすの巣を作るとは、ユニークだなといって二人とも感心しているんだよ」

「そうね。そのユニークなところが、学校ではあまり分ってもらえなかったらしいの」

「まあ、いいや。本物そっくりのからすの巣を作るなんて、すばらしいよ。おじいちゃんも感心しているって正雄にいってくれ」

長女は、正雄がいろいろな本を見て、参考にして作ったのといった。

ついでにつけ加えると、正雄はこの前、来たとき、私と妻への贈り物の絵物語の「にんにくの名探偵」を持って来てくれた。あれはいつごろから始まったのだろう？　にんにくを主人公にした絵物語をかいては、私たちのところへ来るときに渡してくれるようになった。にんにくがいろいろ冒険をする話である。危い目に会うのだが、切り抜けて、最後はいつも「めでたしめでたし」で終るところがいい。そうして主人公のにんにくというのは、つまり正雄のことなのである。

例えば、「にんにくのきょうりゅうじだい」というのは、きょうりゅうに会ってみたいなと考えたにんにくが、何かの装置を作り出して、大昔のきょうりゅうがいた時代へと行く話で、これはつまり、正雄の夢なのだろう。

午前中の仕事を終って、二回目の散歩に出る。朝食後のポストまではがきを出しに行く分を入れて、一日に四回歩くのが私の日課になっている。夏の間は、汗をかいて散歩から帰って来ると、妻が冷たい井戸水でしぼったタオルを持って来る。それで顔を拭く。「もう一回」と妻はいって、おしぼりのお代りを持って来る。

冷たいおしぼりのあと、小さい温室みかんと冷たい麦茶を持って来る。清水さんから頂いた伊予の種なし葡萄のピオーネがある間は、ピオーネと冷たい麦茶。このピオーネがおいしくて、一粒一粒惜しむようにして食べた。

妻はピオーネを皮をむかないでいきなり口に入れる。こちらは、皮をむいてから食べる。妻にいわせると、皮のまま口に入れると、うすい皮と果肉の間にある甘いおつゆがおいしいという。なるほどそういえば、皮をむく間に汁が垂れて落ちる。汁を少しもこぼさずに皮をむくことは出来ない。だから、甘いおつゆを逃さず口に入れるには、妻のように皮をむかないでいきなり口に入れるのがいいのかも知れない。こちらは、そうすると、口に残った皮を取り出さないといけないから、それが煩《わずら》わしい。はじめに皮をむく方がましだという考え方である。

だが、おいしいピオーネの食べかたについては、夫婦でお互いの好みに任せて、干渉はしないことにしている。

「これでピオーネはおしまいです」

と妻にいわれた日は、名残が惜しかった。もうこれで来年の夏に清水さんからピオーネを頂くまでは（もし来年も頂けるものとして）、このおいしいピオーネとお別れかと思うと、ちょっとさびしい。

ピオーネが終ってからは、妻が市場の八百清で買って来る小さい温室みかんをひとつ、食べる。これもおいしい。二つ食べるときもある。みかんを食べて冷たい麦茶を飲むと、テーブルの上にある本を取って読む。

本を読んでいるうちに、歩いて来た疲れが出るのか、眠くなって来る。ソファーの背中にクッションをおいて、それに凭《もた》れて目をつぶる。

うとうとしていると、台所の妻が、

「ご飯、出来ました」

と呼ぶ。そこで、「はい」と返事するのだが、居眠りしているものだから、その返事は、

「ふあい」

というふうな声になる。「はい」といったつもりの声が、そうなる。

昼食の用意の出来た六畳へ出て行って、妻に、

「いまの返事は、へんだったか？」

と訊《き》くと、妻は「へんだった」という。

これが居眠りしていないときは、はっきりと、「はい」と聞える声で返事が出る。妻はせっかく気持よく眠っているところを起して済みませんというけれども、これは仕方がない。大事な昼ご飯だから、居眠りを続けているわけにはゆかない。

午前中の机の前での仕事を済ませ、一日四回の散歩のうちではいちばん時間の長い二回目が終って（ただし、真夏の間は妻のすすめで短縮コースを歩くことにしている）、ほっとしたときに迎える六畳の間での昼食を、私は楽しみにしている。

書斎のテーブルの上に、孫のかいた絵が二枚、ある。ときどき、ひろげて見る。

一枚は、前にいった、「山の下」の長男のところの三歳になる恵子ちゃんのかいた、鉛筆がきの「じいたんのかお」。

もう一枚は、南足柄の長女のところの、小学四年生になる末っ子の正雄がクレヨンでかいた「ジンベエザメ」。これは、八月の終りに長女に連れて来てもらった日に、みんなでお昼御飯を食べたあと、机の上でかいた。水族館で大きなジンベエざめが泳いでいるところを、水槽の前で人間がおどろいて見ている。一人は大人で、女の人らしいから、正雄のおかあさんのつもりかも知れない。離れたところにいるのは、男の子らしいから、自分のつもりだろう。ジンベエざめのほかにふくらんだとんぼ取りの網のように見えるものをかいてある。これは「えい」のつもりだろう。うまく、「えい」の、ゆらゆらと浮んでいる感じをつかんでいる。

正雄は夏休みにお父さんとお母さんといちばん上の、今年の春、大学を出て横浜の会社に就職したお兄さんの和雄と四人で、神戸、大阪へ旅行した。この関西旅行の目的は何であったかというと、大阪天保山《てんぽうざん》にある水族館の海遊館で私たちから聞いた体重二千キロというジンベエざめを見物するためであった。

それには、私たちが四月に友人の阪田寛夫《さかたひろお》を誘って大阪天保山へジンベエざめを見に行ったことから話さなくてはいけない。大阪天保山の水族館にジンベエざめがいることがどうして分ったかというと、今年三月に私の『さくらんぼジャム』(文藝春秋)という本が出て、その本を受取った阿川弘之からのお礼の手紙のなかに、先日、大阪天保山の海遊館という水族館へ行って、体重二千キロのジンベエざめを見て感動しましたと書かれていたからであった。阿川が手紙のなかに書いてくれなかったら、私はこの世の中にそんなものがどこかで泳いでいるとは知らないままでいるところであった。阿川に感謝しなくてはいけない。

ところで、私たちはこの数年、毎年四月になると、父母のお墓参りをかねて、宝塚大劇場へ宝塚の公演を見に行くことにしている。四月の公演には、その年に宝塚音楽学校を卒業して月、花、雪、星の四つの組に配属された初舞台生が全員揃って口上をいう。黒の紋付に緑の袴《はかま》の生徒が、いよいよこれから舞台に立ちますのでどうぞよろしくという口上を述べる。はじめてこれを見たとき、驚いた。胸がいっぱいになった。で、それ以来、四月には何とか都合をつけて宝塚まで出かけるようになった。宝塚歌劇を見物するのは、私と妻にとって晩年の大きな楽しみであるが、その中でも四月の宝塚大劇場での初舞台生の口上は欠かせないものになったといってもいい。

東京で宝塚を見るときはいつも一緒に行く阪田寛夫を誘って、今年も行くつもりにしていた。そこへとび込んだのがジンべエざめである。阪田と妻と三人で相談して、今度の大阪行きに天保山のジンべエざめ見物を加えることは出来ないものか話し合った。大阪阿倍野《あべの》のお墓参りがある。次に去年の秋に亡くなった二番目の兄のためにお線香を立てに帝塚山《てづかやま》の兄の家へ行くことにしている。どうすればいいか。大阪ではいつも中之島のホテルに泊る。二晩泊ることにしている。で、着いた日にお墓参りをして、その足で帝塚山の兄の家へ行くことにすればいい。二日目の午前中に天保山へ行き、ジンべエざめを見物して、すぐに宝塚へ行けば、午後三時からの安寿ミラさんの花組の公演に間に合う筈だ。何でもないことだと分って、阪田と妻と私の三人はよろこんだ。

このようにして私たちは首尾よく四月に大阪天保山で大きな水槽のなかを、鼻の先に鰯《いわし》らしい六尾の魚を泳がせて（どうしてジンベエざめの鼻の先を六尾の鰯が道案内でもするように泳いでいるのか、分らない）、腹の下に三びきのこばんいただきをくっつけたまま、悠々と泳ぐ体重二千キロのジンベエざめと対面することが出来た。ゆらゆらと泳ぐ「えい」もいた。そうして、三人ともそれぞれ満足したのであった。この日、私たち三人はジンベエざめも見たし、安寿ミラさんの花組の公演「ブラック・ジャック」も見ることが出来た。いうまでもなく、阿倍野のお墓参り（阪田家の墓もある）も、兄のためにお線香を立てることも出来た。ついでにしるすと、「お差支えなければ私もご一緒させて下さい」と申し出た阪田は、兄のためにグランドホテルの花屋で買った立派な花束を、写真代りの兄の小さな油絵の自画像の前にお供えしてくれた。

帰ってから、南足柄の長女が「山の上」へ来たときに、この阪田寛夫と三人のジンベエざめ旅行の話をした。「正雄なんかに見せてやったらよろこぶよ」と妻がいった。ところが、長女の主人はその話を聞いて、夏の休暇にみんなでそのジンベエざめを見に行こうや、ということになったらしい。

書斎のテーブルの上にあるのは、正雄の「ジンベエザメ」と、恵子ちゃんの「じいたんのかお」の二つだけだが、正雄たちが来た日にミサヲちゃんと一緒に来たフーちゃんが、図書室の机の上で画用紙にかいたクレヨンの絵もある。ただし、これは夜空の下に（よく分らないが、気分としては夜空らしい）狸《たぬき》か猫か、そんなふうに見える生きものが立っているところをかいたもので、何だかはかない絵である。

もともと無口で、あまり物をいわないフーちゃんが、近頃ますます無口な子になったのを私は気にしている。次男に訊いてみると、学校ではいうべきときにはちゃんと自分の考えをいっているらしい、授業参観のときなんかも、先生の質問に対して、手を上げて、答えているとミサヲはいっている。友達は何人もいるらしく、よくお誕生日の会に呼ばれて行くし、自分の誕生日には、何人も友達を呼んで来る、という。ところが、家にいるときは、あまり話をしないというのである。次男は、自分もミサヲもあまり口数の多い方でないから、という。

そういわれれば、祖父である私も、どちらかといえば口の重い方で、子供のころからあまりしゃべらなかったようだ。責任は私にもあるかも知れない。

ここでわが孫娘フーちゃんのために弁護したい。夏休みの終り近くに来たとき、画用紙にかき残した狸か猫か（どちらのつもりなのか分らない）が立っている絵は確かにはかないものだが、フーちゃんから前に貰った習字の「かに」という字は、のびのびしていて、力強い。フーちゃんは小学一年のときから近所の書道の先生のところへ週に一回行って、習字を習っている。フーおばあさんの先生に習っている。フーちゃんはこの習字のおけいこが好きで、楽しみにして通っているらしい。

二年生になってから書いたフーちゃんの習字で先生から朱で花まる印を頂いたのが二枚私の書斎にある。去年の秋、神奈川文化賞というのを受賞したときに、副賞として贈られたブロンズの鳩《はと》の像の入っていた木の箱の中に仕舞ってある。（鳩の方は玄関に置いてある）

いま、この稿を書くために、箱から出して来た。一年のときに書いた「えだ」というのが一枚混っていた。二年になってから書いたのは、「あり」と「かに」の二枚。みんな、いい。中でも「かに」がいい。のびのびしていて、力強い。横に「小二　ふみこ」と書いてある。この「ふみこ」もいい。

先生は、「かに」だけでなく、「小二　ふみこ」にまで朱でまるをつけてくれている。

妻と二人で読売ランド前の坂の上の次男の家へ行ったときに、貰って来た。「かに」を見ると、力が入って、紙が少しやぶれかかっているところがある。

「いい字だなあ」

「フーちゃん、本当にいい字、書きますね」

と妻と二人で感心し、よろこび合った。

「かに」を貰って帰ったとき、しばらく書斎のピアノのそばのレコードプレーヤーを置いてある棚のところに飾っておいた。そうして妻と二人で眺めていた。

連載の仕事をしている文芸雑誌の担当者が原稿を取りに来て、この習字に目をとめた。「いい字ですね」というから、「次男のところの小学二年の女の子が書いたんだ」と話した。その編集者はお世辞でなしに感心していたようであった。

習字の次にフーちゃんから届いた手紙を紹介したい。フーちゃんは確かに無口な子であるけれども、手紙を書く。手紙を書くのは好きだといってもいい。前に「山の下」の恵子ちゃんがガスにかけてあるお鍋の湯をかぶって手首に火傷をしたことがあった。幸いに冬でシャツの上にセーターを着ていたのと、すぐに水道の水で火傷したところを十分に冷やしておいてから、あつ子ちゃんが医者へ連れて行ったので、火傷は軽くて済んだ。あとかたも残らなかった。

この出来事を聞いたとき、フーちゃんはお母さんに、

「恵子ちゃんにお見舞いの手紙書く」

といって、手紙を書いた。自分からいい出して書いた。この手紙はなかなかよかった。

私と妻宛にくれたフーちゃんの手紙がある。

おじいちゃんへ

こんちゃんへ

(註・「こんちゃん」は孫たちが妻を呼ぶときの愛称)

おようふくありがとうございます。きれいでした。とってもとってもきにいりました。こ

んどきたいとおもいます。ほんとにありがとうございました。

ふみこより

これは、春休みに妻が長袖の、白い襟のついた紺色の服をフーちゃんに買って上げたときにくれたお礼の手紙である。

この便箋のうらには、二人の、大きな眼をした少女が並んで立っていて（それが少女歌手らしい）、客席に三人の女の子が椅子に腰かけて見物している絵が入っている。女の子の一人は、

「やっぱりかしゅはうたがうまいわ」

といっている。となりの子は、

「すごいわねえ」

といっている。そのとなりの子は、

「すごいわ」

といっている。そんな絵がかいてあった。

次の手紙は、今年四月、フーちゃんも連れて日比谷の東京宝塚劇場へ宝塚月組の公演「風と共に去りぬ」をみんなで見に行ったときにくれたもの。

おじいちゃんへ
こんちゃんへ

たからづかはおはなしはむずかしかったけど、うたはたのしかったです。
うたのさいごがとってもきれいでした。
またみたいです。ありがとうございました。

ふみこより

この手紙には別に附録の絵が附いている。「ねこちゃんのかぞくと犬のおまわりさんは、どうぶつえんへいきました」という前書きが添えてある。表の方には犬のおまわりさんとねこの女の子が並んで立っているところをかいてある。ねこの女の子は、どうやら泣いているらしい。多分これは「まいごのまいごのこねこちゃん」という、子供たちに親しまれている「いぬのおまわりさん」の歌からヒントを得た絵ではないだろうか。きっと、そうだろう。おまわりさんのよこで泣いているのは「まいごのまいごのこねこちゃん」のつもりなのだろう。

ついでにしるすと、「山の下」の恵子ちゃんはこの歌が好きで、今年の一月、私たちの家族が、南足柄の長女の一家も合せて全員揃って箱根芦《あし》の湯《ゆ》のきのくにやへ一泊大旅行をしたとき、集合場所の小田原駅前から長女の主人が勤め先から借り出して自分で運転するマイクロバスに

乗って芦の湯へ向うその車内で、まずこの家族大旅行の企画と準備をした長女が、

「では、これより一路、箱根芦の湯へ向います」

と備えつけのマイクで放送したあと、いちばんにそのマイクを貰った恵子ちゃんは、いきなり、

「まいごのまいごのこねこちゃん」

としゃがれ声で歌い出したものであった。

なお、この箱根一泊の家族旅行は、私の神奈川文化賞と秋の叙勲の勲三等瑞宝章《ずいほう》の受章が重なったのを祝うためのものであった。

フーちゃんの絵に戻る。犬のおまわりさんと泣いているこねこの絵のうらは、ねこの家族が犬のおまわりさんと動物園へ行くところがかいてある。上に「どうぶつえん」という看板がかかっていて、その下のアーチ型の門には「入口」としてある。あとは「ねこちゃんのかぞく」と犬のおまわりさんが見物してまわったものがかいてある。最初が「ライオン」。あとは、「こぐま」「こぶた」「うさぎ」とだんだんおりの中の動物が小さくなってゆくのが、おかしい。最後のおりの中は、「ねずみ」とかいてある。

これは、まいごになったこねこを助けてもらったお礼に、「ねこのかぞく」が犬のおまわりさんを招待して動物園へ行くことになったという、フーちゃんの空想物語なのかも知れない。

もう一つ、ついでにしるすと、「山の下」の恵子ちゃんが好きな「いぬのおまわりさん」の歌を作曲したのは、私たちが宝塚を見に行くとき、いつも一緒に行く阪田寛夫の従兄《いとこ》の大中恩《めぐみ》である。私のところにその大中さんから贈られた、大中恩のこどもの歌を集めた『いぬのおまわりさん』（現代こどもの歌秀作選・カワイ出版）がある。阪田の友人であるという御縁で贈って下さった。そうして、この楽譜を集めた本のなかに、従弟《いとこ》の阪田寛夫の作詞の「おなかのへるうた」「おとなマーチ」「ぽんこつマーチ」「サッちゃん」などの曲も収められている。「いぬのおまわりさん」の作詞者は、さとうよしみ。

フーちゃんから来た手紙をもう一通。

こんにちは
22日にうんどうかいがあります。きてね。
学校はたのしいです。こんどあそびにいきます。またかきます。
ふみこより

木立にかこまれた、丘の上の西生田小学校の運動会の案内をくれた。私たちはよろこんで見に行った。徒競走では、フーちゃんは四等であった。四人走って四等ということはビリのわけだが、双眼鏡でスタート地点を見ていた次男の話では、スタートでフーちゃんは出遅れたらしい。もっとも、お昼の弁当を食べに来たとき、フーちゃんは四等でも別に残念がっていなかった。ミサヲちゃんが作ってくれたお弁当は、かつおぶしと鱈子《たらこ》の海苔巻《のりまき》どっさり、とりのから揚げ、ミートボール、こんにゃく、人参《にんじん》、里芋のお煮〆《にしめ》、出し巻などが重箱に入っていて、どれもみなおいしかった。

この運動会の案内の手紙にも、附録の絵が入っている。クマのプーさんが好物のはちみつの壺へ指を突込んでなめようとしているところで、よこに「プーさん」と書いてある。イギリスのA・A・ミルンの「クマのプーさん」を主人公にした絵本をフーちゃんは何冊か買ってもらっているのだろう。プーさんの無邪気な様子がうまくかけている。

このようにフーちゃんは、無口で、あまり愛敬《あいきよう》のある子とはいえないけれども、心をこめて、絵入りのいい手紙を私と妻に書いてくれるから、満足しなくてはいけない。

九月に入って一週間ほどたったころのこと。

四、五日前に庭の隅の「英二伯父ちゃんのばら」を見に行くと、先から勢いのいい葉を出している。(子供らは小さいころから私の兄のことを「英二伯父ちゃん」と呼んで、なついていた。石神井《しやくじい》公園の私たちの家へ来るとき、よくバナナをさげて来てくれ、子供たちはよろこんだものであった）そのあと、三枚葉の附いた枝がそれぞれ反対の向きに出て来た。八月の終りになって、或る日、不意にこのばらのことが気になり、すぐそばに生えていて日当りの邪魔をしそうな小灌木《かんぼく》の枝を払った。すぐ前に枝を伸ばしている萩《はぎ》の枝も一本切った。

このことを妻に話したら、その日の夕方から妻は、「英二伯父ちゃんのばら」に水をやり出した。翌日から、朝夕に水をやっている。

これは、私たちが三十三年前に東京の練馬区の石神井公園から多摩丘陵の丘の上に家を建てて引越したときに、大阪の兄がお祝いに枚方《ひらかた》のばら園から送ってくれたブッシュとつるばらと合せて十本のばらのなかで、三十年後に生き残っているたった一株のばらである。何しろ丘の天辺《てっぺん》の風当りの強いところに家を建てたので、風よけの木を植えて早く大きくする必要があった。そこで、植木屋にいろいろ持って来てもらって庭木を植えたものだから、たちまち植木溜《だめ》のようになってしまった。

そこで、兄の指示通りに庭のまわりに深い穴を掘って、底の方に林のなかの落葉の下の土と肥料の鶏糞《けいふん》を合せたものを入れた上へ植えた兄のばらは、日当りが悪いために次々と消えて行き、三十年たった今、残っているのは、このひょろひょろとしたばらひとつきりになった。

去年の九月、私が仕事をしているところへ、妻が、

「英二伯父ちゃんのばらが咲きました」

といって、小さな赤いばらを切ったのを持って来た。すぐに机の上の花生けに活《い》けた。兄が心臓大動脈瘤の手術をしたあと、院内感染やら何やら次々と具合の悪いところが出て来て、入院生活が長引いてもうすぐ一年になろうというところであったので、早速、病院の兄宛にそのことを手紙で知らせた。兄がよろこんでくれたら、また力が出るだろうと思ったのであった。私がそばに生えている小灌木を刈り込み、妻が朝夕にばらの根元に水をやり出してから、次々と葉を出して来た。

或る日、書斎にいる私のところへ、

「英二伯父ちゃんのばらに蕾《つぼみ》が二つ、出ましたァ」

といって、妻が知らせに来た。私は、先に一つ蕾が出ているのには気が附いていたけれども、二つ出ているとは知らなかった。で、庭の隅へ見に行くと、なるほど「英二伯父ちゃんのばら」の根のあたりから出ている、別の細いシュートの中ごろの高さに、もういくらかふくらんだ蕾がついていた。それもふくらんだところに赤い色が見える。

そのことを妻に話すと、

「この暑いのに、よく出てくれました」

という。日照り続きの、格別暑かったこの夏に、よく枯れずに残ってくれたと、感謝せずにはいられない。

「萩の枝が手前に伸びて、それで丁度いい具合に日照りを防いでくれたのかも知れませんね」と妻がいう。そうかも知れない。私が枝を払ったすぐよこの小灌木も、夏の強い日照りからばらを守ってくれていたのかも知れない。

去年、この庭の隅のばらが小さい、赤い花を咲かせてくれたとき、病院にいる兄をよろこばせようと手紙で知らせたことを思い出す。あのときは、兄はまだこの世に生きていた。そんなことを考える。

九月に入って一週間ほどたったころ。

昼食のとき。妻は午前中、藤棚《ふじだな》の屋根へ伸びているつるを切って、ビニール袋三つに詰めた。つるを引張っていたら、日本のむかし話をひとつ思い出したといい、その話をする。

「山の湯に或る日、一人の武士が来たの。その武士がわらじを脱ぐところを宿の主人が何気なしに見たら、藤づるで編んだわらじなの」

妻はトーストにバターを塗りながら話し出した。怪しんだ主人が、あとでその武士がお湯に入っているところをこっそりと覗いてみたら、湯けむりを透して大きないのししが湯につかっているのが見えた。

「うん、その話、覚えている」

と私はいった。

「猟師に撃たれたいのししが傷を治しに来たのね。そこの山の湯は、傷によく効く湯だったの。それから主人がどうしたかは分らないんだけど」

「まあ、宿の主人はそのままいのししの武士にゆっくり泊らせてやったんだろうな」

「傷がすっかりよくなるまでね」

「そうして、いのししの武士は、また藤づるのわらじを履いて、主人に礼をいって宿を出て行ったのかな」

「そうですね。きっと、そうでしょうね」

何だか、おかしい。藤づるで編んだわらじを脱ぐところが、おかしい。主人がそっと覗いたら、大きないのししが湯につかっていたというところも、おかしい。

それから妻は、あれはいま読売ランド前の坂の上の住宅にいる次男が小学生のときに買ってやった本に入っていた、部厚い本でしたという。

「あの昔ばなしの本、どこへ行ったんだろう」

と妻はいった。

昼食のときに二人でそんな話をした。

この夏のこと。

三日ばかり涼しい日が続いた或る朝、妻は清水さんから分けてもらった貝がらを、フーちゃんと春夫に、好きなのを二つずつ取らせたときのことを思い出して話した。貝がらを切子《きりこ》の硝子《ガラス》の花生けの水の中に沈めて玄関に置いたその日にミサヲちゃんに連れられて二人は来たのである。

「八月に入って、これから本当の夏になるというときでした。フーちゃんも春夫も大よろこびしたの」

いつも地主さんから借りている畑で丹精したばらを届けて下さる近所の清水さんのところへ妻が倉敷から届いた白桃を持って行ったその日のことであった。清水さんは団地の四階に住んでいる。玄関の下駄箱の上にいつものお花の代りにきれいな貝がらがいくつか水盤に沈めてあった。

「まあ、きれいな貝がら」

といったら、清水さんは結婚した二人のお子さんがまだ小さかったころ、夏に三浦海岸へ行ったときに浜べで拾った貝がらですという。

「泳げないので私と圭子《けいこ》の二人で拾っていたんです。それを旅館へ持って帰って、中の肉を取り出して、洗って干しておいたの。家に持って帰ってからも、また洗って干して」

その貝がらを沢山、ビニールのさげ袋に入れて分けてくれた。

「ビー玉もあるんですよ」

清水さんはいろんな色のついたビー玉を持って来た。

「これは、おばあさんのお店で買ったの」

そのビー玉もビニールのさげ袋に入れて分けてくれた。その日、清水さんから頂いたのは、貝がらとビー玉だけではない。ほかにお国の伊予から届いた温室みかんを一袋下さった。清水さんはそういう方なのである。こちらが何か届け物をすると、いろんなものを下さる。そうしないと気が済まない人なのだ。

家に帰って、妻は清水さんがしていたように、切子の硝子の花生けに水を張った中に貝がらを沈めて、玄関へ置いた。この硝子の花生けはチェコ製の品で、宝塚を見に行くとき、いつも一緒に行く阪田寛夫がむかし「土の器」という作品で芥川賞を受賞したときに、記念に贈ってくれた。

ビー玉の方は、何かの折に清水さんが下さった硝子の花瓶に入れた。その日の午後、ミサヲちゃんとフーちゃんと春夫が来た。岡山の白桃を頂いたから取りに来てと妻がミサヲちゃんに電話をかけたら、来てくれた。

「チェコの花生けに水を張って貝がらを入れたときは、うれしくて、うれしくて。清水さんのしていた通りにしたかったから」

と妻はいう。


フーちゃんたちがもうそろそろ着くというころになって、空が急に暗くなって来た。ミサヲちゃんたちは電車で生田まで来て、そこからバスに乗る。いつも、そうする。バスを下りてから坂道を上り、むかしは山の雑木林であった面影の残っている小道を通って来る。

もし夕立に会ったら三人とも濡れると思って、妻は傘を二本持って迎えに行った。バスから下りたミサヲちゃんたちが美容院の前の坂道を上って来るのに会った。雨が少し落ちて来たが、持って行った傘を渡して、おかげで濡れずに家まで来た。


玄関へ入るなり、フーちゃんは花生けのなかの貝がらを見つけて、よろこんで覗き込んだ。春夫も覗き込んだ。二人とも夢中になって見ている。そこで妻は、

「それじゃあね、フーちゃんと春夫に二つ上げる。好きなのを二つずつ、取りなさい」

ビー玉も一つずつ上げることにして、ビー玉を入れてある花瓶のなかから二人に取らせた。

フーちゃんと春夫は、いつものように先《ま》ず洗面所へ行って手を洗った。フーちゃんが貝がらを大事そうに持って台所へ来た。お茶の用意をしている妻にフーちゃんが、

「貝がらを耳に当てると、海の音が聞えるの」

といった。

「よく知ってるね。こんちゃんも子供のころ、貝がらを耳に当てて海の音を聞いたよ」

フーちゃんは、誰からそんなことを聞いたのだろう？　友達と話しているうちに聞いたのだろうか。ミサヲちゃんから聞いたのだろうか。妻が「夢みる夢子ちゃん」とフーちゃんのことをいったのは、もう何年か前のことだろう。まだ「山の下」の大家さんの借家にいたころ、お母さんに連れられて「山の上」へ来たら、よく書斎の私の仕事机の下に入り込んで、「アフリカ」といっていたような子だから、もともとそんな話が好きなのだろう。

「フーちゃんたちが来た日からずっと貝がらは玄関の花生けの中に沈めてありました。夏でお花が無いときだから、お花の代りに飾っておいたんです。いいものを清水さんに頂いて、うれしくて、うれしくて」

或る日、妻はその貝がらを引っ込めて、ビー玉と一緒に洗って、笊《ざる》に入れて井戸の上にのせて干した。よく干してから、箱に入れて仕舞った。

「貝がらを仕舞ったら、夏が終ったという気がして、さびしかった」

朝食のとき、妻が、

「英二伯父ちゃんのばらです」

といった。

卓上に赤い蕾のままのばらが、ウイスキーグラスに活けてある。

「小さいから、コップに活けるのはまだ無理だから」

二つ附いていた蕾のうち、細い方のシュートの中ごろの高さに出た蕾であった。よく咲いてくれた。有難う。

# 二

昼食のとき、妻が話し出す。

「お紅茶でアイスティーを作って、ジャムの入っていた壜《びん》に入れて冷蔵庫に入れてあったのを出して、コップに移すつもりで壜の蓋《ふた》を開けたら、その拍子にうっかりして大方台所の流しにこぼしてしまったの」

辛うじて残ったコップ一杯分のアイスティーを前にして話す。

「こぼれかけたら素早く壜を持ちかえればいいのに、それが出来ないの。こぼれるのをそのまま見ているの。咄嗟に手が動いてくれないの。大方、流しにこぼしてしまった」

それから妻は、

「棚からお鍋が頭の上へ落ちて来るときも、そうなの」

といった。

「あ、落ちて来ると思ったら、よければいいのに、そのままじっとして、お鍋が頭に当るまで待っているの。よけるという考えが働かないの」

「どうしたんだろう?」

「いつもそうなんです」

と妻はいう。

「よければよけられるのに、じっとして待っているの」


朝食のとき、新しいジャムの壜が卓上に出ている。昨日までトーストに塗っていたのは、南足柄の山の中腹の雑木林のなかの家に住む長女が、「生協」で買って持って来てくれたマーマレード。今度のジャムは、長女がこの夏、大阪天保山の海遊館へ体重二千キロのジンベエざめを見に行ったとき、神戸で買って来てくれたものだ。神戸土産のジャム。

「どこのジャム?」

と訊くと、妻は壜を取り上げてレッテルを見る。

「オランダです」

「オランダか」

壜の蓋に葉っぱの附いた黄色い果物の絵が入っている。

「その蓋の絵は何？」

「アップリコット」

そのオランダのジャムをバターをつけたトーストの上に塗ったのを妻から渡されて、

「さて、オランダの風味を味わってみるか」

といいながら口に入れてみる。

「酸味が強いね」

妻も一口食べてみて、

「甘味を抑えてありますね」

甘いもの好きの私には、ちょっと物足りない。そのあと、もう少し食べてみて、妻が、

「でも、風味があるわ」

「ある。オランダの風味だ」

食べ馴れるとおいしくなりそうなジャムだと思ったが、その通り、次の日の昼食のときには、酸味にも馴れて、一口トーストを食べるなり、私も妻も、

「おいしい」

といった。だんだんおいしくなってゆくジャムだ。

午後、妻は「山の下」へ目下連載中の文芸誌の今月号の刷出しを一部、届けに行く。三歳になる恵子ちゃんに上げるどんぐりの入った袋も持って行く。

「山の下」から帰った妻の話。恵子ちゃんが出て来て、妻が持っている枝豆の網になった袋入りの（青い袋なので、青いリボンをかけておいた）どんぐりを見て、

「何かくれるの？」

「どんぐりよ」

恵子ちゃん、よろこんで、

「どこで拾ったの？」

「公園で」

するとど、どんぐりの袋を受取るなり、

「どんぐりころころ」

と恵子ちゃんは歌い出した。お池にはまって、さあ大へん、の歌。話し終って、妻は、

「フーちゃんと正反対ね」

という。

次男のところの小学二年生のフーちゃんは、無口で、あまり物をいわない。喜怒哀楽の感情を表わさない。何かもらったときは、「ありがとう」というけれども、それも静かな声で、ど

んぐりの袋をもらった「山の下」の恵子ちゃんのように、よろこびをぶつけるように、「どんぐりころころ」と歌い出したりしない。

そのフーちゃんが幼稚園の卒園式の日に、教わった先生たちを一人一人紹介しているとき、ハンカチを出して眼もとを拭いていた。お母さんのミサヲちゃんは、それに気が附いて、眼にごみでも入ったのかと思った。フーちゃんが泣くとは思えなかったからだ。家へ帰ってから、ミサヲちゃんが訊《たず》ねると、となりの席の子がいちばんに泣き出した、それで二番目にふみ子も泣いたといった。大方の子が泣いたということであった。その話をミサヲちゃんから聞いた私も妻も驚いた。よろこびや悲しみをあまり表面に出さない子だと思っていたから。

オランダのジャムをトーストにつけて食べるようになってから四日目のこと。

朝食のとき、

「おいしいジャムね」

と妻がいう。

「おいしい」

「この酸味が何ともいえないですね」

最初に口にしたときは酸味が強いと思った。もう少し甘い方がジャムらしくていいという気がしたものだが、私たちの舌はこのオランダのジャムの味にたちまち馴れて、「おいしい」と二人でいうようになった。

夜、妻は十一月の宝塚月組公演をみんなで見に行く日どりの件で南足柄の長女に電話をかける。いまのところ、十一月六日の日曜日に決まりそうだ。ところで、前の日、南足柄へ妻は宅急便に市場の化粧品店のくじ引で当った小型カメラを入れて末っ子の小学四年の正雄に上げてといって送った。その日に手紙を出した。ここで、夏休みの終りに南足柄の長女が正雄を連れて来たとき、長女の親しくしている久布白さんから、身体の具合の悪いときに吹きつけたら、たちまち元気になるという「命の水」なるもののスプレー（この「命の水」を作り出したのは、長女の仲間の一人の松崎さんの御主人なのだが、久布白さんはスプレーの容器を小田原で買って来て、それに「命の水」を入れたのをくれた）を妻に上げてくれるようにといってことづかって来たことから話さなくてはいけない。妻はそのお礼のつもりで久布白さんに紙ナプキンを渡してくれるように長女にことづけた。

少し間があいたけれども、久布白さんから紙ナプキンを受取ったというお礼の葉書が届いた。それが南足柄へ送る宅急便を作ろうとしているときであった。久布白さんの葉書には、紙ナプキンのお礼のあとにこんなことが書いてあった。

「なつ子さんの拾った三匹の仔犬《こいぬ》でお山は大騒動でした。可愛《かわい》くて可愛くて十分楽しみましたが」

南足柄の長女のところには、トムとジェリーの二匹の犬がいる。長女は毎日、その二匹を散歩に連れて行く。トムもジェリーも棄て犬を拾って来て、飼うことにした。トムを飼うときも、二匹目のジェリーを飼うときも、私たちは、「生き物を飼うのはもういい加減にした方がいい。飼う以上は、責任をもって飼わないといけないのだから」と長女にいったものだ。こちらがこれ以上生き物をふやすのは反対であるのを承知していながら、長女はトムを飼い、ジェリーを飼った。そういういきさつがある。で、久布白さんの葉書を見て、「二匹いるところへまた三匹も仔犬を拾ったのか」と私も妻も呆れたものだ。

そこで妻は、正雄のカメラを送る宅急便と一緒に出した手紙に、用件をしるしたあとへ、「聞いたぞ聞いたぞ。久布白さんの葉書に、なつ子さんの拾った三匹の仔犬でお山は大騒動、と書いてあったよ。そのあとどうなったか知らせて」と書いた。その手紙を長女は読んでいる。十一月の宝塚行きの日どりの打合せが済むなり、長女は、

「いま、冷汗流しながら手紙を三枚目まで書いているところなの」

といった。

その拾った三匹の仔犬をどうしたかということはいわない。どうやらその三匹は、長女のと

ころにいるらしい。そのことにはふれずに、ひどくとり乱している。間に、

「クブちゃんのばか」

といったりする。とにかく、その三匹の仔犬については、「冷汗を流して」いま書いている手紙をお読み下さいということらしい。まさか分る筈がないと思っていたのに、妻の手紙で、

「聞いたぞ聞いたぞ」

といわれたものだから、長女は慌《あわ》てふためいているらしい。電話を終った妻は、

「なつ子、慌てふためいているの。クブちゃん(久布白さんのこと)のばか、といったりして。ひとりでとり乱しているの」

といった。

トムとジェリーと現在、飼っている犬が二匹もいながら、またまた棄て犬を、それも三匹も拾って来て、長女は自分でも大へんなことになったと思っているのだろう。私と妻にそのことが分ったら、叱られるという気持があるのだろう。そこへ思いもかけず妻からの、

「聞いたぞ聞いたぞ」

という手紙が届いたので、慌てたに違いない。こちらとしては、長女がその三匹の始末をどうつけるか、ただ見守っているよりほかない。

昼食のとき、私が、

「ところでうちの金婚式はいつになるのかな」

というと、妻は、

「結婚してから満五十年ということなら、再《さ》来年ですね」

といってから、でも、結婚した年を一年目とすれば、来年が五十年目になるのと附け足した。

「赤ちゃんでも、昔は、生れたらもう一歳でしたね。今は生れたらゼロ歳というけど」

「おかしなもんだね。現にいまここに赤ちゃんがいるのにゼロ歳なんていうのは」

「そうですね。やっぱり昔のように生れたら一歳の方がいいですね」

そんなことを話し合った末に、

「金婚式も、その数え方――結婚した年を一年目として数えた方がよさそうだ。それなら、われわれの金婚式も、満五十年たったという再来年よりも、今年で結婚して五十年目になりますという来年と考える方がいいかな。もし子供らが何かお祝いをしようといい出したときのことだけど。まあ、二人とも元気でいるというのは、めでたいことではある」

というような話をした。

いつか南足柄の長女が来たとき、お父さんとお母さんの金婚式はいつですかと訊いたことがある。そのときは、どう答えたのだろう？　長女は、子供らで何かお祝いをしたいというようなことをいっていた。

ところが、前にいった通り、昨年、私が七十二歳の年の秋に、神奈川文化賞と秋の叙勲の勲三等瑞宝章を頂いた。その折に長女が企画をたてて、今年一月に家族全員集まって箱根芦の湯一泊大旅行というのが実現した。「山の下」の長男一家、読売ランド前の次男一家に南足柄の長女の一家が、一人も欠けないで十五人全員揃って、この一泊旅行に参加した。私と妻は招待された。小田原駅に集合して、長女の主人が会社から借り出したマイクロバスに全員乗り込んで、箱根芦の湯に向った。私たちの二十年来の馴染の宿である芦の湯のきのくにやに一泊。翌日はまたマイクロバスで芦ノ湖へ。遊覧船で芦ノ湖を一周して、昼食は湖畔の食堂で食べ、あとは長女の主人の運転するマイクロバスで小田急生田と読売ランド前の私たち三軒の家まで送ってくれた。

きのくにやでの夕食では、手頃な大きさの広間にコの字型にみんなが着席し、床の間に、「祝受賞　神奈川文化賞　勲三等瑞宝章　子供一同より」と書かれた横断幕が張りわたしてあった。この字は、長女の家の近くの、親しくしている大工さんに頼んで（というのは、この大工さん、趣味で習字の稽古をしているという人なので）書いてもらったものだという。

今年一月にそんな祝賀大旅行をやっているから、私たちの金婚式にまた、大がかりなお祝いの会を開くというのもどうだろう。四家族みんな顔を揃えて一泊の旅行をするとなると、無理がある。今年一月の箱根行きは、正月明けでまだ正雄とフーちゃんたちの学校は冬休みであったからよかったが、一泊旅行のために孫たちに学校を休ませるというのは、感心しない。勤めのある者も二日続いて会社を休むとなると、大へんだ。今度はいくら長女が、また箱根一泊旅行しましょうといっても、賛成するわけにはゆかないだろう。

昼食のとき、二人の金婚式の話が出たあと、私はひとりでそんなことを考えていた。

箱根一泊旅行では、ひとつ思い出すことがある。広間での夕食の最後に進行係の「山の下」の長男が立って、

「それでは、ここでロウ・ロウ・ロウヤ・ボートの輪唱をします」

といい、はじめに私にこの歌の意味をみんなに説明してくれるようにと頼んだ。そこで、私は一通り歌って聞かせてから、

「漕げ漕げボート　ゆるやかに川を下って」

と、長男に頼まれた通り、これからみんなで歌うボートあそびの歌の歌詞を紹介した。続いてコの字型に坐っている十五人を三つのグループに分けて、輪唱を始めた。あれはこの旅行の全部の企画をたてた長女の思いつきであったのだろうか。長男の思いつきだろうか。歌の終りは、

「楽しい楽しい。この世は夢のようなものだ」

となるのだが、本当にこのボートあそびの歌のような広間での夕食会であった。

昼食後、読売ランド前のミサヲちゃんのところへ妻と二人で倉敷から届いた岡山のマスカット、頂きものの高知の温室みかんと市場の八百清で買ったトマトを持って行く。トマトだけリュックに入れて、私が担《かつ》いで行く。

妻は、次男のところの飼犬のジップにやる牛の骨も忘れずに持って行く。八月中ごろ、次男一家が会社の寮のある那須《なす》へ四泊五日で出かけたとき、ジップをこちらで預かった。その折、肉屋で買った五本一包みの牛の骨が一つ残っていた。

肉屋の主人にいわれてこの骨を茹でたのを冷蔵庫に入れておき、夕方、妻はジップを公園へ散歩に連れ出して、四十分ほど歩いたあと、家へ帰って、夕食を食べさせてから骨を与えた。朝の散歩のあとも、冷たい水と牛乳を飲ませてから、骨を与えた。ジップは、その骨を一日かじっていた。ジップにとっては何よりのデザートであり、お八つであった。

「山の上」に預かっていた五日間、妻はジップの世話を全部ひとりでしたので、ジップが帰ったあとは、さすがに少しさびしかったらしい。いつもジップを連れて歩いた公園の木かげの道まで来ると、声を出して、「ジップ」と呼んでいると妻が話していた。

そのジップと大方一カ月ぶりの再会で、忘れているのではないかと心配していたが、ちゃんと覚えていて、妻に何度も飛びついた。妻は持って来た骨を与える。

フーちゃんには安岡治子ちゃんが贈ってくれたメモ帖《ちょう》と、セルロイドのチューリップが先に附いた、消しゴムつきの鉛筆のキャップ（これは妻が市場のおもちゃ屋で買った）を上げる。

フーちゃん、よろこぶ。春夫には小さいハーモニカ。

フーちゃんは居間の机の上で小さい虫を二匹這わせて遊んでいた。ミサヲちゃんが、「那須から持って帰った甲虫《かぶとむし》です」という。土の入ったボール紙の箱から出して、机の上を這わせている。そのボール箱ごと那須から持って帰ったのだろう。よく動く。

一匹は机の端まで這って行って、床へ落っこちた。

この前、夏休みの終りに来たとき、フーちゃんに上げた『ギリシャ神話』のことを訊くと、ミサヲちゃんは、意外なことをいった。首を切られて、その首が飛ぶところをかいたさし絵が入っていて、ふみ子は本をひらいてその絵がいちばんに目に入ったので、怖くなり、本はしまったきりになっていますといった。

こちらはそんな怖ろしい絵が出て来るとは知らずに、ギリシャ神話なら子供のうちに一回は読んでおいたらいいだろうと思って、本を買った。これは大失敗であった。

ミサヲちゃんは、二人の希望を聞いた上で、妻には冷たいウーロン茶、私には熱いコーヒーをいれて出してくれた。コーヒーはおいしかった。

途中でジップがフーちゃんのゴム草履をくわえた。フーちゃんが引張っても、春夫がジップの頭を叩いても、離さない。妻は、ジップがさっきまでかじっていた骨をやったらといい、春夫が拾ってジップに見せると、やっとフーちゃんのゴム草履を口から放した。

この前、マンホールの泥さらいに「山の上」へ来てくれた次男から、フーちゃんが夏休みの終りの町会のラジオ体操に行ったことを聞いていた。毎朝、六時にひとりで起きて行った。一回も休まずに行ったというふうに聞いている。そこで、

「フーちゃん、ラジオ体操に行ったんだって?」

と訊くと、

「はい、ふみ子、皆勤賞をもらいました」

ミサヲちゃんがうれしそうにいった。

「一週間?」

「一週間です」

次男の話では、ラジオ体操の会で早起きのくせがついたフーちゃんは、二学期が始まってからは、ひとりで六時半に起き、着がえをして雨戸を開けて、あとの者が起きて来るのを待っているらしい。

妻は十月の末に大阪へお墓参りに行くので、大阪へ行ったときはいつも阪急の百貨店で何か

しらフーちゃんの着るものを買うことにしているから、何がいいとミサヲちゃんに訊く。ミサヲちゃんは、このときは何ともいわなかったが、大分日にちがたってから、電話で、コーデュロイのジャンパースカートがあればいいですと希望の品について遠慮がちに知らせて来た。

帰る前に、

「フーちゃんの最近のお習字あったら、見せて」

とミサヲちゃんにいうと、何枚か出して来て見せてくれた。「わら」。その中の一枚を貰って帰る。前に貰った「かに」の方が力強いが、この「わら」ものびやかで、いい。

ミサヲちゃんのところで、妻は南足柄の長女が三匹の仔犬を拾って来て、いまそれが家にいるらしい、久布白さんの葉書で分ったという話をした。ミサヲちゃんは、

「いま、お姉さんのところ、二匹いるんでしょう。五匹になったら大へんですね」

といった。

次男のところのジップは、南足柄の長女が世話してくれた。長女と親しくしている波緒《なお》さん——染織の仕事で人間国宝になった御主人の宗広先生のあとを継いで、家に置いた研究生の女の子に染織を教えている方である——のところで飼うことになった犬の兄弟になる仔犬を、親犬の飼主であるお医者さんから分けて貰った。波緒さんが貰った仔犬がいいから、その兄弟の仔犬ならきっといいだろうというので、貰った。その世話を長女がしてくれた。次男が南足柄

まで行って、車に乗せて帰ったとき、前から犬を欲しがっていたフーちゃんは、その仔犬を見て大よろこびしたらしい。

ジップという名前は、フーちゃんの好きな『ドリトル先生物語』（次男は子供のころ、家にあったロフティング作・井伏鱒二訳のこの物語を好んで読んでいたから、父子《おやこ》二代で愛好していることになる）に登場するドリトル先生の仲間の犬の名前を貰った。

「ジップとつけました」

と聞かされたとき、いい名前をつけてもらったなと私も妻もよろこんだのを思い出す。

ミサヲちゃんのところへ行った帰り道、妻は南足柄の長女が仔犬を三匹、どこかから拾って来たことについてこんなことを話した。

長女のところでは子供が大きくなって手もとを離れて、小さい子は小学四年の正雄ひとりきりになった。もともと子供を身のまわりに置いてかまいたい方なのに、正雄ひとりになって物足りない。何かしらかまいたくて仕様がない。そこへ棄て犬三匹を見て、かまいたい気持がこみ上げて来た。とはいうものの、自分の家には既にトムとジェリーと二匹もいるので、とにかく山の住宅地で親しくしている友達のところへ連れて行って犬を見せて、誰か飼ってくれる人はいないか探したんでしょう。ところが、どこの家でも犬を飼っている。何匹も飼っている。まさか久布白さんで、もらい手が見つかるまで預かっておくことになったのではないかしら。

がうち宛《あて》の葉書にその三匹の仔犬のことを書くとは思ってもみなかったんでしょう。こちらが出した手紙の「聞いたぞ聞いたぞ」を見て、「えーっ」と叫んだらしい。宝塚を見に行く日どりのことで電話をかけたときも、宅急便のお礼をいうのも忘れて、慌てふためいていた。「クブちゃんのばか」といったりして、とり乱していたの。——そんなふうに妻は話した。

ミサヲちゃんのところへ行ってから二日あとに、南足柄の長女が「冷汗を流しながら」書いたという手紙が届いた。

「ハイケイ　ご両親様」というのが書出しの、便箋五枚の手紙である。いつも長女の手紙は、

「ハイケイ　足柄山からこんにちは」

で始まるのだが、今回は三匹の仔犬のことがあるものだから、ひたすら低姿勢で書く手紙だから、こんな書出しになったのだろう。

最初に、土曜日のお昼前、正雄が学校から帰って来る直前にうれしい小包が到着したこと、思いがけず可愛い自分用のカメラを手にして正雄がよろこび、燥《はしや》いでいること、くじ引は当らないものと思っていたのにお母さんはすごい、今年は幸運の女神がついているみたいなどといい、そのほかにお菓子やにんにくのたまり漬、大学生の良雄の誕生日のお祝いの金一封やらの入った小包を送って頂いて、本当に有難うございましたと神妙に宅急便のお礼を申し述べてい

る。

それでね、いつものように嬉しいお手紙をわくわくしながら読み始めたところが、……どきっ、まずい！（ここのところ太字にしてある）「聞いたぞ聞いたぞ三匹も仔犬を拾ってきたこと」のところで心臓が口から飛び出した。いちばん知られたくない人に知られてしまった。ヤバイゾ。

ご両親様、まあまあ落着いて、「の」の字を書いて飲み込んで、気を静めて下され、私も焦らず、丁度タイミングよく小包に入っていた、食べると口の中がひんやりするというキャンデー（註・妻が気に入っていて、孫たちに上げる。りんご、桃、マスカットなどいろいろある）を口に入れて頭を冷して今書いておりますので、どうか次の聞くも涙、語るも涙の物語を聞いて下され。

以上が前置きで、さてそれから三匹の仔犬を拾った日の報告に移る。

先週は、月、火、水と三日間で子供部屋のカーテンをグリーンのチェック地で縫って、素敵に完成し、水曜日の夕方、いい気分でトムとジェリーのお散歩に森の中に登って行きました。(註・長女の住む足柄のお山は、箱根の外輪山のひとつである)いつものコースの山の林道を歩いていると、カーブを曲ったら、突然、仔犬が三匹、うずくまっていたの。もうびっくりしたのなんのって。思わず手を伸して、「おいで」といったら、飛びついて来たので、トムたちのお八つのビスケットを一枚くだいて上げたらがつがつと食べて。よっぽどおなかがすいていたらしくて、あとは夢中で、ついて来たというか、ついて来させたというか……。トムとジェリーが歯をむき出して怒るのをどなりちらしながら、疲れて歩けない仔犬を一匹ずつかわりばんこにだっこして家にやっと辿り着いたの。

人気のない山の中で、あのまま放っておけば死んでしまうし、「えい、ままよ! 明日は明日の風が吹く」と連れては来たけれど、それからあとが大変。もらってくれる人を探さなくてはいけない。「永久アフターサービス(旅行中の世話)いたします」とか、「今なら梨が五個つきます」とかおまけをつけて、首輪も可愛い色違いのを買って来て、紐《ひも》も附けて、すぐにでも連れて行ってもらえるようにしたり、奮闘努力の日々が始まりました。丁度そのとき「新潮」のお父さんの「文学交友録」を読んで、福原さんみたいな偉い人が棄て犬のクロやポチを飼っておられたという話を読んで(註・私はそのころ「文学交友録」を連載中の「新潮」の刷出しを、毎月、三人の子供に送ってやっていた。たまたま長女がこのとき読んだ号のなかに、英文学者の福原麟太郎《りんたろう》さんが溝のそばで震えていた、ねずみくらいの仔犬を拾って来て育てたこと、その前には、おとなりの小学生の姉妹が棄て犬を拾って来て、「おじさん、これを飼って」といわれて、飼うことにした。二人が「ポチ」と呼んでいたので、福原さんも「ポチ」と呼んで飼っていたという話が出て来る）うれしかったのです。

長女は仔犬のもらい手を見つけるために先ずグリーンヒルという山の住宅の友達の家を一軒一軒、仔犬をつれてまわったらしい。ところが、どこの家でも犬を飼っていて、引受け手は無かった。

幸い、一匹は近くに最近引越して来た人がすぐにもらって下さったの。白茶のぶちで耳のたれたビーグル犬のような可愛いオスとメスと茶色に黒がぼかしで入ったちびのメス一匹で、三匹がじゃれている姿は絵のようだし、子供たちや私のお友達もやって来ては可愛がってくれて、三つ子が生れたみたいで賑やかだけれど、現実はきびしい。日一日と大きくなっていくので、焦る、焦る。

波緒さんが「地獄のえんま様の帳面にね、犬を捨てた人にはバツ、なつ子さんにマルをつけてくれているからね」と慰めてくれました。一週間たち、やっとメスのぶちにまたもらい手が見つかり、連れて行かれて、今、眼が宝石のように可愛いちびが残っています。あと、ひとこぎ、もう一歩のところでアリマスので、どうかご声援よろしくお願い申し上げます。ただ今、ぬいぐるみのゴリラ（ちびはこれが恐くて仕方ない）と日経棒（日本経済新聞をまるめた棒。これが利く）でしつけ中。家の中へ上って来たりしたら、怒る。可愛らしくて、お利口なちびです。今なら栗がつきます。どなたかもらってくれる人いませんか━……という訳でありまして、どうかお心安らかにお元気でおすごし下さいませ。

九月十七日夜　　　　　　　　あの世ではマルのなつ子より。

南足柄の長女から来た手紙は、いつも妻が声を出して読む。この便箋五枚の「冷汗を流して書いた」手紙も、妻が読んだ。聞き終って、胸を打たれる。妻は、

「山の中に捨てられた仔犬を見つけて、知らん顔をして行くより、あとのことを考えないで連れて来る子の方がどれだけいいか」

という。

「その通りだ」

「放っておけば死ぬに決まっているんですもの。わが娘、よくやった、といってやりたいわ」

「それに拾いっぱなしじゃなくて、何とかもらい手を見つけようとして努力するから、いい。旅行のときは面倒をみますという永久アフターサービスとか、梨や栗をつけるとか、色ちがい

の首輪を買って来てつけるとかするというのだから、えらい」

「そうですね」

そんなふうに私たちは話し合った。妻は長女を安心させてやろうというので、すぐに南足柄へ電話をかけ、手紙を読んだことを伝えた。長女もほっとしたらしい。残った一匹も、今日、ミタケの何とかさんが夫婦で家へ犬を見に来て、御主人の方は五分間くらいじっと見ていて、返事はまたのちほどしてくれることになった。こんなとき、「かわいい」といってすぐに犬を抱き上げるような人はダメで、黙って長い間、犬を見ているような、慎重な人の方がもらってくれるの、きまったら電話をかけます、と長女は妻に報告した。

きまればいいなあと妻と話す。（この話は残念ながら、うまくゆかなかった）

頂きものの鮎《あゆ》の昆布巻《こぶまき》を妻がいつも畑で丹精したばらを下さる近所の清水さんに届ける。電話をかけて、「鮎、お好きですか」と尋ねたら、清水さん、「大好きです」といい、今日は昼から栗おこわを炊くので、二時半に来て下さいという。

で、二時半に妻は鮎の昆布巻を持って行き、栗おこわを頂いて帰った。

妻は台所で一日中、「赤蜻蛉《とんぼ》」を歌っている。去年の秋から週に一回、ピアノのおけいこに行っている。近くのアパートのピアノのある部屋で千歳船橋《ちとせふなばし》から来る木谷直子先生にバイエルのおさらいをしてもらっている。妻はこのおけいこを楽しみにしている。お弟子さんは小学生の女の子が殆《ほとん》どらしい。三十分のおけいこの最後の五分は、いつも先生といっしょに歌を歌う。それでおけいこの緊張をほぐすことになっている。

九月は、三木露風作詞、山田耕筰《こうさく》作曲の「赤蜻蛉」。台所から聞えて来るこの曲を私は楽しんでいる。

或る日、昼食のとき、

「いいなあ、『赤蜻蛉』は。ことばもいいし、曲もぴったりのいい曲だ」

といってから、

「どこもみないいけど、山の畑の桑の実を、というところが、特にいいなあ」

というと、妻は自分もそこがいちばん好きなんですというふうにいった。

妻の話では三木露風が「赤蜻蛉」を作ったのは大正十年で、昭和に入って山田耕筰がこの歌に曲をつけたらしい。阪田寛夫の『童謡でてこい』（河出書房新社）のなかで読んだという。いい詞にいちばんいい人がぴったりした曲をつけてくれた。三木露風に感謝し、山田耕筰に感謝したい。

昼前の二回目の散歩から帰って来たら、崖の坂道の下の浄水場に面した道で、バギーを押して来る「山の下」のあつ子ちゃんに会った。バギーには今年三月に生れた龍太が乗っていて、バギーの横を三歳になるお姉さんの恵子ちゃんが歩いて来る。恵子ちゃん、男の子みたいに野球帽をかぶっている。

「恵子ちゃん」

と声をかける。あつ子ちゃんは、いま、「山の上」へ寄ってお参りして来たところです、明日は雨になりそうなので、といった。お彼岸のお参りに来てくれたのである。

「お母さんが、恵子に、じいたんがお散歩から帰って来るころだから、じいたんと会うかも知れないよといったんです」

と、あつ子ちゃんがいう。

野球帽をかぶっている恵子ちゃんに、

「この前、じいたんの顔、かいてくれて、ありがとう」

という。バギーの中の龍太は、離乳食を食べさせるようになってから、かた太りのしっかりとした顔になって来た。あつ子ちゃんに、離乳食は何を食べさせているのと訊くと、パン粥《がゆ》です、六枚切りの食パンを一枚、食べます、よく食べますといった。

「這《は》うんだって?」

「ええ、よく這って、危いから階段の下り口のところにたつやさんが柵をとりつけたんです」

家に帰ると、妻が、恵子ちゃんに会いましたかと訊く。

「うん、会った」

「お彼岸のお参りに来てくれたの。明日は雨になりそうだからといって。恵子ちゃん、『がんばれ！ベアーズ』の女の子みたいに野球帽かぶって」

「うん。よく似合っていた」

「がんばれ！ベアーズ」は子供の野球チームとコーチをする男を描いた、異色のアメリカ映画であった。そのコーチをする飲んだくれの男（俳優の名前は思い出せない）がなかなかよかった。このチームの投手に起用される女の子になるテイタム・オニールがまたよかった。妻は、野球帽をかぶってお彼岸のお参り（書斎のピアノの上の父母の写真の前でいつも手を合せてくれる）に来た恵子ちゃんが、そのテイタム・オニールに似ていたというのである。

お彼岸の中日。妻は朝からおはぎを作る。先ずピアノの上の父母の写真の前にいくつかお供えする、次におとなりの相川さんへ二つ届ける。「よろしかったら、まだ一杯作ってありますから追加します」というと、大分前に奥さんが亡くなってからずっとひとり暮しの相川さんは「それじゃ、もう二つ」といった。

「あんなふうにいってくれると、張合いがある」

と妻はいう。すぐに二つ、届ける。

次に読売ランド前のミサヲちゃんに電話をかけて、「おはぎ作ったから、届ける」といったら、「かずやさんお休みですから、頂きに行きます」という。

二時半ごろ、次男一家来る。フーちゃんは枯れた篠竹《しのだけ》を持っていた。妻が迎えに出たとき、拾った篠竹で下の駐車場にいた猫を追いかけていたという。

妻が市場の八百清で買って来たメロンを切って、お茶にする。次男にはアイスコーヒーを出す。

次男の話。この間、ふみ子が学校へ行って、忘れ物に気が附き、走って取りに帰った。息を切らして帰って来た。それから学校へまた走って行った。遅刻はしなかった。

「いま、フーちゃん、何の本を読んでいる?」

と訊くと、暫《しばら》くして、フーちゃん、「グリム」といった。次男が、『オズの魔法使い』を読みたいといっているので、買うつもりでいる、新百合ヶ丘かどこかの本屋で見つけてあるという。

そこで妻が、

「それ、買って上げる。この前、『ギリシャ神話』で失敗したから、買わせて」

という。失敗とは、この前、フーちゃんに上げた『ギリシャ神話』に、首を切って、切られた首が飛んでいるところをかいたさし絵が入っていて、フーちゃんが怖れをなして読まなくなったことを指す。

フーちゃんはメロンを食べたあと、袋入りのせんべいを取って、てのひらの上にのせ、勢いよく叩きつけて、割ってから食べる。派手な食べかたをした。みな、驚いたら、フーちゃん、

「氏家《うじいえ》のおじいちゃんがしていたよ」

という。ミサヲちゃんに連れられて栃木の氏家のおじいちゃんとおばあちゃんの家へときどき行く。そのときに、おじいちゃんがこうして袋ごとせんべいを叩いて食べていたというのである。

「よく見ているなあ」とわれわれは感心する。

こうすれば、袋のなかで割れるから、せんべいの粉、かけらが出ないわけである。妻の話では、フーちゃんは二つ目のせんべいは、袋の上から肘《ひじ》の先をぶつけて割ったという。こちらは気が附かなかった。いろんな割り方があるものだ。

お茶のあと、妻がえあそびを教えてやる。リレー式の「えつなぎ」。紙を三つに折って、それぞれフーちゃん、春夫にわたす。先ず人間でも動物でもいい。頭の部分をかいて、そこを折って何の絵か分らないようにして、次の人にわたす。ただし、次の人がかきよいようにつなぎ目の印だけ入れておく。次の人は、胴に当る部分をかいて、何をかいたか分らないようにして

三人目にわたす。三人目は足の部分をかく。こうして三人が、それぞれリレー式に自分のかいた絵をかくしておいて次の者に折った紙をわたす。出来上ったところで、開けてみる。すると、例えば、猫の顔の下にニワトリの胴がくっついて、靴をはいた子供の足につながる絵が出来上る。

フーちゃんはこの「えつなぎ」が気に入った。何回も続けているところへ、「山の下」のあつ子ちゃんが龍太を抱いて、恵子ちゃんを連れて来た。次男一家がお彼岸のお参りに来ることを妻が知らせておいたからだ。こちらは午後の散歩に出かける。

次男の一家は、来るなり、書斎のピアノの上の父母の写真の前へ行って、みんなで手を合せてお参りをしてくれた。春夫は合せた手を顔にくっつけて、目をつぶる。お寺の幼稚園へ行っているので、「ナムナム」の仕方が身についている。そのあと、フーちゃんはピアノで「ねこふんじゃった」を弾いていた。上手に弾く。

妻は、お茶のとき、次男に南足柄の長女が山の中で仔犬を三匹拾って来て、もらい手を見つけるのに苦労した話を聞かせる、二匹までもらい手が見つかり、目下のところ、一匹だけまだ家にいるという。「山の下」の長男のところにも長女から、「仔犬いらない?」と電話がかかって来たらしい。「山の下」へ妻が行って、三匹の仔犬騒動のことを長男に話したら、「僕のところにもなっちゃんから電話がかかって来たよ」といった。大家さんのところへ訊きに行ったら、

「犬は困る」といわれた。そんな話をしていた。

朝、妻が庭から「英二伯父ちゃんのばら」を切って来た。最初のシュートの先についた蕾で、ふくらんで赤いのが少し見えて来たのを、「もう少し」といって切るのを延ばしていたもの。書斎の机の上の花生けに活ける。

「ひらき切らない前に切ったの」

と妻はいう。

「英二伯父ちゃんのばら」とは、前にいった通り、この家を新築して東京練馬の石神井公園から引越して来たときに、大阪の兄が枚方のばら園からつるばらとブッシュと五種類ずつお祝いに送ってくれた。風よけの木を先ず植えなくてはならなかったために、植木溜のような庭になり、日当りが悪くなって、せっかくお祝いに送ってくれた十本のばらが次々と消えてしまった中で、庭の隅に一つだけ残った大事なばらである。ばらを送ってくれた大阪帝塚山の兄は、去年の十一月、大阪の病院で亡くなったから、この庭の隅の「英二伯父ちゃんのばら」は、枯らすわけにゆかない。ひょろひょろと伸びて何やら心もとないが、今年のきびしい夏の日照りにもよくもちこたえて、秋に入って先に二つ蕾をつけてくれた。今朝、妻が切って来たのは、二つ目の蕾である。

一方、道路の側に面したところにあるブルームーンは、秋に入って調子がいい。元気のいいシュートをいっぱい出して来た。このブルームーンは、生田へ引越して来てから、妻が向ヶ丘遊園の花屋で買って来て植えたもの。

地主さんから借りた空地でばらを作っている清水さんは、妻に「ばらは私が咲いたのを届けて上げますから、お宅ではやめておきなさい」といってくれるが、自分の庭にばらがあって、こうして蕾をつけてくれるのは嬉しいものだ。

次男一家が来たときに聞いた、フーちゃんが読みたいといっている『オズの魔法使い』を買いに、妻と成城の本屋へ行く。ところが、本が見つからない。小さい活字の、年長の読者向きの本は一冊あったが、フーちゃんには絵がいっぱい入っている、活字の大きい本がいいだろう。そこで向ヶ丘遊園の本屋へ行ってみることにした。

「あればいいがなあ」といいながら、成城から電車に乗った。向ヶ丘遊園の本屋へ入って、子供の本を並べてある棚を探すと、うれしいことに、『オズの魔法使い』はすぐに見つかった。活字も大きいし、楽しそうなさし絵がいっぱい入っているので、妻と二人で、「よかった、よかった」という。これならフーちゃんもよろこぶだろう。

妻は、買った本をすぐに郵便局から出せるように、表書きを書いた封筒を用意して来た。本屋を出て、少し離れたところにある登戸の本局まで雨の中を歩いて行く。土曜日の午後で、局が開いているかどうか分らなかったのだが、そばまで来て、人が二、三人、出て来るのが見えた。有難い。中で妻の用意した書籍小包の封筒に赤いリボンのかかった本を入れてガムテープで封をして窓口へ。

無事に出し終えて、妻は、「フーちゃんに知らせて上げる」といい、局の中の電話でミサヲちゃんのところへかける。妻の話をきくと、いきなり電話にフーちゃんが出て、「庄野です」という。

「こんちゃんよ」

といってから、

「おじいちゃんと本屋で『オズの魔法使い』を買って、いま、郵便で送ったの。月曜日か火曜日に着くから、着いたら読んでね」

すると、フーちゃんは、うれしそうに、

「うん、わかった」

それから妻は、

「この前、こわい絵の入った本を上げて、ごめんね」

というと、フーちゃんは何かもごもごいっていた。いいえ、そんなことありませんというつもりだったのかも知れない。

最後に妻が、

「今度、また面白い遊びを教えて上げるから、いらっしゃい」

といったら、

「うん、わかった」

この前、フーちゃんたちが「山の上」へ来たとき、紙を三つに折って一人ずつ頭、胴、足の部分を書いて次の人にわたす、リレー式の「えつなぎ」を教えたら、フーちゃんは大へんよろこんだ。妻は、また新手のあそびを教えるからいらっしゃいといったのである。

電話をかけ終った妻から話を聞いて、

「あの無口なフーちゃんにしては、うん、わかった、は上出来だよ」

と私はいった。妻は、フーちゃんの弾んだ声の「うん、わかった」を二回、真似てみせた。フーちゃんにしてみれば、それが精いっぱいのよろこびと感謝の表現であったのだろう。よかったなあ、フーちゃんの読みたがっていた『オズの魔法使い』が本屋で見つかって、その上、郵便局があいていて、すぐに送れて、と妻と話しながら家に帰った。

夕食のあと、妻は、

「うん、わかった」

と、フーちゃんの電話口での声を出してみせる。来週、本が着いたら、学校から帰ったフーちゃんがよろこぶだろう。赤いリボンを外して、包み紙から本を取り出して、読むだろう。ところで、これまでに『オズの魔法使い』の本を読んだことのない、映画もみたことのない（このお話は映画になったらしい）私は、いったいどんな筋の物語なのか、知らない。だが、次男がこの前、来たときの話では、次男は子供のときに『オズの魔法使い』を読んで、よかったといっているから、むかし、家の中に子供向けの本はあったのだろう。

夜、南足柄の長女から電話がかかり、家に残っていた三匹目の仔犬のもらい手が見つかりましたという報告があった。一匹目をもらってくれた、最近、近くへ越して来た人が、もらい手を見つけてくれた。その人の友達で葉山の大きな家に御主人の親と同居している人に話したら、小学生の女の子を連れて犬を見に来た。気に入った。ただ、御主人が出張中で、ひとりで決めるわけにゆかないから、出張先へ電話をかけて訊いてみるといって、その日は帰った。昨日、出張先の御主人と連絡がとれて、お許しが出たという電話がかかって来た。葉山の大きい家だが、御主人のお父さんという人は前にできものだらけの棄て犬を飼っていたことがある。そんな家だから、今度の仔犬もきっと可愛がってくれる。玉のこしに乗ったのといって、長女はよろこんでいた。

妻の話を聞いて、

「よかった、よかった、めでたい」
といって、二人でよろこぶ。

朝、仕事をしていると、「山の下」の恵子ちゃんの声がしたと思ったら、長男が恵子ちゃんを連れて、お彼岸のお参りに来てくれた。書斎のピアノの前でお参りしてくれたあと、紅茶をいれて、図書室で南足柄の「三匹の仔犬騒動」のこと、三匹とももらい手がきまって、めでたしめでたしで解決したことを、妻が話して聞かせた。

恵子ちゃんは牛乳一本、ストローで飲む。

「この前、どんぐり上げたとき、恵子ちゃん、どんぐりころころの歌、うたったんだって」
といったら、恵子ちゃんは「どんぐりころころ」の歌のつづきを歌い出した。
「泣いてはどじょうをこまらせた」というところを歌った。
「どんぐりころころ」の次に「サッちゃん」を歌い、「サカタさんの」という。日本中の子供に親しまれているこの童謡の作者が、「じいたん」のお友達の「サカタさん」だということを、ちゃんと知っている。お父さんから教わったのだろうか。賢い子だ。

仕事を済ませてから、妻に「山の下」の長男の育てたへちまが見事だから、見て下さいといわれて、一緒に「山の下」へ行く。家の前の道に農家の人のかぶるような帽子をかぶった男がいると思ったら、それが長男であった。園芸が好きな長男は、園芸の仕事をするとき、この帽子をかぶるらしい。

家の前の空地に篠竹を立ててへちまの棚を作っているのは聞いていたが、こんなに大きいへちまがぶら下っているとは知らなかった。

「へちま、見に来た」

というと、長男は、

「一つ、持って行って下さい」

といい、家から鋏《はさみ》を取って来て、一つ、つるから切って、妻に渡した。どっしりとした、見事なへちま。八つくらいぶら下っている中から一つ、切ってくれた。

「山の下」から戻って、妻はピアノのふたの上に長男から貰った大きなへちまをのせて、お供えする。さっき、長男がお参りに来てくれたとき、三歳の恵子ちゃんも、ピアノの前で手を合せて「ナムナム」してくれた。あとで妻が、一昨日は次男一家が、その前の日には「山の下」のあつ子ちゃんが来てくれ、今日、長男が来てくれた。

「みんなお参りしてくれた。こちらもおはぎをみんなに配ったし、いいお彼岸でしたね」

といった。その通りだ。

夕方、妻は明後日（二十七日）の長男の誕生日のお祝いに山形の酒の「初孫」を一本、「山の下」へさげて行く。その前に、東京ガスの前で子供連れの客にくれる風船を恵子ちゃんに上げるために二つ貰って来た。行く前に電話をかけて、風船持って行くからといったら、長男は、東京ガスで三つ貰って来たからといったが、「多い方がいいから」といって持って行く。妻の話。恵子ちゃんは、風船を三つ、手首に括《くく》りつけてもらって出て来た。長男がいうには、弟の、今年三月に生れた龍太がその風船を欲しがったが、上げなかったらしい。そこで、妻が持って来た中の一つを龍太ちゃんに持たせてやった。

残った一つを恵子ちゃんに渡し、

「風船一つだけとばそう」

という。

「手を放してごらん」

赤い風船が一つ、空に上ってゆくのを、長男と恵子ちゃんとあとから出て来たあつ子ちゃんとみんなで見上げる。恵子ちゃんの風船を放した手と手をつないで、風船が小さくなるまで見上げていた。恵子ちゃん、風船が上ってゆくにつれて、つないだ手に力を入れる。

そのあと、長男がへちまのつるを切って取った化粧用のへちま水をくれた。ブランデーの壜にいっぱい入れたのをくれた。

朝食のとき、妻は、昨日、風船とお酒を持って「山の下」へ行ったら、道で会った、顔見知りだけど名前は知らない人から三人も、「お孫さんのところへ行くのですか」と声をかけられたと話す。

「風船持っていたら、お孫さんのところへ行くと思うのでしょうね」

二回目の散歩の帰り、家の裏口から出て来た戸沢さんの奥さんと会って、挨拶をして、そのまま行こうとしたら、

「呼んでおられますよ」

と、子供の遊び場のある小さい公園の方を指す。公園に恵子ちゃんを連れた長男がいて、笑っている。公園へ入ると、恵子ちゃんが、

「じいたーん」

といって駆けて来た。

両手で受けとめてやると、

「息が切れちゃった」

という。長男は昨日と今日と二日続きの休みらしい。妻が貰って来たへちま水をつけてみて、よろこんでいると長男に話す。

家に帰って、公園に長男と恵子ちゃんがいたこと、じいたーんといって恵子ちゃんが走って

来たことを妻に話すと、

「恵子ちゃん抱いて上げたら、よろこんだのに」

という。

ぼんやりしていて、抱き上げてやらなかった。あんなにいっしょけんめいに駆けて来たのに。残念なことをした。

朝、

「ブルームーンがいっぱい出て来ました」

という。

道路に面したブルームーンは、夏の間、枯れたんじゃないかと妻が心配していた。それが九月に入ってから盛んに芽をふき出し、その芽がどんどん伸びて来ている。有難い。「英二伯父ちゃんのばら」といっしょに、夏の終りになって、朝夕、妻が水をやった。それが利いたのかも知れない。数えてみると、新しく伸びて来たのが八本もある。これから沢山葉を出しそうだ、頼もしい。

夜、

「フーちゃんのところに『オズの魔法使い』着いたでしょうね」

と妻がいう。先週の土曜日に登戸の本局から送った。今日が火曜日。そのとき、電話で、

「月曜日か火曜日に着くから、着いたら読んでね」

といったのだが、月曜日は無理かも知れないとして、今日は着いているだろう。きっとよろこんでいるだろう。


朝、スコップを持った妻が、小雨のふる中を庭へ出て行く。ブルームーンの根元を掘って、何やら埋めたらしい。戻って来て、

「ブルームーン、いっぱい伸びて来ている」

という。

「何を埋めた?」

「台所の生ごみ」

といってから、妻は、

「現金なものね。芽がいっぱい出て来ると、欲が出て来て」

そういって笑う。「英二伯父ちゃんのばら」の方もこんなふうに勢いが出るとうれしいのだが。

フーちゃんから手紙が来た。本が着いたんだ、よかったといって、妻とよろこぶ。

おじいちゃん　こんちゃんへ。

オズの魔法使いの本ありがとうございました。わたしは、ちょっとよみました。絵がとってもかわいかったです。こんどあそびにきてね。

ふみこより

「魔法使い」というところと「本」と「絵」のところと漢字を書いてある。「魔法使い」は、本を見て写したのだろう。「絵」という字も書けるのである。

もう一枚には、『オズの魔法使い』に出て来る「ブリキのきこり」「かかし」「ライオン」「ドロシーと子犬のトト」の絵がかいてある。「子犬のトト」は少女のドロシーが抱いている。

こちらは二人とも『オズの魔法使い』の本を読んでいないものだから、この手紙にフーちゃんがかいてくれたのは、物語の主な人物であろうと見当をつけるだけで、よく分らない。

「長い時間かけてかいたんでしょうね。丁寧にかいてある」

と妻がいって感心する。

「ドロシー」は長いスカートの服を着ている。可愛い表情をしている。「かかし」はとんがった帽子をかぶって、ボタンのついた服を着せてもらっている。「ライオン」の顔を念入りにかいてある。ライオンがこのドロシーたちといっしょにどこかへ行くのだろうか。何しろ、どんなお話なのか知らないから、心細い。

「フーちゃんは、本を送ってもらったお礼をいうのに、電話でなくて、やはり手紙をかく方がよかったんですね」

「そうだ、絵を入れてね。いいなあ」

フーちゃんの手紙を貰ったことを、妻と二人でよろこび合った。

## 三

この前、妻と二人で「山の下」へ行ったとき、長男がぶら下っているのを切ってくれた大きなへちまは、はじめ書斎のピアノの上にのせて、父母の写真の前にお供えしてあったが、妻が居間に移して、壁の柱に立てかけた。

今度はそのへちまに妻がマジックペンで目と鼻と口と眉をかき入れて、女の人の顔にした。笑っている顔。

「へちまに顔をかいてみようかな」

と妻がひとりごとみたいに呟いているのを聞いたのが昨日か。今日、見たら、もう顔をかいてあった。

もとのままのへちまの方がいいような気がするが、この笑っている女の人の顔が入ったのも、これはこれで愛敬があって悪くない。

土曜日。妻と二人で新大久保の東京パナソニック・グローブ座へなつめちゃんのミュージカル「シーソー」を見に行く。なつめちゃんは阪田寛夫の次女で、三年前に宝塚歌劇団を退団して以来、宝塚時代の大浦みずきの名前でフリーで活動している。私はなつめちゃんが宝塚音楽学校本科生のときにお父さんの阪田寛夫に頼まれて芸名をつけさせてもらった御縁もあり、なつめちゃんが音楽学校に入ったときから一家で応援して来た。初舞台の「虞美人《ぐびじん》」に青服の兵士の一人として出演したときも、妻と二人で宝塚へ出かけて、阪田夫妻と一緒に初舞台を見せてもらった。

なつめちゃんがはじめて主役を頂いた宝塚のバウホールの公演も見に行った。私と妻だけではない。南足柄の長女も熱心に声援を送って来た。のみならず、大浦みずきのさよなら公演の「ヴェネチアの紋章」のときは、次男の長女の五歳になるフーちゃんまで連れて、みんなで見に行った。

なつめちゃんが宝塚を離れてフリーで活動するようになってからは、私と妻はその行末が気がかりで、いく分はらはらしながら、見守っている。今年に入ってから天王洲の劇場でミュージカル「ザ・シンギング」に主役で出た。ニューヨークへまぎれ込んだ宇宙人と知り合い、好きになって一緒に暮すようになる娘の役で、ほのぼのとした、いい舞台を見せてくれた。次は八月に芝公園の郵便貯金ホールで歌のリサイタルがあった。このときは、伴奏の楽団の音楽がやかまし過ぎて、なつめちゃんの歌がよくききとれなくて残念であった。

そんなことがあったので、今度の公演の音楽がまたもや前回のようにやかましいものにならないかと心配した阪田は、この日の午前中に届く速達の葉書をくれて、通しの舞台稽古を見に行った奥さんの報告によると、今回は芝公園のリサイタルのときとは別の楽団で、音もそれほどやかましくなさそうですと知らせてくれた。

早目に家を出たので、劇場には開演の五十分前に着いた。受附にいた娘さんに楽屋まで案内してもらった。楽屋着で現れたなつめちゃんに、妻が家を出る前に炊いて来た松茸《まつたけ》御飯の、たっぷり二食分は入った包みをさげ袋ごと渡して、

「松茸御飯です」

というと、なつめちゃんは、

「ああ、うれしい」

といった。

いつもそうなるのだが、この日の「シーソー」はなつめちゃんの「ご招待」で、座席券を送ってくれた。それが前から三列目のC席の真中のいい席であった。その列の右端に阪田夫人がいて、阪田が仕事していて、先に来ましたといった。阪田は阿佐ヶ谷の近くで、新大久保まで

はいくらもかからずに行けるから、気がゆるむのも無理はない。小田急の生田の私たちみたいに二時間も前に家を出なくてもいいだろう。

その阪田寛夫は、開幕ぎりぎりに駆けつけて、私のとなりの席で顔の汗を拭いていた。遅れそうになって、新大久保の駅から走って来たのかも知れない。あとでくれた葉書によると、阪田は出がけに自分の切符がどこにあるのか分らなくて、慌てて探しまわり、遅くなったということであった。幕が上って、ピアノとベースとギターを中心とした楽団が静かな開幕の音楽を演奏している間も、阪田はハンカチで汗を拭いていた。

「シーソー」は、一九七〇年代、ニューヨークでダンサーを目ざして修業しながらひとり暮しをしているユダヤ人の娘のギテルが、ネブラスカから出て来て、ニューヨークで法律事務所を開こうとしている男ジェリーと知り合い、一緒に暮すようになるが、煮え切らない男に愛想をつかして別れるという物語。原作の戯曲があるらしい。

ブロードウェイ・ミュージカルというので、軽い、楽しい舞台を想像していたら、真面目な、むしろ重い劇であった。なつめちゃんのニューヨークの踊り子ギテルの役の演技がよかった。男と別れる決心をするあたりは、見ごたえがあった。

いくらか暗い話ではあるが、楽しい場面が無かったわけではない。法律の勉強ばかりする男（弁護士である）と一緒に暮すのは大へんと歎いてみせるギテルが、法律文書の文句を覚えよ

うとすると、ギテルの仲間で特別踊りが達者で振付家になるデイヴィッドが、

「そんなの踊りながら覚えればいい。わけないよ」

といって、軽くタップを踏んでみせると、まわりにいた仲間の踊り子たちがデイヴィッドに合せてタップを踏み、みんなで星のかたちをした銀紙を手にして群舞へと移る場面がすばらしかった。もう一度、そこだけ見たくなるほど、よかった。

数年前までなつめちゃんと同じ宝塚花組にいて歌い手として活躍していた峰丘奈知が、ギテルの仲間の踊り子で出演していて、歌とダンスが光っていた。音楽もよかった。

三

なつめちゃんの「シーソー」の明くる日は、次男のところの下の子の春夫の幼稚園の運動会を妻と見に行く。ミサヲちゃんからの電話で、九時二十分に読売ランド前の駅で次男と会うことになっている。八時五十分に着き、フォームのベンチで時間の来るのを待ち、九時十分に改札口を出たら、次男がいた。一緒に歩いて香林寺幼稚園へ。フーちゃんの通っている西生田小学校を通り越した先にある。こちらは遅れがちで、次男は何度も立ち止って待ってくれる。あとで妻から聞いた話では、次男は、

「お父さん、歩くのが遅くなったね」

といって、驚いていたらしい。近頃歩くのが遅くなったのは、自分でも気が附いている。生

田の駅へ出るときでも、妻の方が足が速くて、こちらはいつも離されてしまう。今年になってから、目立って歩くのが遅くなったようだ。

春夫の通っている香林寺幼稚園というのは、お寺が経営している幼稚園というので、小さいところかと思っていたら、建物も立派で、運動場も広い。開会式の園長先生の挨拶が始まっていた。来賓のための椅子席の端の方が空いているので、そこへ坐らせてもらう。ミサヲちゃんは運動会の役員でかけまわっていて忙しく、椅子に坐ったのは次男と私たちだけ。フーちゃんはうしろの靴箱のところにもたれていた。次男が手招きしたら、かぶりを振って、ここにいるという。私たちの坐ったのが来賓のための椅子席だというのが分っていて、坐りたくなかったのかも知れない。

春夫はプログラムの二番目のかけっこに出て、三等であった。ミサヲちゃんは、ゴールでもう一人の役員のお母さんとテープを持つ係をしていた。

春夫は七番目のおゆうぎ「おむすびジャンボ」にも出た。お揃いの黄色のシャツに紺色のトレーニングパンツの若い女の先生たちが、園児の先頭に立って手を振り、足を上げするのだが、みんな可愛くて溌剌《はつらつ》としているのに妻と二人で感心した。

午前の部の終りの「パラバルーン」(年長組)というのがよかった。ひろげた大きな風船のまわりに子供がついていて、その布の風船を持ち上げたりする。大きく振って下すと、真中のところだけ、まるくふくらむ。子供らがみんな風船の下にもぐり込んで、見えなくなってしまう。そこがよかった。大きな布の風船をふくらませたり、中にかくれたりしてあそぶ。楽しませてくれる「おゆうぎ」であった。

午前の部が終って、椅子席のうしろ、靴箱の前のコンクリートの床に場所を取っておいたビニールシートの席にみんな揃ってお昼弁当を食べる。フーちゃんも来た。ミサヲちゃんから、十月二日に春夫の運動会があります、見に来て頂けますかという案内の電話がかかったとき、妻が、

「お弁当つき?」

と訊くと、ミサヲちゃんは、はいといった。

「お弁当つきなら行くわ」

と妻は返事したという。西生田小学校のフーちゃんの運動会は二回、見に行ったが、いつもミサヲちゃんがおいしいお弁当をどっさり作ってくれた。お弁当つきなのは分っていて、妻はそういったのである。

重箱の蓋をミサヲちゃんが取ると、海苔巻《のりまき》が詰まっている。もう一つの重箱には、おかずがどっさり。

「ミサヲちゃん、朝早く起きて、作ってくれたんでしょう」

三

と妻がいうと、フーちゃんは、

「五時」

といって、指を五本、出してみせた。お母さんが運動会のお弁当を作るのに何時に起きたのか、知っている。確かにこれだけの中身のお弁当を作るには、そのくらい早起きしないと無理だろう。

鱈子《たらこ》と梅干入りの海苔巻。鱈子入りの方から頂く。おいしい。別の重箱には、とりのから揚げ、こんにゃく、人参、大根のお煮〆《にしめ》、ほうれん草で巻いた玉子焼。みんなおいしい。特にとりのから揚げがおいしくて、沢山頂いた。ミサヲちゃんは料理がうまい。

妻は、ミサヲちゃんから案内があったとき、「果物は持って行くから」といい、すぐに食べられるようにしたメロンと梨を持って来た。

フーちゃんは、二つ目の海苔巻を取って、梅干が出て来ると、指で取って春夫に渡した。梅干は塩辛くて、フーちゃんは苦手なのだろうか。

次男は、午前中の親子で出る「ドライブにゆこう」に出た。フーちゃんは午後の部の卒業生の「大球ころがし」に出た。フーちゃんは生田のみどり幼稚園へ行ったが、春夫のお姉さんということで卒業生の中に入って出た。

朝は曇っていて、いつふり出すか分らないという空模様であったが、午前の部が始まってしばらくすると、日が照りつけ、この席は大きな木のかげに入って涼しくて助かると妻がよろこぶほどのいいお天気になった。

午後の部を二つだけ見て、先に帰る。次男が入口の外まで送ってくれた。夕食のとき、若い女の先生がピチピチしていてよかった、春夫はいい幼稚園へ入ってよかったなと、妻と二人で話した。

「山の下」の長男から貰って、居間の壁の柱に立てかけてある「へちま美人」が少し細くなったと思いませんかと妻がいう。

そういわれてみると、長男がつるから切ってくれたのを貰って帰って、ピアノの上に置いてお供えしたときは、もっと大きかったような気がする。妻が眉と目と鼻と口をマジックペンでかいてから一週間ほどたった。その間に「へちま美人」は少し細くなったらしい。はじめは、もっと太っていた。

三

朝、妻は家の前の掃除を終って家の中に戻ると、

「箒《ほうき》持って外へ出たら、木犀《もくせい》の香りがいっぱい。いいですね、秋らしくて」

という。

庭の木犀の花は二本とも満開。もう散り始めている。おとなりの相川さんの門の横の木犀も満開。

妻の話。木谷先生のピアノのおけいこのとき、始める前に、
「とんちんかんな音出しますけど、先生、笑わないで下さい」
といったら、先生、笑い出して、
「いま、笑っておきましたから、安心して弾いて下さい」
といった。

毎週月曜日のピアノのおけいこを妻は楽しみにしている。いまはバイエルの終りに近くなっている。

三十分のおけいこだが、最後の五分間は木谷先生といっしょに歌をうたうことになっている。それでおけいこの緊張をほぐそうというのである。歌は、先生が毎月選んで、楽譜を下さる。九月は「赤蜻蛉」。十月は「旅愁」になった。「赤蜻蛉」がよかったので、妻は家でよく歌っていた。「赤蜻蛉」をもっと歌いたかったけど、「旅愁」も歌ってみるとなかなかいいと妻はいう。

近所の女の子の姉妹のこと。

私がいつも崖の坂道を下りて散歩に出かける道のよこに、小学三年と四年くらいの女の子の姉妹のいる家がある。その上にもう一人女の子がいるらしいが、三人で遊んでいるところは見たことがない。建物の二階に家族は住んでいる。コンクリートの壁のところにバスケットボールのゴールのネットをとりつけたのは、いつごろだろう。お姉さんの方が熱心で、よくボールを投げているのを見かけた。壁のネットの上に四角の印がかいてあって、そこを目がけてボールを投げると、壁に当ってはね返ったのがうまくネットに入る。

夏になる前のころだが、散歩に出かける途中、お姉さんの方が壁に向ってボールを投げているので、立ち止って見ていると、うまくネットに入った。手を叩いたら、うれしそうにこちらを振り向いて笑った。

そんなことが、二、三回あって、私はこの子と顔を合せる度に、手をあげて、会釈をするようになった。この子は、笑って「こんにちは」という。

一度、その子がバスケットの練習をしているところへ通りかかったとき、

「お父さんはよく入れるよ。十八回、入れた」

と私にいったことがある。

どうやらこの子のお父さんがスポーツ好きで、自分の家の壁にネットをとりつけたらしい。「十八回入れた」というのは、十八回投げて、続けて十八回ゴールに入れたということだろう

か。

四、五日前のことだが、午後の（三回目の）散歩から戻って来て、この家の横を通りかかったら、頭の上から「ヤッホー」という女の子の声が聞えた。二階のヴェランダのバスケットのゴールのあるその真上のあたりに、例の女の子の姉妹がいて、声を立てているのであった。

こちらも下から手を振った。そのままそこを通り過ぎて、崖の坂道を上り、二つ目の曲り角まで来て、女の子の家の方を振り返ると、さっきのヴェランダにまだ二人はいて、こちらに向って大きく手を振っている。

散歩の帰りに私が崖の坂道を上って行くことをちゃんと知っていたのである。よろこんで、こちらも大きく手を振った。

この姉妹の勉強部屋は二階にあって、ヴェランダにすぐ出られるらしい。昼間、部屋に電燈がともっているのを見かけることがある。

庭掃除をしていた妻が家へ入って来て、

「ブルームーン、また芽が出て来ました」

という。

夏の間は枯れたのではないかと心配して、妻が枝を折り曲げてみたほどであった。九月に入って元気のいい芽を次々と出して、それがみな大きくなって私たちをよろこばせた。十月になっても元気のいいのがとまらない。

朝、妻が、

「お父さんのお命日を祝福して、朝顔がひとつ咲きました」

という。

すぐに見に行く。門へ下りる階段の下にある。

「もう植木鉢を片づけようと思っていたら、蕾が出て来るの。十月の朝顔って、いいものですね」

妻は朝から父の命日にお供えするかきまぜを作りにかかる。昔、帝塚山の家で何かあると母が作った、父母の郷里の阿波徳島風のまぜずしを、わが家では「かきまぜ」と呼んでいた。私は戦争中、海軍予備学生として横須賀に近い武山にいたことがあるが、行軍に出かけた先の逗《ず》子《し》ではじめて家族との面会が許された。このとき、大阪から妹と二人ではるばる逗子まで来てくれた母が私に食べさせようと、かきまぜを作って持って来てくれたのを思い出す。

午前中に妻は「山の下」へかきまぜを届ける。会社が休みの長男が家の前で園芸の仕事をしていて、収穫したばかりのさつまいもの大きいのを二本くれた。

午後、かきまぜを届けに読売ランド前の次男のところへ二人で行く。昨日、妻がミサヲちゃんに電話をかけて、「おじいちゃんの命日でかきまぜ届けるから」と知らせておいた。

日曜日で、フーちゃん、家にいる。妻は、木谷先生の門下生の発表会が国立のホールであったときに頂いた記念品の小さな黒板をフーちゃんに上げる。

おえかきが好きなフーちゃんは、黒板に附いているマジックペンで絵をかいては、黒板ふきで消す。面白くて、止められない。ドラムの絵をかいて、よこに「ドンドン」とかく。ヴァイオリンをかいては、「キーキー」。妻が楽譜の曲の始まりの記号をかいて、教えてやると、自分もかいてみて、覚えようとする。ミサヲちゃんの家にいる間中、黒板のそばから離れようとしなかった。よほど気に入ったらしい。

フーちゃんに、

「オズの魔法使い、読んでる?」

と訊いたら、ウンといった。ミサヲちゃんが、

「かずやさん、子供のころに読んで面白かったといっています」

という。妻は、

「フーちゃんに本買って上げたから、読んでみようと思って、大人用の『オズの魔法使い』を買って読んでみたの。はじめ、少し面白くないと思ったけど、読んでいるうちによくなって来

て、読み終ったらとてもよかった」

　とミサヲちゃんに話す。

　ミサヲちゃんには、おとなりの相川さんから頂いた葡萄の巨峰と、行きがけにかきまぜを届けた清水さんから頂いた宮城の妹さんからの枝豆を上げた。

　ミサヲちゃんは、

「お茶がいいですか？　コーヒーがいいですか？」

と訊いて、コーヒーをいれてくれた。おいしいコーヒーであった。

　トランプの「名さし」のやり方を妻がフーちゃんに教えて、一回だけして、帰る。

　夜、かきまぜを食べ終って、妻は、

「いいお命日でしたね。かきまぜ作って、子供に配って、清水さんにも上げて。みんなで頂いて、いい供養をして」

という。その通りの、いいお命日であった。

　朝、妻が、

「英二伯父ちゃんのばらに蕾がついています」

という。

あとで見に行くと、ひょろひょろ伸びた一本のシュートの先に、大きくなった蕾が出ている。うれしい。一方、石垣の近くのブルームーンは勢いがよくて、シュートの先にいくつも蕾をつけている。

木谷先生のピアノのおけいこのあとで一緒に歌う歌は、九月の「赤蜻蛉」から「旅愁」になったが、妻は「旅愁」も歌ってみるといいという。この「旅愁」は外国の曲に日本で言葉をつけたもので、作詞は犬童球渓という人であることは知っていた。ところが、犬童を私は「イヌドウ」と読んでいた。変った名前があるものだと思っていた。

昼食のとき、そのことを妻に話すと、木谷先生から頂いた楽譜を持って来て、

「いんどう、となっています、ローマ字で」

という。

「曲はアメリカでした」

「アメリカか。英国かと思っていた」

「オードウェイ、U・S・Aと書いてあります」

楽譜を見ると、なるほどIndoと書いてある。「いぬどう」でなくて「いんどう」であった。

珍しい姓だが、どこの人だろう?

妻は、「ふーけゆく」にしても「あーきのよ」にしても、歌いよい歌詞がつけてあるので、「いんどうさん」に親しみが湧いて来るという。うまく曲に合せて、歌いよい歌詞をつけてあるのに感心しますという。なるほど、その通りだ。

昼前の二回目の散歩から帰ると、妻は、

「ミサヲちゃんから電話がかかりました」

という。

ふみ子と春夫の七五三のお参りを十一月十九日（土）にします。西生田の細山の神社に頼んで来ました。写真をその前にとっておいて下さいといわれました。お参りのあと、うちでお祝いの食事をしますといった。

妻は、フーちゃんの七五三のお祝いに着せる着物のことで、いつも行く美容院の「ふじ」の女主人に前から相談して、よく似合う着物を着せてやるつもりで、着物の借り賃のお金も溜めてあったのだけれども、ミサヲちゃんが着物のことも心づもりをしているらしいので、ミサヲちゃんに任せることにしますという。それがいいだろう。

「フーちゃん、着物着せたら可愛いでしょうね」

と妻は何度もいう。

三

次男夫婦は、子供の七五三のお祝いについては一切自分たちで用意をして、こちらに世話をかけない気でいる。お金も沢山かかることだから、親に心配をかけまいというのである。心がけがいい。

「その分、お祝いをしてやりましょう」

と妻がいう。

そうしてやりたい。

南足柄の長女の誕生日には、毎年、本を上げることにしている。今年も誕生日まであと九日になったので、午後から妻と成城の本屋へ行く。いつも外国の作品から適当なものを選ぶ。文庫本の棚を見て、『マノン・レスコー』(岩波文庫)に決めた。よく存じ上げている河盛好蔵さんの訳だからなおいいと、妻と二人でいい本が見つかったことをよろこぶ。

南足柄の長女が来る。一年間、連載した「新潮」の「文学交友録」の最終回の校正刷を読み終ったところへ来た。書斎で長女の話を聞く。今年四月に横浜に本社のある、お父さんの会社に勤めることになった長男の和雄のこと。末っ子の小学四年生の正雄が、運動会の徒競走で、一年生のときからの強敵であるアカギシンゴにはじめて勝って一等になったことなど。

「おさむらいみたいな名前の子で、かけるのが速くて、どうしても勝てないの」と長女が話していた同級生に勝ったというのだから、めでたい。

昼は、八日先の長女の誕生日のお祝いに、妻はお赤飯、鯛の刺身、松茸の土瓶むしなどを出してやる。食卓についたとき、妻と二人で、「ハッピーバースデイ トゥーユー」を歌って祝福した。長女は松茸の土瓶むしをよろこぶ。この松茸は、昨日、成城へ長女に上げる本を買いに行ったとき、食料品店で買った国産の松茸。

昼食のあと、こちらが散歩に出ている間に、妻は横浜市緑区の川口さんのくれた人形と、その人形に着せて下さいといって、先日、川口さんから届けられた人形の着物の材料をそっくり長女に渡した。長女は妻と同様、人形の着物なんか縫えないけれども。山の住宅のおとなりのブラジル帰りの斉藤さんのおばあちゃんが縫い物が得意なので、縫い方を教えてもらって、自分で人形の着物を縫ってみるといっている。妻は大よろこびで、川口さんの持って来た着物の材料をお人形ごと全部、長女に渡したのである。長女にすべてを任せてほっとしたという。

長女をバス停まで送って行ったあと、妻はミサヲちゃん宛に長女の持って来た、正雄のお古のゴム長靴、エプロン、小田原の干物などの入った宅急便を作り、二人で長沢の「ローソン」へ出しに行く。そのあと、長女の持って来た干物、エプロンを「山の下」へ届けに行く。

長男、休みで家にいる。今年三月に生れた龍太が机につかまって立つようになったという。

三

いま、七カ月。

「十カ月で歩くよ」

と妻が長男にいう。

恵子ちゃんに南足柄の長女がくれたおもちゃの電話を上げる。恵子ちゃんに電話をかけさせる。

「もしもし、じいたんですか」

「はい、じいたんだよ」

妻が電話をかけて、

「おひる、なにたべた？」

と訊くと、恵子ちゃん、

「おうどん、たべた」


南足柄の長女からお誕生日のお祝いをしてもらったお礼の葉書が届いた。

今日は天高く晴れわたった気持のよい日に、植木屋さんがきれいに刈り込んでくれたお庭からの日差しの暖かい居間で、お赤飯と松茸の土瓶むしとお刺身とトマトのほっぺたの落ちそうなおいしいお昼御飯でお誕生日を祝っていただいて、その上に上品なウールの黒のセーターと面白そうな本を四冊ときれいなカードまでいただいて、本当に本当にありがとうございます。

途中で註を入れると、毎年、妻の誕生日に長女がくれるお祝いのカードには、「うしのお母さんへ　いのしし娘より」と書いてある。そこで、妻は長女へのカードにはいつも、「いのしし娘へ　うしのお母さんより」と書くことにしている。妻はうし年の生れ、長女は亥《い》年の生れなので。

　毎年こうして土瓶むしで祝ってもらって、何といういい季節に生れたのでしょうと、秋に生れた夏子は、しみじみ仕合せに浸りました。

　ふたたび註。先日、長女の誕生日のお祝いをした日、こんな話が出た。長女が生れて、夏子という名前にするといったら、となりにいたお祖父《じい》さんが、十月生れの子に夏子とつけたら、大きくなって、いつまでも、「夏に生れたのですか」といわれるよといった。お祖父ちゃんのいった通りになったとそんな話が出た。

お土産のパンもトマトも大好評で、またたく間に売り切れました。秋の夜長に小さく切った梨を食べながら、新しい本を並べて、どれから先に読もうかなとページをめくって至福のときをすごしています。仕合せな一日を本当にありがとうございました。

長女の葉書に「四冊の本」とある。成城の書店で買った『マノン・レスコー』のほかに、今月、講談社文芸文庫で出たばかりの河盛好蔵さんの『河岸の古本屋』（巻末の「人と作品」を私が書いている）と、妻がむかし読んでいたアメリカのベティ・マクドナルドの『島と私と娘たち』と、妻が買って来て読んでしまった『オズの魔法使い』の四冊である。このうち、『島と私と娘たち』は、今年いっぱいという期限つきで、長女に貸して上げたもの。

朝、小雨のふる庭から妻は赤い、小さなばらを一輪切って来て、書斎の机の上に活ける。

「英二伯父ちゃんのばらです」

庭の隅の、ひょろひょろ伸びたシュートの先に蕾がついているのには気が附いていたが、ふくらんだまま、赤くなっていた。よろこぶ。

午前、清水さんが久しぶりに来て、畑のばら（エイヴォンそのほか）と宮城の妹さんから届いた松茸と伊予の親戚からの大きな梨を一つ下さる。妻はそのエイヴォンを、書斎の机の上の花生けに、昨日から活けてある「英二伯父ちゃんのばら」といっしょに活ける。残りはピアノの近くのレコードプレーヤーのある棚の花生けに活けた。

清水さんが来たとき、書斎から出て行って、お礼を申し上げる。

昼に南足柄の長女から電話がかかる。電話口で妻は、「ひえーっ」というような声を立てた。誰からの電話なのか最初は分らないから、どうしたのかと思った。長女はいきなり、

「仕立屋です。中間報告します」

といったらしい。それで、この前、来たとき、妻が川口さんから届いた人形の着物の材料を人形ごとそっくり長女に渡して縫ってもらうことにしたその一件の報告と分って、よろこびの声を立てたのであった。

長女がブラジル帰りの斉藤さんのおばあちゃんに話したら、

「そんなの、わけないよ」

といって、長女に人形の着物の縫い方を教えてくれることになった。その翌日から早速、長女の家へ来て、縫い方を教えてくれている。朝の九時に来て、昼まで教えてくれる。午後は一時から四時まで。斉藤さんのおばあちゃんが裁《た》ってくれたのを長女がいわれる通りにして縫う。

もう一枚、縫い上げて、二枚目にかかっている。長女はこれを縫い上げたら、斉藤さんのおばあちゃんを箱根芦の湯の、いつも家族と行くきのくにやへ連れて行って、お湯につかって、ねぎらって上げたいという。長女はそんなふうに話した。（これは後日、実現した。ただし、おばあちゃんの希望で、入湯はやめにして、箱根ドライブ、おいしいうどんを食べて帰ったという報告があった）

妻は大よろこびしている。

「トム・ソーヤーの歌」のこと。

この前、長女が来たとき、妻が前から教えてほしいと頼んでいた「トム・ソーヤーの歌」の楽譜のコピーをくれた。別に歌詞を書いた紙を貼《は》りつけて、ボール紙の台紙を附けてある。表紙に「トム・ソーヤーの歌」と書き、まわりを音符でかこみ、下に妻の名前をクレヨンで書き入れてある。

今年二月、南足柄の長女が私たち夫婦を小田原へお弁当つきの梅見に招いてくれた。去年、私の誕生日のお祝いというので、はじめて梅見に招いてくれた。今年は二回目。小田原の町の山手にある辻村《つじむら》植物公園の梅林へ案内してくれた。長女の作ったお弁当がおいしくて、楽しい梅見であった。そのとき、駐車場で車から出る前に長女がこの「トム・ソーヤーの歌」を口ずさむのを聞いた妻が、

「いい歌ね、それ」

というと、いいでしょうという。正雄が歌っていたので、覚えた。テレビのアニメの番組の主題歌なのという。お風呂の中で長女が歌っていたら、正雄が、

「ちがうよ、お母さん」

という。二部合唱に入るところがちょっと難しい。

「教えて、その歌」

と妻がいったら、次に長女から届いた宅急便の中に、ハトロン紙の封筒に「トム・ソーヤーの歌」の歌詞（二番まである）を書いたものが入れてあった。妻が「これだけじゃ分らない。楽譜がないと歌えない」といった。それがいつごろのことだろう？　楽譜を探すといっても、簡単に手に入らないだろう。で、それきりになっていたら、この前、長女が来たとき、渡してくれた。どこで手に入れたのだろう？


私も小田原の梅見のとき、車の中で長女が口ずさんでいるのを聞いて、魅力のある、楽しい歌だと思った。殊《こと》に、

「ながれてるミシシッピー」

という、「ミシシッピー」のところが気に入った。「誰よりも遠くへ」――作詞山川啓介、作曲服部克久。

楽譜のコピーを貰った日から、妻はピアノのけいこのあとで弾いている。弾きながら、覚え込もうとしている。ところが、なかなかリズムがつかめない。正雄のように、いつもそのアニメのテレビを見ていて、主題曲に合せて歌っていると、リズムから先に入るから、覚えるのは早いだろう。

昨夜も、妻はしばらくピアノに合せて歌ってみていたが、居間へ来て、

「むつかしい」

という。「ながれてるミシシッピー」のところは、何とか歌えるが、その先が難しい。今度、長女に歌ってもらったら、覚えられるかもしれないという。私も妻について歌ってみるのだが、うまくゆかない。ソロで始まって、途中から二部合唱に移る。そこが難しい。

だが、「おれたちの胸にはトム　ながれてるミシシッピー」のところは、いい。ミシシッピーの流れを一度だけ見たことのある私と妻には、ここのところが胸にぐっと来る。

もう三十何年も前のことだが、ロックフェラー財団の給費留学生としてオハイオ州ガンビアのケニオン・カレッジに妻と二人で一年間暮した。春の休みにグレイハウンドバスで南部を旅行した。その旅の途中、ヴィックスバーグで下車して、一泊を予定しているナチェッツ行きに乗り換えるとき、足もとの崖のはるか下を流れるミシシッピーが目に入った。ちらと一目見ただけであったが、それで満足した。

書斎の机の上の、清水さんから頂いたエイヴォンがふくらんで大きくなった。その前に活けてあった「英二伯父ちゃんのばら」も、蕾がひらいて、いい色をしている。

# 四

大阪のお墓参りから夕方、帰宅。妻はすぐに「山の下」へ電話をかけて、留守中、郵便物と新聞を取り込んでくれたお礼をあつ子ちゃんにいう。出発の前日の夕方、ポストまで葉書を出しに行く道で、自転車で帰って来る長男に会った。「明後日から？」と訊く。「明日から」「ふた泊？」「ふた泊。頼む」といって別れた。大阪へお墓参りに行くときは、いつも長男が勤めの帰りに「山の上」へ寄って、郵便物と新聞を取り込んでくれる。妻は旅行予定のメモを「山の下」へ届けておいた。

「山の下」へのお礼の電話のとき、妻は、

「恵子ちゃん、出して」

という。恵子ちゃんに代った。

「じいたんが恵子ちゃんのスカートを買ってくれたよ。明日、持って行くからね」

といったら、恵子ちゃんは、

「じいたんにありがとうといって」

といった。

「フーちゃんと正反対ね」といって妻は笑う。フーちゃんなら、こんなとき、たいがい黙っているか、せいぜい心細い声で「はい」というくらいだろう。そんな話を妻とする。


大阪から帰った翌日、妻は清水さんに電話をかけて、大阪の学校友達で畑で作った野菜をよく送ってくれる村木一男から届いたさつまいもと、お墓参りのあと、近鉄百貨店で買った宇治茶を持って行く。清水さん、宮城の妹さんからのりんごと伊予の梨を下さる。十一月六日の宝塚月組の公演には、清水さんをお誘いして一緒に行くことになっている。

夕方、妻と「山の下」へ。行く前に電話をかけて、さつまいも要ると訊くと、いま、たつやさんが作ったのがありますからいいですとあつ子ちゃんがいった。大阪の阪急で買った恵子ちゃんのジャンパースカートと帝塚山の兄のところで義姉から孫へのおみやげに頂いた、クマのプーさんの絵入りのさげ袋を持って行く。あつ子ちゃんは龍太にご飯を食べさせていた。恵子ちゃんはヴィデオの漫画を見ている。妻は恵子ちゃんにジャンパースカートを着せて上げる。恵子そこへ長男が帰って来た。留守中のお礼をいい、大阪では着いた日に阿倍野の父母のお墓に参ったこと、次の日、帝塚山へ行き、去年の十一月に亡くなった兄のためにお線香を立てたことなど話す。

長男は、恵子を百合ヶ丘《ゆりおか》の幼稚園へ来年四月から入れることにしましたという。キリスト教の小人数の幼稚園で、見に行ったらよかったので、三年保育ですという。

帰ってから妻は、「山の下」へ電話をかけて、長男に「英二伯父ちゃんのカーディガンを送って頂いたのがあるんだけど、着る?」と訊く。「よろこんで着ます」という。あつ子ちゃんが、「恵子はジャンパースカートが気に入って、夕御飯になっても脱ごうとしないんです」といったという。

妻は昼間、読売ランド前の次男のところへ電話をかけて、フーちゃんのジャンパースカートを阪急で買ったこと、村木さんのさつまいもが届いていることをミサヲちゃんに話し、「持って行ってもいいし、かずやが休みなら取りに来てくれてもいい」といったら、明後日の日曜日、かずやさんがお休みですから行きますとミサヲちゃんがいった。

昼食のとき、清水さんの梨を頂く。「甘くない」と例によって清水さんはいったけれども、甘くて、おいしい。

書斎の机の上には、昨日、清水さんから梨やりんごと一緒に頂いたばらのエイヴォンを活けてある。大阪へ行く前に活けておいた「英二伯父ちゃんのばら」が大きくなっている。

朝食のあと、妻は庭のブルームーンを見に行く。「大阪行きの前とおんなじです」という。蕾が四つ、大きくなって、赤いのが少し見えている。蕾を六つつけていたのを、大阪へ行く前に、妻が二つ切った。

朝食のとき、清水さんから頂いた宮城のりんごを食べる。「かたくておいしくない」と清水さんはいったが、そんなことはない。紅玉のような味のりんご。りんごらしい。


二時半ごろ、次男一家来る。フーちゃんは入って来るなり、妻に、

「今日はジップの誕生日」

という。

次男の話ではかりに十一月一日をジップの誕生日ということにしているが、今日、次男が休みなので、二日繰上げて今日にして、ビーフシチューを作ってジップに食べさせてやるという。ビーフシチューは、フーちゃんの好物で、フーちゃんの誕生日にはミサヲちゃんはたいがいビーフシチューを作ってくれる。ステーキのときもあるらしい。

お茶にする。子供らには梨と柿。次男と私はコーヒー。大久保のくろがねさんから頂いたお茶もいれる。次男、おいしいという。

兄の長女の小林晴子ちゃんから兄のお骨を徳島のお墓に納めた次第を書いたいい手紙を貰っていたので、次男に渡す。大阪行きの前に「山の下」へ届けて、長男夫婦に読ませておいたもの。次男夫婦が読んだら、南足柄の長女にまわすことにしている。徳島の潮音寺にある先祖のお墓のことを兄が気にしていて、六年ほど前にばらばらになっていたお墓をまとめて、かこいを作ったことなど詳しく書いてある。

それから次男に、われわれは大阪阿倍野の父母のお墓にはお参りするけれども、徳島の先祖のお墓までは行けない。もし先で四国を旅行して徳島を通るような機会があったときは、市内の眉山《びざん》のふもとの潮音寺に先祖のお墓があるからお参りしてくれと話しておく。

次男の話。ふみ子は工作が好きで、この間から紙の箱で「おうち」を作っている。中に入れる家具を折紙で作る。壁にかける絵も作っている。こつこつと工作をするのが好き、絵をかくのも好き、という。夏のラジオ体操で早起きのくせがつき、二学期が始まってからも六時半にひとりで起き、着換えを済まして自分の机で工作をしたりしている。学校でいま、算数の「九九」を習っている。5の段から始めた。先生は生徒に当てて「九九」をいわせる。ところが、ふみ子は先生に当てられると、「口がかたまってしまって」いえなくなる。それでもやっと「九九」を覚えたという。

お茶のとき、春夫が幼稚園で教わった歌をうたい出した。「わたしゃ音楽家」というのがうたい出しで、はじめは山の小りすがヴァイオリンを弾いてみせる。次は山の小鳥のフルート。三番目に山のたぬきのたいこ。最後は、「いかーがです」となる。たどたどしい歌いかただが、しまいまで続けて歌ったので、拍手する。幼稚園の子供がよろこんで歌って覚え込みそうな楽しい歌。

フーちゃんもこんなふうに気軽に習った唱歌を歌ってくれるといいのだが、それは無理だろう。はずかしがりのはにかみ屋だから、「うたって」と頼んでも、歌わないだろう。

春夫がこれから歌い出すというとき、ミサヲちゃんを一人おいてとなりにいたフーちゃんが、春夫の方に身体を伸して、何かしら耳打ちをした。何といったのだろう？

山のたぬきのたいこのところでは、「ポコポンポン」という。かわいい。

次男の話。この間、荻窪《おぎくぼ》の本社で会議があった。そのあと、井伏（鱒二）さんのお宅を訪ねて、お仏壇にお参りさせて頂いた。門の呼鈴を押して、「庄野の次男のかずやです」といった。奥さまが居《お》られて、中へ通された。お仏壇にお線香を立てた。奥さまはお元気そうであった。月に一回、病院へ診察を受けに行っている。（去年、井伏さんが亡くなる前に奥さまは胃潰瘍《いかいよう》の手術を受けられた）調子はよい。そんな話をなさった。

みんなでトランプの「名さし」を一回だけして、三時半に次男一家帰る。「名さし」のやり方を妻が教えて始めたが、フーちゃん、「こわいよー」という。自分の名前を誰かに先にいわれるのがこわいというのである。

みんなを送って出たとき、垣根の山茶花《さざんか》がひとつ咲いているのに気が附く。次男は、「うちでも山茶花、咲きました」という。

夜、春夫の歌った音楽家のうたの話が出た。「キュキュキュッキュ」(小りすのヴァイオリン)とか「ピピピッピ」(小鳥のフルート)とか、楽器の音を鳴らしてみせるところがかわいい。最後に「いかーがです」というのもいいなあというと、妻が一通り歌った。どうして知っているのと訊くと、子供らが学校で習って来て、家で歌っていたからという。題は「山の音楽家」というのだと思いますといった。

昼前、お使いから帰った妻が書斎へ来て、

「相川さんの門の横に狸《たぬき》がいました」

という。

「そばを通っても、じーっとしているの。困ったような顔をして」

丁度そこへビラを配る女の人がスクーターで通りかかり、気が附いて、

「あら、狸ですね」

といった。

それがお使いに行く前のことであった。まだあの狸、いるかなと思って帰ったら、いなかっ

た。ひょっとしてU字溝《こう》のふたの下に入り込んでいないかと（下水工事があって、今はもう水が流れて来ないから）覗いてみたけど、分らなかったという。

春夫が「山の音楽家」の歌をうたって、山のたぬきがたいこをたたいてみせたのがつい三日前のことである。この歌に誘い出されたかのように、おとなりの相川さんの門の横に、本物の狸が現れたというから驚いた。

「狸は夜行性の動物だというのに、いったいどうしたんだろう？　それもこんな天気のいい日の昼間に出て来るとは」

「どこから出て来たんでしょうね」

裏の雑木林のなかに建売りの家が四軒建ってから、どれくらいたつだろう。家が建ったあと、なかなか買い手がきまらなかった。やっと四軒とも売れて、人が入ったのが一昨年のことであった。みな、いい方が入ったといってよろこんでいる。この四軒の奥の方は水道局の用地で、昔の雑木林がそのまま残っている。狸がいるとすれば、この雑木林だろう。食べ物が無くて、探して歩いているうちに、おとなりの門のよこへ出て来てしまったのかも知れない。

夜、また狸の話が出る。

「黒っぽくて、灰色がかっていて、困ったなァという顔をしているの」

相川さんの庭を通り抜けたら、表の道路まで来てしまったのだろう。日が照りつけていて、眩《まぶ》い。これはいけない、どうしようと思いながら、すくんでしまっていたのかなと、二人で話す。

三十何年前、米国中西部オハイオ州ガンビアで一年間暮した。そのころ、私たちの住んでいるホワイトバラックスと呼ばれる教授用簡易住宅で、夜、ラックーン（あらいぐま）が現れて、台所の生ごみを入れてあるごみ箱の缶を倒す音が聞えた。私たちのいたガンビアは、人口六百の丘の上の、森にかこまれた小さな村であった。ホワイトバラックスのお向いの政治学の教授イングリッシュさんの裏の谷間にいるラックーンが、食べ物をあさりに出て来て、ごみ箱を倒すのだと、ホワイトバラックスのおとなりの、親しくつき合っていた政治学の講師のエディノワラさんが教えてくれた。

「ガンビアみたいになって来ましたね」

と妻がいった。

「この山の狸も、生きてゆくのが大へんなんだろうな。食べる物、どうしているのかなあ」

「どうしてるんでしょうね」

秋の夜に二人でそんなことを話した。

庭のムラサキシキブの枝に掛けた籠《かご》に、妻は四十雀《しじゅうから》のための牛肉の脂身《あぶらみ》のかたまりを入れてやる。この間から四十雀がよく来るようになったから。毎年、冬になって、食べる虫がいなくなると、脂身を入れてやる。春になって虫が出るようになったら、入れるのを止める。

夕方、四十雀が二羽来て、代りばんこに脂身をつつく。妻はよろこび、

「これから三月まで脂身を入れてやらないと。食べる物が無いのだから」

という。

この脂身を入れる籠は、「山の下」の長男が家にいるころに作った。はじめ針金で作ったら、銹びてボロボロになった。今度は銅線で編んだ。ところが、猫が脂身の入ったまま持って行ってしまった。ふたたび銅線で籠を編み、今度は猫に持って行かれないように、籠をムラサキシキブの枝に括りつけた。今ある脂身入れの籠は、二代目の銅線の籠である。

宝塚月組の公演を見に行く日が近づく。この前、次男の一家が来たとき、妻がフーちゃんに、

「今度の日曜日、宝塚ね」

といったら、「ほんと?」という顔をした。

みんなで宝塚を見に行くとき、フーちゃんも一緒に連れて行くようになってから何年くらいたつだろう? はじめてフーちゃんに宝塚を見せてやったのは、なつめちゃん(大浦みずき)のさよなら公演のときであった。フーちゃんが五歳のころだろうか。年に二回くらいしか見に

行けないが、いつもフーちゃんは楽しみにしている。

脂身を入れた次の日。朝、書斎へ来ると、ムラサキシキブの枝で四十雀が籠のなかの脂身をつついている。妻を呼んで、

「四十雀、来ているよ」

と知らせてやる。妻はよろこぶ。

夕方の散歩に行く途中、崖の坂道で下からゆっくりと上って来る清水さんに会う。ばらの花を持っているので、

「頂くのですか？」

というと、清水さん、はいという。

「六日の宝塚、楽しみにしています」

といって別れる。宝塚へは清水さんもお誘いしている。

散歩から戻ると、清水さんのばらを書斎に活けてあった。有難い。

宝塚を見に行く日。天気がよければいいがとテレビの天気予報に注意していたが、生憎《あいにく》の雨

となる。私と妻が旅行に出かけるときは、いつも天気がいい。宝塚を見に行くときも、滅多に雨はふらないのだが、仕方がない。

九時五分に家を出て、団地の前の道へ出て待っていてくれた清水さんと一緒になって駅へ。あつ子ちゃん来る。フォームにはミサヲちゃんたちはまだ着いていなかった。次に来た電車からミサヲちゃんとフーちゃんがおりるのが見えた。これに乗れと手で合図しておいて、こちらも乗る。向ヶ丘遊園で、ミサヲちゃん、私たちの箱へ来て、これで揃った。

清水さんは、フーちゃんと今日はお父さんと家でお留守番の恵子ちゃんに何か下さる。お弁当箱とハロー・キティちゃんのシール。

日比谷の劇場の前で阪田寛夫と一緒になる。今度、招待することにした安岡治子ちゃんも来る。治子ちゃんは友人の安岡章太郎のお嬢さんで、中学のときに「オクラホマ！」を見て以来、二度目の宝塚という。お父さんがこの夏、胆嚢《たんのう》の具合が悪くて入院したとき、よく看病したそのごほうびに宝塚に招待することにしたのである。南足柄の長女も駆けつけて、これで全員九人が勢揃いした。

久世星佳のファンクラブの相沢真智子さんが世話してくれた座席券は、前から三列目のハの席が三枚。そこへお客さまの治子ちゃんと長女と阪田。あと少しずつうしろの席になって、次は清水さんとあつ子ちゃん、その次がミサヲちゃんとフーちゃん。私と妻とはいちばんうしろ

（といっても真中あたりだが）のヲの席に坐った。そういう割りふりにした。九人もの大勢の切符を取ってくれた相沢さんには、劇場の前で会ったときに、お礼を申し上げた。妻は相沢さんにパン菓子の箱を差上げる。

アイルランドの独立運動の時代を背景にした物語「エールの残照」（谷正純作・演出）は、私たちにも馴染のあるアイルランドの子守歌の曲とともに開幕。このアイリッシュ・ララバイをたっぷり聴かせてもらった。幕間《まくあい》に妻は長女たちのいる席へ行く。治子ちゃんはとてもよろこんでいたという。よかった。例により長女、あつ子ちゃん、ミサヲちゃんが売店で買って来たサンドイッチとコーヒーを配る。開幕前にはアイスクリーム。

次はショウの「TAKARAZUKA・オーレ」（植田紳爾作・演出）。久世星佳さんが「サ・セ・パリ」をうまく歌った。

終って、いつもの通り雨の中を銀座立田野へ。雨ふりのせいか珍しく空いていて、二階の二ところに分れて坐る。年長組の四人は、豆かん（清水さんはところ天）。年少組はフーちゃんだけいつもの通りクリームソーダで、残りはみつ豆を食べた。フーちゃんは暑がりで、宝塚を見たあとはクリームソーダが飲みたいらしい。

立田野を出てから有楽町まで行く路上で、尾山台へ帰る治子ちゃん、生田方面へ帰る清水さん、あつ子ちゃん、ミサヲちゃん、フーちゃんと別れて、私、妻、阪田、長女の四人は大久保のくろがねへ。いつもはお休みの日曜日に私たちのために店をあけてくれたくろがねさんに、有楽町西武でグレープフルーツ三個入りのを二袋買って持って行く。

南足柄の長女が日曜日でないと出られないので、宝塚はいつも日曜日になる。くろがねさんがお休みなので、仕方なしに、立田野のあとはこのメンバー四人で日比谷のしゃぶしゃぶの店で食事をしていた。ところが、くろがねさんにそれが分って、日曜でも構いません、是非来て下さいといってくれるものだから、今度はじめて寄ることにした。

いつも坐る席のうしろの壁に、大きな井伏さんのお顔のポスターが懸《かか》っているから、驚いた。かおるさんと信子ちゃんの話を聞くと、今度、井伏さんの郷里の福山の美術館で「井伏鱒二の世界」という展覧会がある。その展覧会に所蔵の軸などを出品することになった小沼丹が、このポスターを持って来てくれたのだそうだ。

井伏さんの笑っているお顔で、いい写真。

「これはいいなあ」

といって、私はそのポスターの下の席に坐る。（そこがくろがねさんでの私の席になっているので）

この日、南足柄の長女は前に妻から頼まれていたお人形の着物を縫い上げたのを人形に着せて持って来た。もう一つ余分に縫った着物もいっしょに。立田野で妻はその着物を着せたお人

形をフーちゃんに見せ、

「持って帰って、一緒に寝なさい。七五三のお祝いの日に貰いに行くから」

といって、人形をミサヲちゃんに持って帰って貰うことにした。くろがねへは長女が余分に縫った方の着物を持って来ていたので、女主人のかおるさんと信子ちゃんに見せて上げた。

帰宅してみかんを食べ、お茶を飲みながら「エールの残照」の、伯爵《はくしやく》家の召使の七人衆が一列になって歌いながら出て来る場面がよかったことや、七人衆の頭である伯爵家の執事になった汝鳥《なとり》さんが、最後に「ロンドンデリー」を歌うところがよかったと話す。

「イングランドは、アイルランドを苦しめたんですね」

と妻がいう。

「さんざん悪いことをしたらしい。土地は大方取り上げてしまったし」

と私。

朝、ポストまで葉書を出しに行く途中、向うから来る清水さんに会う。ばらの花とほかに何か包みを持っている。「居られますか?」というので、「はい、居ります。お花、頂くのですか?」お礼を申し上げて別れる。

夕食前、書斎のソファーで横になっていた。台所で妻が「御飯、出来ました」と呼んだので、出て行く。食卓の前に坐ると、

「ちょっと待って下さい。もう少しかかるから」

と妻がいう。

何だか慌てている様子なので、へんだなと思った。しばらくして、

「御飯出来ましたといったんじゃなかったのか」

と訊くと、いわなかったという。

「そうか。それじゃ、夢みたのかな？　御飯出来ましたといって呼んだと思って、出て来た。ソファーで居眠りしていて、呼ばれた夢をみたらしい」

そこで、もう一回書斎へ戻ろうかというと、

「いいえ、もう出来ます」

と妻はいう。

夕食の支度が出来るまで書斎のソファーでクッションを枕に横になっているのだが、どうやらその間に居眠りして、妻が呼ぶ声を聞く夢をみたらしい。

玄関の垣根の山茶花がよく咲いている。この前、十月の末の日曜日に次男の一家が来たとき、

送りに出て、垣根の山茶花がひとつ咲いているのを見つけた。あれから十日たって、いまは数え切れないほど咲いている。

午後、妻は駅前の農協へプランターを一つ買いに行く。この前、石垣の下のプランター四つに植えてあるブローディアの球根を掘り起して植え直した。ところが、プランターがひとつ毀《こわ》れていて、足りなくなった。余ったブローディアの球根を物置へ入れておいた。早く植えないといけないと気になっていた。新しくプランターの補充がついたので、庭の土を掘って入れて、球根を植える。

このブローディアは全部、清水さんから分けて頂いたもの。空色の小花が六月に咲く。妻はいちばん好きな花といって大事にしている。清水さんのおかげで、といってよろこんでいる。

南足柄の長女から手紙が来る。六日の宝塚の楽しかったこと、そのあとの立田野、くろがねのこと。帰りのロマンスカーの中で、ミサヲちゃんから渡された、兄の長女の小林晴子ちゃんの、兄のお骨を徳島のお墓に納めた次第を知らせてくれた手紙と、妻から受取った私の「文学交友録」最終回の載っている「新潮」を読んだこと、亡くなった兄のところを読んで涙がこぼれたこと、小田原の駅で大雄山線の電車を待つ間に、二回目を読み返していたら、二十分に一本の電車がするすると出て行ったことなど、書かれていた。

フーちゃんから手紙が届く。宝塚のお礼と預かって帰ったお人形のこと。フーちゃんから手紙が来ればいいなあと思っていたところなので、よろこぶ。

おじいちゃん、こんちゃんへ
きのうのたからづか　たのしかったです。ものがたりは、むずかしかったけど、おどりは、たのしかったです。

クリームソーダおいしかったです。

かしてくれたおにんぎょうの名前は、ゆき子ちゃんとつけました。

きのうは、いっしょにねました。きょうもいっしょにねます。

こんどゆき子ちゃんをもってあそびにいきます。

文子より

妻に訊くと、この前、立田野で人形を渡したとき、お人形の名前をつけておいてねとフーちゃんにいったという。

「ゆき子ちゃんとは、いい名前をつけてくれたな」

「いい名前ですね」

と妻と二人でよろこぶ。「名前」を漢字で書いてある。

二枚目の便箋には、絵がかいてあった。帽子をかぶった、つぎの当った上着を着た人物で、手に花を持っている。よこに「てれすけ」と書いてある。「てれすけ」って何だろう？　フーちゃんの読んでいる本に出て来る人物だろうか。分らない。

お習字も一枚、入れてくれてあった。「うみ」。朱で花まる印がつけてある。名前は、「二年庄野文子」とはじめて漢字で書いてあり、名前の方にも先生はまるをつけてくれてあった。これまでミサヲちゃんから貰ったフーちゃんのお習字では、名前はいつも「小二　ふみこ」であった。

この「うみ」ものびやかで、力強い。いいお習字を送ってくれた。すぐにフーちゃんにお礼のはがきを妻と二人で書いて出す。

妻と二人で剣幸《つるぎみゆき》さんのミュージカル「魅惑の宵《よい》」を見に銀座博品館劇場へ行く。剣幸さんは宝塚月組にいたころ、私たちが月組の公演を見に行くとき、いつも切符を取って下さった方である。というのは、剣幸さんは阪田寛夫の次女のなつめちゃんと宝塚の同期で、阪田寛夫がなつめちゃんを通じて私たちが月組の公演を見たがっていることを伝えてもらったら、「それなら私にいって頂戴」といってくれ、公演のたびに切符を取ってくれた。それもいつも前から三列目のいい席を取ってくれた。そういう御縁がある。

博品館劇場には、前に一度だけ来たことがある。剣幸さんが宝塚を退団してからフリーになってはじめて出演するミュージカル「カラミティ・ジェーン」を見に来た。あれは何年くらい前になるだろう? この公演で印象に残っているのは、主役の剣幸さん(私たちは「ウタコさん」と宝塚時代の愛称でいまも呼んでいる)が最初に登場する場面である。ウタコさんは客席の通路を通って現れ、舞台へかけ上るなり、みんなの方へ「やあ、お久しぶり」と声をかけたのであった。

劇場には三十分前に着いた。中へ入って、今度の公演の切符の世話をしてくれた白石さんに会い、ウタコさんの楽屋見舞のかやく御飯と、頂き物の九州大牟田《おおむた》の草木饅頭をことづけた。白石さんにはチョコレートを上げる。電話で切符のことをお願いしたとき、感じのいい人と妻はいっていたが、会ってみて、なるほど感じのいい人であった。おそらく宝塚以来のウタコさんのファンで、お世話をすることになったのだろう。

「魅惑の宵」は、オスカー・ハマースタイン二世(作詞)とリチャード・ロジャース(作曲)のコンビによるミュージカルの名作から曲を集めてある。「オクラホマ!」「サウンド・オブ・ミュージック」「王様と私」「回転木馬」「南太平洋」などからの曲を、剣幸ほか五人が次々と(あるいは五人一緒に)歌うというかたちになっている。プログラムを見ると、共演の岸田智《さと》史《し》は「ミス・サイゴン」の主役で出た人で、目下、売出し中のミュージカル俳優らしい。もう一人の佐渡寧子《やすこ》というのは、「レ・ミゼラブル」にコゼットの役で出演した人である。この日、一緒に公演を見た阪田寛夫の話を聞くと、佐渡さんは二期会に所属していたオペラ歌手だそうだ。いいメンバーを揃えた企画であったことが分る。

博品館劇場の「魅惑の宵」を見たあと、阪田と妻と三人で、いつもみんなで宝塚を見たあとで行く立田野へ行き、豆かんを食べる。

妻がピアノのおさらいのあとで歌っていた「旅愁」の作詞者の犬童球渓という人は、どこの人ですかと、子供の歌に詳しい阪田寛夫に尋ねてみる。

「九州ですか？」

と当てずっぽうでいったら、阪田は、

「熊本の人吉《ひとよし》です。球磨《くま》川のほとりです」

と教えてくれた。なるほど、それで球磨川から「球渓」という名前をつけたと分った。それから、この人はもともとは作曲家で、「旅愁」ももとのオードウェイの曲を歌いよいように少し直したそうですと阪田が教えてくれる。

こちらは犬童を「いぬどう」とよむのかと思っていたら、妻が貰って来た楽譜にローマ字で「いんどう」と印刷してあったので、はじめて分ったと話すと、「子供さんはほかの県へ行くと、

『けんどう』と呼ばれたりしたこともあるそうです」と、阪田は話してくれた。「いぬどう」は、まだましということかも知れない。『童謡でてこい』（河出書房新社）の本を書いただけあって、阪田寛夫が子供の歌に詳しいのに驚く。

日曜日の午後、玄関の呼鈴が鳴り、出て行った妻がよろこんだ声を出した。次男がフーちゃんと春夫を連れて、宝塚を見た日から預かっていた人形の「ゆき子ちゃん」を返しに来た。次男の話では、フーちゃんは、毎晩人形を枕もとに置いて寝ていたという。

「いい名前をつけてくれたね」

といってから、妻が、

「どうしてゆき子ちゃんとつけたの？」

と訊くと、フーちゃんは、

「顔が雪のように白いから」

といった。無口な、あまり物をいわない子が、それだけいった。あるいは「白雪姫」のお話が頭にあって、思いついた名前であるかも知れない。

「フーちゃんは、人形を返すのを納得した？」

と訊くと、次男は、ふみ子も返す気でいましたからといった。この前、くれたフーちゃんの手紙に、「こんどゆき子ちゃんをもってあそびにいきます」と書いてあったから、人形は返す気でいたのだろう。夜、寝床へ入れて一緒に寝たりしていると、情が移って、返すのがいやになるものだが、早く持って来てくれた。

次男は、

「ふみ子、昨日もお休みで、買ってもらった紙粘土で一日中、何か作っていたらしい。今日も来るまで紙粘土で遊んでいた。動物をこしらえたりして。そういうことが好きで、こつこつとやっている」

という。

お茶にする。次男は、家を出る前にお昼を食べて来たからもう何も要らないという。フーちゃんは、みかん一つだけ食べる。春夫はアイスクリームを食べる。妻はフーちゃんにも勧めたが、手を出さなかった。そのうち、フーちゃんが妻に「絵をかかせて」といったらしい。図書室でフーちゃん、机に向って絵をかく。コックさんが料理を作っているところ。次はコックさんが自分の作った料理を食べるところ。

フーちゃんに、

「この前くれたお手紙に絵をかいてくれたね。よこに『てれすけ』とかいてあったけど、『てれすけ』って何?」

と訊くと、フーちゃんが答えるより先に次男が、ディズニーのヴィデオの「白雪姫」を買って、いま、それを見ている、「白雪姫」に出て来る七人の小びとの一人が「てれすけ」ですと説明してくれる。フーちゃんはこの間からお父さんの買ってくれたディズニーの「白雪姫」を家でずっと見ているらしい。面白くて夢中になって見ているのだろう。宝塚を見た日、立田野でお人形を渡されて、妻から、お人形の名前をつけておいてねと頼まれた。丁度、「白雪姫」を見ていたから、このお人形も色白なので、「ゆき子ちゃん」という名前をつけたのだろう。出どころは、ディズニーの「白雪姫」であることがこれで分った。また、私たちにくれる手紙にいつものように絵をかくことにして、何の絵をかこうかと考えたとき、いま見ている「白雪姫」の七人の小びとのなかの一人の「てれすけ」をかくことにしたのだろう。

そのうち、「さあ、帰ろう」と次男が子供らに声をかけて、玄関へ行く。そのとき、フーちゃんは、書斎にいて、ピアノの蓋をあけて、鍵盤の上のフェルトを外そうとしていた（これはあとで妻から聞いた）。お父さんがもう帰ろうといったので、ピアノの蓋をしめた。それを見ていた妻が、

「ねこふんじゃった、弾いて。フーちゃん」

といった。

そこからあとは私も居合せたのだが、フーちゃんはピアノを弾くかと思ったら、お父さんの

方を向いて、黙って、身体の前で手を横にそっと振った。多分、

「それじゃ、ふみ子、『ねこふんじゃった』を弾くか?」

というふうにフーちゃんの方を見たお父さんに対して、

「いいの。ふみ子、弾かない。帰ります」

という気持を伝えたのだろう。

妻はフーちゃんがピアノを弾きたくてピアノの前へ行ったことが分っていたから、フーちゃんがこのごろ覚えた(お友達の家のピアノで弾いたのかも知れない)「ねこふんじゃった」を弾かせてやりたかったに違いない。私もフーちゃんの「ねこふんじゃった」を聞きたかったが、フーちゃんは、身体の前でそっと手を振ったのである。フーちゃんらしい。

次男が帰る前、妻はこの前、大阪へお墓参りに行くときポケット瓶に入れて持って行ったウイスキーの残りをそのポケット瓶に詰めて、次男に持たせてやる。この前、長男に分けてやったのがまだ残っていた。このウイスキー(ロイヤル・サルート)は、もう大分前のことだが、なつめちゃんが、はじめて海外公演に東南アジアへ行ったとき、お土産に買って来てくれたもので、陶器の瓶に入っていた。飲まずに大事に取っておいたものを今度の大阪行きで、はじめて口をあけた。

夜、フーちゃんの手紙に入っていた絵の「てれすけ」が「白雪姫」に出て来る小びとの一人

だと分ったことをいうと、妻は、

「すぐにぽうっと顔が赤くなる小びとがいますね。あれが『てれすけ』」

という。それを聞いて、私も昔見た「白雪姫」の映画のなかですぐに顔を赤くする小びとがいたのを思い出した。

「そうか。あれが『てれすけ』か」

「小びとの一人一人に性格があるの。あれは、照れ屋だから『てれすけ』なのね」

フーちゃんはきっと「てれすけ」が気に入ったのだろう。二人でそんな話をした。

# 五

清水さんが畑のばらとお国の伊予の富有柿《ふゆうがき》を届けて下さる。玄関へ出て、お礼を申し上げる。妻はおとなりの佐々木さんから頂いた宮城の新米と紅茶の缶（フォーション）を持って清水さんを送って行く。心臓があまり丈夫でない清水さんにお米を持たせると悪いので。清水さん、紅茶は身体にいいという話をして、よろこばれた。

帰ってから妻は、清水さんのばらのうち二つを書斎の机の上に活ける。

明日は次男のところのフーちゃんと春夫の七五三のお祝いがある。妻は、二人の名前入りのショートケーキを註文してあるので、阪田寛夫からの贈り物の神戸牛ロース肉と一緒に持って行くことを電話でミサヲちゃんに知らせる。阪田からは毎年、松茸のシーズンになると、池田にいるお姉さんの方から松茸の籠を送ってくれる。ところが、今年は天候のせいで味がよくない上に値ばかり非常に高くなったので、松茸は止めにして、神戸牛のロース肉を代りに送ってくれたのである。

ミサヲちゃんは、明日十時四十分に読売ランド前の駅で次男が待っていること、神社でのお参りを済ませたあと、家へ戻って、お赤飯をみんなで頂きますという。

「お赤飯だけでいいよ」と妻はいった。ところが、天気予報では明日は傘マークが出ている。「雨ですみません」とミサヲちゃんはいう。「晴れるよ」と妻がいうと、「そんなことありません」とミサヲちゃんは悲観している。「晴れさせてみせるよ」と妻はいって元気づける。

こちらも先日来、七五三のお祝いをする十九日のお天気がよくなりますようにと神仏に念じている。フーちゃんが生れてはじめて着物を着せてもらう日なので、雨だと困る。曇りでいいから何とか雨だけふらないでもってくれますようにとお願いして来た。

今日は朝から日が差している。妻は「明日もお天気になるよ」という。何の根拠もなしにそんなことをいう。こんな天気になってくれればいいがと願っていたら、夕方から曇って来る。夜、風呂に入っているとき、音立てて雨が降って来た。夜のうちに降って、明日の朝、晴れてくれると有難いのだが。そうなってほしい。

朝。六時半に起きると、日が差している。妻とよろこぶ。妻は、「昨夜、お風呂に入ったと

き、雷が鳴っていました。これで明日は天気がよくなってくれると思ったの」という。フーちゃんた

いいお天気になり、妻はいちばんのよそゆきのスーツを着て行きますという。フーちゃんたちと一緒に写真をとるので。

十時四十分、読売ランド前の駅で次男が待つことになっている。少し前に着いて、駅前の日の当るところに二人で立っていたら、ダークのダブルの背広姿の次男が来る。間もなく紺のスーツのミサヲちゃんが来て、フーちゃん、春夫の待つ近くの写真屋へ。

入口の椅子に着物を着て、まげを結ってもらった上にかんざしやら何やらくっつけたフーちゃんが心細そうな顔をして坐っている。その姿を見たとたんに泪《なみだ》が出そうになる。赤い、小さな手さげを持って、唇にはうすく口紅をつけてもらっている。

次男の一家が先に写真室に入る。はじめにフーちゃんを写す。片手に扇子、片手に赤い手さげを持ったフーちゃんが一人で壁の前に立つ。そこを覗き見た妻が、泣き出す。縁起でもないと注意してやりたいが、こちらもさっき写真屋へ入って、待合室の椅子に腰かけているフーちゃんを見たとたん、泪が出そうになった。何の泪なのだろう?

次にグレイの上着に短い半ズボン姿(幼稚園の制服)の春夫。そのあと、全員で写してもらって終り。この写真屋の息子が出て来て、次男と生田中学校の同級生の鈴木君と分った。二人は顔を合せるなり、歓声を上げる。

そのあと、フーちゃんと春夫は、写真屋の親父さんからおみやげのおもちゃを貰う。

写真屋を出て近くの駐車場へ。車で細山の神社へ向う。神社の近くのフーちゃんが今朝、着付をしてもらった美容院へ寄って、店先に車を置かせてもらう。細山神明社では宮司さんが待っていた。十一時半の約束で、少し待つ。その間に、いいお天気で日が照りつける上にはじめて着物を着たフーちゃんが、のどを渇かせて、手を洗うところで、柄杓《ひしやく》で水を汲んで飲ませてもらった。もともと暑がりで、暑いのが大の苦手のフーちゃんは、よく辛抱してくれた。

拝殿へ上って、宮司さんから儀式の次第の説明がある。フーちゃんは、玉串《たまぐし》の受取りかたなんか、よく分らなくて、となりにいるお父さんに不安気に尋ねる。真面目な子だから、間違えるといけないと思って、気がかりであったのだろう。

式が始まり、その玉串も無事に終って、最後に一同、二拝二拍手一拝。宮司さんの祝詞《のりと》のなかに、「病むことなく、すこやかに」という言葉があり、聞いている私も、フーちゃんと春夫のすこやかな成長を祈らずにはいられなかった。

拝殿へ上る前、境内で次男がフーちゃんとみんなの写真を撮った。春夫が写真屋で貰ったおもちゃの鈴を振りまわして、中の小さな鈴が飛び出して、地面にころがったとき、フーちゃんが笑った。緊張しっぱなしのフーちゃんがはじめて見せた笑顔であった。

式が終って境内へ出ると、

「おうちへ帰ろう」

とフーちゃんがいう。家へ帰って早くこの着物を脱いでほっとしたかったのだろう。辛抱強いこの子が、「おうちへ帰ろう」といったのは、よくよくのことであったのだろう。

次男の運転する車が家の前にとまると、庭でジップが吠える。着物を早く脱がせてほしかった筈のフーちゃんが、すぐに庭の隅のジップの方へ行く。大事な、借り物の着物に飛びつかれては大へんと、こちらははらはらして見ていたが、フーちゃんは、つながれているジップのそばへ寄り、頭をなでてやる。ジップはなでられるまま、じっとしている。

「とびつきません。いつもふみ子はやさしいので」とミサヲちゃんがいう。

家の中へ入ると、フーちゃんは真先にお母さんに足袋を脱がせてもらい、よろこんで素足で歩く。足袋が暑くてたまらなかったらしい。生き返ったような顔をしている。

しばらく着物のままでいたが、

「ジャンパースカート着たい」

といい、となりの部屋でジャンパースカートに着換えて、出て来た。ミサヲちゃんとしては、せっかく高い借り賃を出して、着付してもらった着物を、少しでも長くフーちゃんに着せておきたかったのではないかと思われるが（あとで妻がそういっていた）、フーちゃんのいう通り、ジャンパースカートに着換えさせて上げた。

ミサヲちゃんは、台所へ入って御飯の支度をする。次男は、私に「ビール飲みますか」と訊く。「一ぱいだけ」と答える。

食卓に就く前に、次男とミサヲちゃんの二人がいる前で、お祝いを包んだふくさを差出す。次男、お辞儀をして受取る。

食卓について、

「おめでとうございます」

と私がいって、次男と二人でビールで乾盃する。卓上には海老《えび》の天ぷら、ヒレカツ、こんにゃく、蓮根《れんこん》、椎茸《しいたけ》のお煮〆《にしめ》、鉢に山盛りのお赤飯。お赤飯は近くの店に註文して炊かせたものだという。みな、おいしい。ヒレカツにかけるソースも別に小皿に入っている。

フーちゃんは、お赤飯のお代りをして食べる。こちらもお代りをした。次男と二人でビールの中壜を一本だけ飲む。次男が酒屋で買って来たという。

フーちゃんは、食事が終ってからも、硝子戸を開けて、室内を覗き込んでいるジップの頭をなでてやっていた。食事の前に、この前フーちゃんが休みの日に一日がかりで作った紙粘土細工が部屋の隅に並べてあるのを見せてもらった。うさぎや虎、家具、かごに盛った果物、船などいろいろさまざま。みんな、淡い色を塗ってあって可愛い。妻はあとで、「色がみなうすくてきれいなの。びっくりした」といって感心していた。

次男は、食事のあと、「美容院で着付をしてもらったとき、ふみ子、フーと息をついていた。どうなるかと思ったけど、よく辛抱してくれた」といった。

次男一家に見送られて帰る。坂道を大分下りてから振返ると、次男とフーちゃんがまだ坂の上にいて、大きく手を振った。こちらが振返るのを待っていてくれた。

「今日のお天気はご先祖さまの贈り物でしたね。うちとミサヲちゃんのところの」

と妻がいう、本当にその通りである。

七時のテレビのニュースをつけると、今日は九月の暖かさでしたという。フーちゃんが暑がったのも無理はないなと妻と話した。

次男の家にいるとき、フーちゃんの習字の先生から頂いた証書を見せてもらった。「四級庄野文子」と書いたもの。最初はたしか七級であった。七級から「飛び級」をして四級になったらしい。「審査に合格した」というふうに書いてあった。私たちはフーちゃんのお習字をもらって来る度に、のびやかで力強い字をよろこんだものだが、書道会の方で認められたのはうれしい。

食事のあとで食べたショートケーキのこと。妻が西三田の洋菓子店シャトレーへ行って註文した、七五三のお祝いのケーキ。文子、春夫の名前入りのもので、昨日の晩、配達してくれた。

ミサヲちゃんは、「横に切らないと駄目ね」といって包丁を入れたが、難しい。春夫はチョコレートの鳥居のところを貰った。フーちゃんは、鳥居のよこにカスタードクリームの鳩が二羽ならんでいるところを切ってもらった。ふみこ七才、はるお五才とかいてある。宮司さんの祝詞では、文子八歳、春夫四歳といった。フーちゃんの年も、春夫のも満になっていた。ショートケーキはおいしかった。はじめはおなかも大きくなっていたからやめる気でいたのに、ミサヲちゃんが切るのを見ていて、欲しくなり、

「わしも少し貰おう」

といった。このショートケーキは、七五三のお祝いと関係なしに、また妻に買って来てもらって食べたい。

食事のあと、フーちゃんは自分の頭に差してあったかんざしをお母さんの髪に差して、

「宇宙人みたい」

といって、よろこんだ。七五三のお参りの大仕事を果してほっとしたよろこびの表現であったのかも知れない。

次男の家から戻って午後の散歩に出かけたとき、清水さんと結婚したお嬢さんの圭子ちゃんの二人が、杏子《きようこ》ちゃんの手を引いて団地の前の道へ出て来るのに会った。清水さんは、

「お天気でよかったですね」

とうれしそうにいわれた。

妻も夕方のお使いの帰りに清水さんに会ったとき、

「お天気でよかったですね」

といわれた。

今日が次男一家の七五三のお祝いということを知っていて、この好天気を清水さんはわがことのように祝福して下さったのである。

翌朝。起きるなり、妻は、

「うまく行って、よかったね」

といちばんにいう。

昼食のとき、昨日のことを二人で話す。フーちゃんの着物の着付がうまくしてありましたねと妻がいう。頭の上のまるく平たく束ねたまげのことを訊くと、妻は、

「あれは全部、フーちゃんの自分の髪で結ったの。髪が長いから」

と感心したようにいった。

「うまい人ですね、着付をしてくれた人。年配の人とミサヲちゃんがいってたけど」

それから、あのまるいまげは「オタバコボン」というのといった。これを聞いて私は、むか

し読んだ十和田操さんの小説のなかでオタボコボンが出て来たのを思い出した。あれは夜、帰宅した夫が、迎えに出た奥さんが生れてから三月になる男の子の赤ちゃんの髪をまげに結っているのを見て歌い出す、口から出まかせのおどけ歌のなかに出て来た。

「一歳二歳はトンブクラ」で始まるのであったか。そのトンブクラが何歳かになると、トンブクロになる。その口から出まかせに歌い出したようなおどけ歌の結びが、

「アワツバトンボオタボコボン」

となったのではなかったか。

「そうか。あのまるい、平たい、束ねたようなまげがオタバコボンか」

と私はいった。

「で、あのまげの上に赤い絞りのかざりがつけてあったな」

「ええ」

写真屋へ入って待合室の椅子に心細そうに腰かけているフーちゃんに会ったとき、赤い絞りのかざりがかわいいと思った。その赤い絞りのかざりのことを問うと、妻は、

「手がら、っていうの」

といった。

春夫の幼稚園の友達のお母さんが、フーちゃんの七五三の着物姿を見たいといい(ミサヲち

ゃんは幼稚園の役員をしているので、同じ役員で親しくなったお母さんかも知れない)、ミサヲちゃんは昨日、写真屋へ行く前にそのお母さんに会って、フーちゃんの着物を見てもらったという話を聞いた。「高いお金を出して着せてもらった着物だから、ミサヲちゃんとしては、少しでも見てほしかったでしょう。また、長く着せておきたかったでしょう。だから、家へ帰ってから、早くフーちゃんの着物、脱がせてやってとミサヲちゃんにいわなかったの」と妻はいった。


昼食の用意が出来て、書斎から出て来たとき、妻は、

「フルーツケーキ、焼いた」

という。

台所の卓上に焼きたてのケーキ。ケースから出したばかりで、まだ湯気を立てている。

「何々入ってるの?」

と訊くと、妻が中に入れたものをメモに書いて知らせてくれる。くるみ、干葡萄、梅の砂糖漬、アマンド・プードル(アーモンドの粉。アーモンドはお菓子に欠かせないものと妻はいう)、チョコレートを細かく切ったもの。このほかにウイスキーのロイヤル・サルート(註・お墓参りに大阪へ行くとき、ポケット瓶に入れて持参した残りのウイスキー)がたっぷり入っ

ていますという。

夕食後、デザートにこのフルーツケーキを食べる。おいしい。

十日くらい前から玄関の垣根の山茶花が咲いては散り、咲いては散り、根のあたりに花びらが散り敷いている。


次男から七五三の内祝いのアレンジの花が届く。読売ランド前の花屋から先に電話がかかって来て、十時半ごろ届いた。「感じのいい小父《おじ》さんが持って来た」と妻がいう。カサブランカ（百合《ゆり》）を中心に黄色のばら、ガーベラ、紫のフリージア、小さい黄色の花でうまくまとめて、白塗りの花籠《はなかご》に活けてある。

「かずやのところ、物要りなのに」

と妻はいって、ミサヲちゃんに感謝する。

ピアノの上の父母の写真の前に先ずお供えしてから、妻はミサヲちゃんにお礼の電話をかける。

夕食後、いつものように座布団を枕に横になっていたら、妻はピアノのおさらいをする。最

後にゆっくりとした旋律の曲を弾いていた。ピアノを終ってこちらへ来た妻に、

「最後に弾いていたのは、何の曲?」

と訊くと、

「昨日、木谷先生から頂いた、ディズニーの『星に願いを』です。映画ピノキオのなかで歌う曲です。なつ子の愛唱歌です」

といった。

それから、あやつり人形のピノキオが人間の男の子になりたいといっていると、壁に棲《す》んでいるこおろぎのじいさんが、「星に願いをかけたら、いつかかなえられるよ」といって慰める、そこが歌になっているんですという。「ピノキオ」の始まりのところに出て来る歌です、という。

ピノキオが、あやつり人形なんてつまらない、男の子になりたいとわが身を歎いていると、こおろぎのじいさんが慰めて歌うの、という。

「子供連れてみんなで見に行きました」

私も一緒に行ったと妻はいうのだが、こちらは、ディズニーの映画の「ピノキオ」はいつか見たことがあるというぼんやりとした記憶があるだけだ。子供連れて行ったというから、東京練馬の石神井公園にいたころだろう。石神井にいたころは、よく家族で映画を見に行った。デ

ィズニーのは、おそらく全部見に行っているだろう。大人向きの映画までみんなで見に行った。「007ゴールドフィンガー」などというのも、渋谷の映画館の最前列の席で見たのを思い出す。

「星に願いを」の歌から妻は、「ピノキオ」のいろんな場面のことを話し出す。ゼペットじいさんというのがいる。このゼペットじいさんが木切れをもらって、人形を作る。先ず目を作ったら、その目がくるくるっと動き出す。鼻を作ったら、その鼻が伸びてゆく。次に口を作ったら、その口がしゃべり出す。手を作ったら、その手が木切れを取って、ゼペットじいさんを叩く。足を作ったら、かけ出して行く。で、そのあやつり人形にピノキオという名前をつけて、ゼペットじいさんの子供にする。この貧しいじいさんの小屋の壁にこおろぎがいて、あやつり人形のわが身を歎くピノキオに向って、星に願いをかけたら、いつかその願いがかなえられるよと歌って聞かせる。そんな話を妻がした。

妻は、昨夜、ピアノのおけいこで木谷先生から頂いた「星に願いを」の楽譜のコピーを貼りつけるボール紙を探したことを話す。

どこかに無いかなと思って、やっと押入れの中から見つけ出した。ばらばらに二枚に分れているのを、先ずセロテープでつないだ。楽譜を貼った。今度は台にしたボール紙の表紙を作った。ひらいた本をクレヨンでかき、そのひらいた頁《ページ》のところにボールペンで「星に願いを」と書き入れた。それからこの本の上にリボンを結んで、下にリボンを垂らしたところを赤のクレヨンでかき足した。のみならず本の上の部分に黄色のクレヨンで夜空にかがやく星を入れた。

「これで出来上り」と思って、ボール紙の台紙をひらいたら、楽譜を逆さに貼ってあった。楽譜が逆さになったわけではなくて、表紙の本をひらいたところを逆さにかいてしまった。しまったと思って、ペーパーナイフで楽譜をそっと剝《は》がして、貼り直そうとしたら、紙のふちのところが破れかけた。それで、剝がすのは諦めた。仕方がない。ボール紙を買って、楽譜のコピイをとって、最初から作り直すことにしたの、と妻はそんな話をした。

昨日の夕方、ピアノの調律に来た。いつも同じ人が来てくれる。今年二月に来た。十カ月たったら来ることになっていた。次は一年後になる。来年十一月に来てくれる。職人風の、いい人だと妻はいっている。

一時間半ほどかかって仕事をして、「終りました」という。もう外は真暗になっていた。妻はお雑煮を作って、コーヒーと一緒に書斎へ持って行った。調律に来た人はよろこんでお雑煮を食べ、コーヒーを飲んだ。

今度、妻が行くと、「ご馳走さまでした」といってから、硝子戸の外を見やって、

「お宅のあたり、狸なんかいらっしゃいますか?」

といった。

妻は思わず笑ってしまった。調律師は、丁寧な口をきくつもりで、つい「いらっしゃいますか?」といったのかも知れない。狸に敬語をつけることになった。

雨戸は締めていなかった。硝子戸の外は庭木の茂みが暗がりのなかに見え、もとは多摩丘陵の山の上だから、何となく狸の気配を感じたのだろうか。それが、つい言葉の弾みで、

「狸なんかいらっしゃいますか?」

となったのかも知れない。

それを聞いて私は、

「ええ、いらっしゃいますよ。ついこないだなんか、午前中の日の明るいときに、おとなりの門のよこに出ていらっしゃいましたよ、といえばよかったのに」

と思ったが、いわなかった。

この味わいのある質問をした調律師は、二年ほど前にはじめて来てくれた。南足柄にいる長女が中学のときに弾いていたピアノで、その後ずっと弾く人がいなかった。古くなってもう弾けないかも知れないというピアノであったが、長い時間をかけて調律してくれた。それから半年後にもう一回来て、更にまた半年おいて来てくれ、また半年おいて来てくれたのだろうか。

ともかく、古くなってもう駄目かも知れないというピアノを生き返らせてくれた調律師である。この人のおかげで、妻は年をとってからピアノのおけいこに行けるようになった。そうして、そのピアノのおけいこが大きな楽しみとなった。

次男からお礼のはがき来る。

前略　先日は文子、春夫の七五三の御祝にお越し頂き、また過分な御祝を頂きまして、どうも有難うございました。

当日は、前の日の予報で雨を覚悟していました。一夜明けると、意外や意外、晴天でうれしくなりました。操との会話も、「これは相当な雨男なんだね」から、「やはり日頃の行いが良かったんだな」になり、めでたしめでたしでした。あの後、子供とジップと公園へ行き、遊びました。御祝、お肉、お酒を頂き、お祝は大切に使わせて頂きます。有難うございました。

このはがきを読んで、「これは相当な雨男なんだね」は次男のことば、前の日に雨の予報を見てミサヲちゃんにそういっていた次男が、当日、思いがけないいい天気になって、「やはり日頃の行いが良かったんだな」に変ったんだなと、妻と確かめ合って笑った。

二、三日前、午後の散歩に出かけようとしたとき、崖の坂道で花を手にした清水さんに会った。畑のばらを届けに来て下さるところであった。「最後のばらです」といわれる。

そのなかのエイヴォンを妻は書斎の机の上に活けた。

ジョウビタキのこと。一昨日であったか、庭の水盤に滅多に来ない野鳥が来て、水浴びしている。四十雀くらいの大きさで、羽に紋のようなのが附いている。「紋つき鳥」という名が先に浮んだ。

ずっと以前のことだが、岡山出身の木山捷平《しようへい》さんが、「国では紋つき鳥」と呼んでいると何かに書いていたのを覚えている。だが、名前はすぐには思い出せないまま、水浴びするのを机の前から眺めていた。

少ししてから、「ジョウビタキ」が浮んだ。そうだ、ジョウビタキであった。滅多に来ないが、来ることは来る、可愛い鳥。少し水浴びして、飛び去った。

妻が牛肉の脂身をムラサキシキブの枝の針金の籠に入れるようになってから、四十雀がよく来て、脂身をつつく。

妻はピアノの木谷先生から頂いた十二月の歌の「追憶」を歌っている。「星影やさしく　またたく御空」というのが歌い出しの歌詞で、聞いたことのある曲。頂いた楽譜にスペイン民謡と書いてあるという。さびしい曲。

明日は去年亡くなった大阪の兄の一周忌なので、お供えしてもらうグレープフルーツを送りに妻は市場の八百清へ行く。帰って来て、

「うまく行ったの」

という。

開店以来勤めている、働き者の「まもる君」が果物に詳しいので頼むと、グレープフルーツのいいのがあまり無かった。その代り、ラ・フランスのいいのがあり、グレープフルーツのましなのを六つ選んで、そのまわりにラ・フランスを八つ詰めてくれたら、色どりもよく、グレープフルーツだけ詰めたよりもよくなった。まもる君はいい箱を探して詰め、きれいに包装して、宅急便を扱う米屋まで持って行ってくれた。その箱に私が書いたカードを入れた。

「一年になりますか。グレープフルーツお送りします。お供えして下さい」

カードを書いたときは、グレープフルーツだけのつもりでいたから、ラ・フランスのことは

出て来ないが、いいだろう。

妻は、「山の下」とミサヲちゃんに電話をかける。「明日、英二伯父ちゃんのお命日で、かきまぜを届けるから、待っていてね」という。実は、これまで十一月には戦後早くに亡くなった長兄の命日の十一月十九日に妻はかきまぜを作っていた。去年、二番目の兄が十一月二十六日に亡くなり、二人のお命日が続くことになったので、今年は合せて二番目の兄の方の新しいお命日にかきまぜを作ってピアノの上の父母の写真の前にお供えし、子供らに配ることにしたのである。

午前中の仕事を終って出て来ると、居間のすし桶にもうかきまぜが出来上っていた。朝からずっと台所で妻がかきまぜを作るのにかかっているのは、気配で分っていた。

「かきまぜ、出来たね」

というと、

「まだ卵があります。えんえんと卵を焼かないといけないの」

と妻はいう。すし米にさまざまな具の混ったかきまぜはすし桶のなかにたっぷり出来上っているけれども、そこへ薄焼き卵を細く切ったのをふりかけなくてはいけない。その卵を焼くのに、まだこれから暫くかかるというのである。

そこへ妻は、ボウルに入った青いものを持って来て、すし桶の御飯に混ぜる。

「なに？」

「きぬさや、です」

それから、「卵はまだ焼けてないけど、お供えします」といい、妻と二人でピアノの前へ行き、卵のかかっていないかきまぜの皿を父母の写真の前にお供えして、手を合せる。

妻が「山の下」のあつ子ちゃんに電話をかけたら、夕方、頂きに行きますという。清水さんに電話かけて、午後、かきまぜを届けますからと知らせる。

午後、二時ごろ、家を出る。清水さん、団地の前の道路で待っていて下さる。かきまぜを渡して、チョコレートを頂く。

ミサヲちゃん宅では、ストーブで居間を温めて待っていてくれた。土曜日で学校から帰っていたフーちゃん、机の前で何かしていて、「こんにちは」と小さい声でいう。妻は家から持って来たお人形の「ゆき子ちゃん」を、「お泊りさせてね」といってフーちゃんに渡す。しばらく預けておくつもり。

四人分のお弁当箱に詰めたかきまぜと帝塚山の義姉から届いた紀州九度山の富有柿を渡す。フーちゃんには「オズの魔法使い」の絵の入ったシール、春夫にはちいさなチョコレートの箱を上げる。

「オズの魔法使い」のシールを見ているフーちゃんに妻が、「どれが好き?」と訊くと、ライオンを指す。

トランプの「名さし」を一回だけして帰る。玄関のばら、前の長沢の借家から移し植えたレッドライオンが二つ咲いている。黄色のばらも咲いている。

帰りみちで妻は、「これが町田あたりなら、気軽に行けないけど、丁度いいところにある。電車も一駅だし、駅から歩くのも十分くらいだし」といってよろこぶ。本当にその通りだ。次男はいいところに家を見つけてくれた。

夕方、「山の下」へ頂き物の岩手のりんごを届けに行く。家の前の空地に長男がいて、恵子ちゃんを遊ばせていた。十二月四日に宝塚の公演をみたあとヒルトンに一泊することになっている。八月に芝公園の郵便貯金ホールでのなつめちゃんのリサイタルを見たあとも、長男に部屋を予約してもらってヒルトンに一泊した。リサイタルが終ってそのまま帰宅すると遅くなるので、そういうことにした。このときは、一緒にリサイタルを見た阪田寛夫を誘ってヒルトンまで行き、夕食を食べた。長男が勤めているヒルトンホテルでは二人の子供の結婚式をしているが、私たち夫婦が泊ったのは、このときがはじめて。二階の「武蔵野《むさしの》」での食事は味もサービスもよかったし、部屋はゆったりしていて泊り心地はよく、私たちは満足した。長男が「武蔵野」のマネージャーに私たちのことを頼んでおいてくれたおかげであった。今度の宝塚も四時からの公演に招待されていて、終るのが七時すぎ、そのまま帰宅すると夜になる。寒いときでもあるので、夏のなつめちゃんのリサイタルのときのように、また長男に頼んでヒルトンに部屋を予約してもらうことにした。

長男に、今度も「武蔵野」で食事をしたいからよろしく頼むという。長男はもうマネージャーに話してありますから、うまくやってくれる筈ですという。これで安心。

長男は家の前の菜園で作っている大根を見せてくれる。よく育って大きくなっている。家へ入って龍太の顔を見る。妻は抱いてあやしてやる。こちらも一回だけ抱いてやる。よろこんで笑う。

外へ出て、恵子ちゃんに「かいじゅう」のふりをして両手をゆっくり上げると、逃げ出す。長男は恵子ちゃんに「走って行ってじいたんにどーんとぶつかりなさい」という。

前の道路に出て、恵子ちゃんは十メートルくらい先へ離れておいて、そこから勢いよく走って来て、こちらの胸に突き当る。また引返して、十メートル以上離れたところから全速力で走って来て、突き当る。大した馬力である。こちらが受けとめかねて、よろよろするほど。これを三回繰返した。恵子ちゃんは、元気のかたまり。

妻が食料品店のなすのやに頼んであったすみれ（パンジー）が、配達された。ところが、妻は「全部むらさきのすみれをお願いします」と親父さんに念を押しておいたのに、届いたのは、むらさきのほかに黄や赤やさまざまの色のすみれで、がっかりしたという。

しかるに当のなすのやは上機嫌で、うれしそうに、

「すみれ、持って参りました」

というので、文句もいえない。

「なすのやに頼んだとき、むらさきよ、全部むらさきでねといったら、よろしい、全部むらさきですねといって引受けておいて」

と妻はいう。仕方がないので、花も売っている市場の八百清でむらさきのすみれを買い足すことにしたのと妻はいう。なるほど、あの働き者で福々しい顔をしたなすのやの親父さんが、うれしそうに、「すみれ、持って参りました」といって届けて来たら、註文通りでなくとも、文句をいう気にはなれないだろう。

午後、妻と一緒に生田駅前の農協へすみれの植木鉢を買い足しに行く。農協に植木鉢を置いてないので、スズキへ行って、一つ、少し大きい目の植木鉢を買う。竹箒も一本買い、植木鉢はこちらがさげて帰る。

帰って、妻は残りのすみれを植える。

朝、妻は外から入って来て、

「すみれ、全部で十八鉢、植えました。きれいになりました」

という。あとで見に行くと、玄関の石段の両側に並べてある。石段だけでなく、玄関にもいくつか置いてある。玄関の前の、前に荻窪の井伏さんの奥さまから贈られた、木瓜《ぼけ》の入っていた盆栽の鉢（中身の木瓜は庭の東南の角の日当りのいいところに移し植えた）の分も入れて十八ある。妻の好みのむらさきのすみればかり、石段の片側に集めてある。ひらき戸の勝手口の石段のよこにも、六つ並べてある。こうして並べてみると、むらさきでない、黄や赤の混ったすみれも悪くない。黄のすみれなんか、なかなかいい。

妻は、

「これですっきりした。色どりもいいわ」

といって、よろこぶ。

夜、ピアノのおさらいのあとで妻は、十二月の歌として木谷先生から頂いた「あら野のはてに」を小さい声で歌いながら弾いてみる。

はじめはたどたどしかったのが、いくらかなだらかになって来る。

週に一回の木谷先生のおけいこの最後の五分は、緊張をほぐすために先生と一緒に歌をうたうことになっていて、毎月、先生から楽譜を頂く。妻がいうには、今月の「あら野のはてに」の楽譜に「フランス・キャロル」と書いてある。フランスの、クリスマスに歌う讃美歌《さんびか》らしいですという。

「おや、讃美歌というのは世界で標準のものがただ一つだけあるのかと思ってたけど、そうじゃなかったのか。フランスにはフランスの讃美歌があるのかな？」

と私はいった。

なるほど、きいてみると「ひつじかい」とか「まぶねにふせるみこ」が出て来る。クリスマスの歌であることは確からしい。どうして「フランス・キャロル」なのだろう？

# 六

朝食前、外から戻った妻が、
「すみれに水やって、時間かかるけど、楽しかった」
という。玄関に並べたすみれの鉢の数が全部で十八。水をやるのにも、なるほど時間がかかるだろう。

妻は、南足柄の長女へ宅急便を作って送る。昨日、新宿の百貨店で買って来た、ぬいぐるみのいのししの子のうり坊二つが目玉で、あと藤屋で買ったカレーパン、チョコレートロール、カレーパンが食べられない末っ子の正雄のためにごぼうサラダパンを詰めたという。宅急便を送ったことを長女に電話で知らせる。長女よろこぶ。

妻の話。「京王デパートで化粧品を買って二階へ下りて来たら、棚をこしらえた上にぬいぐるみのいのししをいっぱい並べて売っていたの。親のいのししは、毛が逆立って、牙をむき出していて、おっかないけど、いのししの子のうり坊は、背中に縞が入っていて、まるまるころころしていて、可愛い。これはなつ子に送ってやったらよろこぶと思って、うり坊を二つ買って帰ったの」

うり坊という名前は、背中に縞が入っているところがまくわうりにそっくりなので、ついたらしい。

ところで、妻は早目のクリスマスの贈り物の宅急便にカードを添えて、新宿の百貨店でぬいぐるみのいのししの子のうり坊を売っていて、かわいいので買って来たことを書いた、そのカードを、

「おっかしゃーん。メリリリークリスマス」

という文句で始めた。

というのは、毎年、妻の誕生日に南足柄の長女がくれるカードには、「うしのお母さんへいのしし娘より」と書いてある。そこで妻は長女に出すカードには、「うしのお母さんよりいのしし娘へ」と書くことにしている。妻はうし年、長女は亥年の生まれだから。

つまり、うり坊がお母さんに向って、せきこんでクリスマスのお祝いを申し上げるという趣向にしたのである。カードの終りには、

「ぬいぐるみのうり坊があんまりかわいいので、二匹連れて帰ったの。厄《やく》よけのマスコットにしてね」と書いたという。

昼ごろ、南足柄の長女から電話がかかった。昨日出した宅急便がもう着いた。受話器をとった妻が、「はい、庄野でございます」というなり笑い出す。どうしたのかと思ったら、長女はどこの誰ともいわずにいきなり、

「うり坊到着、うり坊到着、うり坊到着」

といったらしい。

長女の話では、土曜日で給食なしでおなかを空かせて帰った小学四年生の正雄は、早速ごぼうサラダパンを食べたという。「いたんでなかった?」と妻が訊くと、「何ともなかったよー」と長女はいった。

それから、四月に横浜に本社のある、お父さんの会社に入社して、目下、独身寮にいる長男の和雄がその日、たまたま一時間ほど家へ帰って来ていたので、うり坊の一つを渡したら(和雄も亥年の生まれ)、よろこんで抱いて帰りましたという。夜おそく寮の部屋へ帰ったとき、このうり坊が待っていると、きっと慰めになるだろう。

宅急便の中にりんごをいくつかと、クリスマスのリボンのかかった贈り物の箱の絵入りの紙

ナプキンも妻は入れておいたら、長女は大へんよろこんでいたという。

妻は、

「朝、お水をやるとき、すみれの鉢を見るのが楽しい。いろんな色のがあって、変化があって。むらさきのだけと頼んでおいたのに、なすのやが間違えて持って来たのが幸いして」

という。

「ワインレッドのも馴れるといいわ。黄色のもいいわ」

最初はむらさきのすみればかり並べるつもりでいた妻も、今はどうやら色とりどりのすみれに満足しているらしい。こちらも目を楽しませてくれるすみれの鉢をよろこんでいる。

宝塚星組公演とヒルトン一泊の日が来る。そもそもこの星組公演は、宝塚歌劇団から私宛に届いた一通の招待状から始まる。三つくらい日が書いてあって、希望の日を申し込むようになっていた。ところが、招待は私一人である。一緒に行きたい妻は、何とかして同じ日の切符を取ろうとして、前売り開始の日に新聞の広告に出ていた申込み先へ電話をかけた。ところが、九時よりというので、九時になるのを待ってダイヤルをまわしたのに、つながらない。一斉に電話がかかっているためらしい、「只今混み合っていますから」というばかり。根気よく妻は十七回かけて、結局つながらない。これは劇場へ行った方が早いと、日比谷まで行った。劇場の前に長い行列が出来ている。並んでいる人に訊くと、その人たちは徹夜して午前七時から配る整理券を貰ったんだという。整理券を貰って、また出直して並ばないと切符は手に入らないらしい。

家へ帰った妻が、三時ごろもう一度、電話をかけてみたら、今度はつながったけれども、「千秋楽まで満席です」というから、これで妻は諦めた。今度の公演は星組トップの紫苑《しおん》ゆうのさよなら公演なので、ただでさえ取りにくい切符がますます取りにくくなったのだろう。

では、どうしてこの日、妻が私と一緒に宝塚を見に行けるようになったかというと——この前、銀座の博品館劇場へ剣幸さんのミュージカル「魅惑の宵」を見に行ったあと、阪田寛夫と三人で立田野へ寄って、豆かんを食べた。そのときに、星組の公演の招待状を歌劇団から頂いたことが話に出た。阪田のところにも招待状が来ていたが、阪田が申し込んだのは、私とは別の日であった。その話が出たとき、妻が自分も一緒に行きたいので、予約電話で申し込んでみるつもりですとひとこと話した。そこで、阪田はミュージカルの「シーソー」の大阪公演のためになつめちゃんについて大阪へ行っている奥さんに電話をかけて、妻の分の切符のことを頼んでくれた。奥さんはすぐに、今度の公演のレビューの方の作者である（歌劇団からの招待状にも名前が出ていた）岡田敬二さんのお宅に電話をかけて、切符のことを頼んでくれた。阪田夫妻は次女のなつめちゃんが宝塚音楽学校にいたころから、岡田さんと懇意にしていたのである。

少したって宝塚の岡田さんから東京の阪田のところへ「お二人の切符とれました」という電話がかかり、それを阪田が知らせてくれた。一度は諦めていた妻が、そのうれしい知らせに夢かとばかり大よろこびしたのはいうまでもない。助け舟を出してくれた阪田寛夫のおかげであり、妻が私と同じ日に行けるように快く切符の手配をしてくれた宝塚の岡田敬二さんのおかげである。

宝塚を見たあと、帰りが夜になるので、八月のなつめちゃんの郵便貯金ホールの歌のリサイタルのときのように、長男に部屋を取ってもらってヒルトンホテルに一泊することにした。これでヒルトン一泊つきの宝塚観劇ということになり、妻も大よろこび。先ずヒルトンへ入っておいて、そこから日比谷の劇場へ行くことにする。十一時に家を出て、ヒルトンには十二時半にチェックインした。なるべくヒルトンにいる時間を長くしたいので。三十一階の部屋。八月に来たときも三十一階か三十二階であった。ゆったりとした、いい部屋。窓の外に向いの高層ビルが見える。部屋へ入るのを待っていたように、ルームサービスの果物とコーヒーが届く。ヒルトンに入社したときから長い間ルームサービスの仕事をしていた長男が（いまは別の部署にいる）頼んでおいてくれたのだろう。八月に来たときも、果物とコーヒーが部屋に届いた。

早速、おいしく頂戴する。そのあと日比谷の劇場へ行くために出発する二時半まで部屋にいる。私は、家を出る前に速達で届いた連載第一回の校正刷を持って来たので、壁際の机に向って坐る。妻は、ピアノの木谷先生から頂いたばかりの「星に願いを」の楽譜を見て頭に入れておくつもりで持って来ていた。ところが、あとで妻の話を聞くと、楽譜を見るつもりで窓際の椅子に腰かけていたら、窓の外の向いのビルの硝子窓に陽がさしていて、その色が少しずつ変ってゆく。気持がよくて、ポカーンとしていて、「星に願いを」の楽譜を見るどころでなかった、何にもしなかったという。

途中で、

「武蔵野、見て来ます」

といって、妻は部屋から出て行く。「武蔵野」は、この前八月に来たとき、阪田寛夫と三人で夕食を食べた、二階の和食の店。おいしくて、サービスもよかった。今度もそこで食事をすることにして、長男に頼んである。この前来たとき食べたうな重がよかったので、今度もうな重にしたかったが、「武蔵野」は季節の料理を食べさせる店ということで、うなぎは夏の間だけ、今度は献立に入っていないという。料理はマネージャーが見計って出してくれることになっているらしい。

妻がそっと戻って来る。二時半にホテルを出るつもりでいたら、いい具合にその前に校正刷を読み終った。地下鉄で銀座へ。下車して歩き出したら、妻の肩を叩く人がいる。宝塚の岡田さんから切符を送ってもらって、今日、一緒に星組の公演を見ることになっている阪田夫人であった。いいところで会った。一緒に日比谷の劇場へ。

私と妻の席は「お」の27と28で、阪田夫人は前の方の席であった。阪田夫人が来ることは分っていたから、妻はあとで阪田夫妻に食べてもらうつもりで、かやくご飯を作って持参していた。もし地下鉄を下りたところで阪田夫人と会っていなかったら、満員の劇場のなかで離れた席にいる阪田夫人を見つけ出すのは無理であっただろう。二人に食べてもらうつもりで作って来たかやくご飯の包みもお渡しすることは出来なかったかも知れない。幸運であった。

最初は「カサノヴァ・夢のかたみ」（小池修一郎作・演出）。紫苑ゆうは声がきれいで、おっとりしていて、よかった。宝塚らしい二枚目の最後の人といわれていると妻はいうのだが、これが見納めである。次の岡田さんのレビュー「ラ・カンタータ！」は開幕から惹き込まれて、場面の移り変りが快く、たちまち終りになった。岡田さんは白井鉄造以来のよき宝塚を継ぐ人といわれているが、この人のレビューはいつ見ても楽しい。

殊《こと》に「ちんちん電車」をうしろに踊り手が並んで歌うところから始まる「ステイト・フェアー」の場面が見事であった。

岡田さんの舞台作りはうまくて、いつも始まったと思ったらすぐ終りになるという気持にさせられる。

公演のあと、阪田夫人を通路で待ち受けて、一緒に出て近くの喫茶店「日比谷」へ。紅茶を飲み（阪田夫人はコーヒー）、なつめちゃんの消息を阪田夫人から聞く。阪田の長女の啓子ちゃんの小学生の男の子が、ミュージカルの「ザ・シンギング」を見た。ニューヨークに住む娘と結婚した宇宙人が、妻（大浦みずき）と二人の間に生れた子供を残して宇宙へ帰ってゆくという話で、終ったら泣いていたという。やさしい子供らしい。

阪田夫人と別れてヒルトンへ戻り、いったん部屋へ帰ってから二階の「武蔵野」へ。八月に来たとき会ったのとは別の黒服の人（これが長男と懇意なマネージャー）がいちばん奥の壁ぎわの食卓へ案内してくれる。料理はお任せということになっていたので、こちらは何もいわない。給仕が来て、生ビールと壜のビールと両方あるというので、先ず生ビールの小ジョッキを註文する。会席料理の北陸風で、蟹を使ったのが出た。殊にかますの味噌漬がおいしい。最後に白魚のおじや。これもおいしい。デザートのババロワのあとに金平糖が出て、楽しい会席であった。酒は、八月に来たときに飲んだ秋田の高清水。

給仕に来た子が感じがよかったので、妻が心づけを上げた。八時から食べ始めて、三十一階の部屋に戻ったのが九時五十分。二時間近くかけて、寛いで食事が出来た。マネージャーに私たちのことをよろしくと頼んでおいてくれた長男のおかげである。

部屋に戻って、家からポケット瓶に詰めて来たウイスキー（ロイヤル・サルート）を飲む。このロイヤル・サルートは、昔、なつめちゃんがはじめての海外公演で東南アジアへ行ったとき、お土産に買って来てくれたもの。飲まずに大事に取ってあったのを、この前、お墓参りに大阪へ行くとき、はじめて栓を抜いて、ポケット瓶に詰めて行った。

テレビをつけると、スロバキア室内合奏団の演奏会の中継放送をしていた。おじいさんのヴァイオリン。みんな、立ったまま弾く。「ブランデンブルク協奏曲」の次にモーツァルトの「アイネ・クライネ・ナハトムジーク」。アンコールで三曲演奏する。いいものを見た。

翌日。朝食は二階のチェッカーズへ。部屋へ戻って、昨日読んだ校正刷のひとところだけ直して、持参の返送用の封筒に入れる。

九時半ごろ、ヒルトンを出て小田急で帰る。西三田の郵便局の窓口で、校正刷の入った速達の封筒を出して帰宅。

「楽しかったですね」

「いいホリデイだった」

妻と二人で何度もいった。八月に続いてヒルトンの部屋を取ってくれた長男に感謝する。

南足柄の長女から宅急便が届く。自家製のアップルパイ、庭の柿、ゆり根、海苔の缶などいろいろ入っていて、一つ一つに説明のカードが附いている。アップルパイには、

「日暮れが早くなりました。冬の夜長は、ほっこりとお茶とお菓子とこたつでおすごし下さい」

というふうに。妻から年末までの期限つきで借りていたベティ・マクドナルドの『島と私と娘たち』も入れてあった。

「大切なご本をありがとうございました。本当に本当に面白かった。勇気と元気を与えられる本です。ふりかかる火の粉ははたき落しながら前進あるのみ！」

というカードを添えてある。

夕方、買物に行った妻が、市場の横で長男と自転車に乗せた恵子ちゃんに会った。買物をしてこれから帰るところ。長男にヒルトンでみんなよくしてくれ、気持よく楽しく泊ったことを話すと、長男はうれしそうに聞いて、「また行って下さい」といった。別れるとき、自転車の前に乗った恵子ちゃん、

「おさきにー　こんちゃ～ん」

といったという。こんちゃんは、孫たちが妻を呼ぶときの愛称。

庭の山もみじの紅葉が見事。昨日、気が附いた。山もみじの下の「山の木」（註・子供が小さいころ山から取って来て庭に植えた、名前を知らない小灌木）の黄葉との調和がいい。

妻は清水さんの栄一さん（目下、奥さんを残してアムステルダムに赴任している）の留守宅に生れた男の子の赤ちゃんのお祝いに山形の酒「初孫」を届ける。縁起のいい名前のお酒なので、清水さんよろこぶ。清水さんが見せてほしいといい、預けてあったフーちゃんと春夫の七五三のお祝いの日の写真（次男がカメラで写したもの）のアルバムを返して下さる。

妻はミサヲちゃんへ神戸の学校友達の松井からの頂き物の神戸牛ロース肉に、安岡からの高知のみかん、紀州九度山の柿（帝塚山の義姉からの）を入れて宅急便で送る。それが昨日のこと。はじめ持って行くつもりで何度も電話をかけたが、不在で、宅急便にした。午後、ミサヲちゃんから「着きましたァ」とうれしそうな声で電話かかる。

妻は南足柄の長女へ二回目のうり坊二つを宅急便にして送る。昨日、新宿三越へ行った帰り、京王デパートへ寄って買った。この前は棚に山のように積んであったのが、少なくなっていた。一晩居間のテレビの上にうり坊を置いて、眺めて楽しむ。宅急便に入れたカードに、妻は、

「おっかしゃーん、また来たよ」

と書く。

銀座松屋へ案内を頂いた入江観さんらの三人展を見に行く。入江さんの「バガテル緑陰」の前で、妻は、しきりに感心する。木立のよこの道。どこの国の景色だろう？

宝塚のあとフーちゃんたちも一緒にみんなで行く立田野へ入り、みつ豆を食べて小憩。

夜、長女の送ってくれたアップルパイを食べる。おいしい。

夕方、ご近所の古田さん、おからの料理と大きな柿を届けて下さる。おからにはとりが入っていて、おいしい。

「古田さん、いつもうれしそうな顔をして届けてくれるの」

と妻がいう。先日、妻が金田龍之介さんからの頂き物のケーキの一つを届けたら、お歳暮の海苔の缶を頂いた。

玄関へ出て行って、「先日は海苔を頂いて有難うございます」とお礼を申し上げる。

「古田と二人でご挨拶に行こうといっていたんです」

といわれる。

午後、妻は生田まで竹箒を買いに行った帰り、崖の坂道で清水さんが下りて来るのに会う。清水さんも一緒に帰ると玄関にさげ袋、郵便受にお赤飯の包みが入れてある。さげ袋のなかに山のいも、葱、みかん。それと「最後の最後の」畑のばらが入っている。妻は、大阪の村木から届いた白菜と大根をさげて、清水さんを送って行く。

夕方、古田さん、深谷の叔母から送って来たという葱、ほうれん草を届けて下さる。妻は安《あ》房鴨川《わかもがわ》の近藤啓太郎からのさんまの干物をお裾分けする。古田さんよろこばれた。

夜、横浜市緑区の川口さん、ご自分で焼いたクリスマスのケーキを届けて下さる。木の幹のかたちに作った、立派なおいしそうなケーキ。「皆さんで上って下さい」といわれる。川口さんはケーキ作りの名人。昔、先生について習った通りの作り方を今も忠実に守ってケーキを焼く。

川口さんのケーキを頂いたので、クリスマスの子供のパーティーをひらいて、みんなで頂くことにする。午前中にミサヲちゃんに電話をかけると、

「行きます。今日はふみ子が午前中なので」

という。「丁度よかった」と妻はよろこぶ。

「山の下」は、この間から恵子ちゃんが風邪気味で家にこもっていたらしいが、行きますとあつ子ちゃん、いう。

二時半ごろ、「山の下」来る。恵子ちゃんは元気そうで、顔色もいい。三時、ミサヲちゃん、フーちゃん、春夫来る。一同、食卓につく。ケーキを切って、頂く。フーちゃん、「木の切株みたい」という。はじめにジングルベルをうたう。龍太は、みかんに手をのばし、皮のままかじる。

クリスマスのプレゼントをみんなに手渡す。

パーティーのあと、フーちゃんは六畳の机で絵をかく。貰ったばかりの「おもちゃの家」を画用紙いっぱいに鉛筆で写生する。

この「おもちゃの家」は、妻が向ヶ丘遊園のハンカチやエプロン、額など女の子向きのかわいいものを揃えた店で見つけた。入口の戸をあけると、壁の釘にキーホルダーでも何でも掛けるようになっている。

フーちゃんはこの「おもちゃの家」がうれしかったらしい。物もいわずに熱心に写生していた。

あとでその絵を私が貰った。入口の上のところに英語で'DOLL & TOYSHOP'と書いてある。

下にはフーちゃんの字で、「おもちゃやさんとようふくやさん」と大きく書いてある。左側の窓の中には、（これはフーちゃんの空想らしい）おもちゃの兵隊さんやら小ぶたさん、小鳥、花なんかが描いてある。となりの窓には、洋服地らしいものが吊してある。

この「おもちゃやさん」の建物の二階には、小さな窓があいていて、カーテンや電気スタンドらしいものが見える。屋根の上に煙突があって、煙が出ている。これもフーちゃんの空想でつけ加えたものだろう。

川口さんのケーキは、このパーティーの席にいなかった長男、次男の分を切って、それぞれあつ子ちゃん、ミサヲちゃんに持って帰ってもらった。妻は、「川口さんの心のこもったケーキをみんなに食べてもらえてよかった」と何度もいう。夜、妻は川口さんにお礼の電話をかける。

クリスマス・イヴの日。十一時半ごろ、妻は近所の有美ちゃんの家へクリスマス・プレゼントを届ける。有美ちゃんは前から木谷先生にピアノを習っていて、妻を木谷先生に紹介してくれた小学五年の門下生。木谷先生のピアノのおけいこが出来るようになったのは、有美ちゃんと木谷先生に妻のことを頼んでくれた有美ちゃんのお母さんのおかげである。

妻が用意したプレゼントは、小物入れにチョコレートとオルゴール（ホワイト・クリスマスの曲）と手紙を入れた。帰って、今度は清水さんに電話して、お米を届ける。栃木氏家のミサヲちゃんの御両親から送って頂いた新米のお裾分け。アムステルダムにいる栄一さんが休暇を貰って昨夜の二時に帰って来たという。十一月の末に生れた赤ちゃんの顔を見に年末に帰るという手紙が来ていた。オランダ土産の絵本、風車の絵の入った陶板（壁かけ？）を下さる。今日、これから佐和子さん（奥さん）のいる実家へ赤ちゃんを見に行く。清水さん、うれしそうにしていたという。妻は家に帰ってから、頂き物のワインを清水さんに届ける。

「栄一さんが帰って、清水さん、今日は楽しいでしょう」と妻はいう。

郵便受に入っていた有美ちゃんの手紙。

庄野さんへ　今日はミニバッグとチョコレートとオルゴールをいただき、どうもありがとうございました。ミニバッグは大切に使わせてもらいます。チョコレートとあめは、さっそく食べてみました。とてもおいしかったです。オルゴールの音楽はとてもきれいです。曲名はホワイト・クリスマス（ここだけ赤のボールペンで）です。本当にありがとうございました。

柳沢有美

朝、枕もとに何か置いてある。細長い箱。書斎へ持って行って、包みを開けると、ハーモニカが出て来た。妻に「ハーモニカ、ありがとう」という。

清水さんの圭子ちゃんから電話かかる。昨日、清水さんに届けたワインのお礼。昨夜、清水さん夫妻、栄一さんが梶《かじ》ヶ谷《や》の圭子ちゃんのマンションへ行って、食事をした。そのとき、ワインをあけた。

「昨日は楽しかったでしょう。何を作ったの?」

と妻が訊くと、シチューと海老の何とかですと圭子ちゃんがいった。

夜、南足柄の長女から電話かかる。

「二十七日に行きます。うんと汚しておいて。きれいにお掃除するから」

毎年、暮に長女がすす払いと大掃除をしに来てくれる。前はあつ子ちゃん、ミサヲちゃんも来て三人がかりで掃除をしてくれたが、どちらも小さい子供が出来たので、長女がひとりで来てくれることになった。

栄一さんのオランダのお土産の絵本は、運河にはまった牛のはなし。英語がついている。川岸の草を食べていた牛がうっかりして川にはまるが、折よく流れて来た大きな桶にのっかって流される。川岸に来たところを遊んでいた男の子に助け出されて、歩いて行くうちに市へ出て来る。ここでご主人に会い、無事に家へ連れ戻されるという話。妻は、「面白い、面白い」といってよろこんでいる。

昼前の散歩から帰ったら、玄関にみかんの箱（西宇和の）が置いてある。「清水さんのお国の伊予から届いたみかんを、栄一さんの車で運んでくれたんでしょう」という。妻はお礼の電話をかける。やっぱり栄一さんが車で出かけるついでに届けてくれたと分った。

南足柄の長女が来て、大掃除をしてくれる。昼の用意をしながら妻が、木谷先生から十二月の歌として楽譜を頂いた「あら野のはてに」を台所で歌っていたら、長女は、「その讃美歌、知ってる。青山にいたころ、礼拝のときに歌った。好きな曲だった」

という。

青山学院の高等部にいたころのことだろう。

「あら野のはてに夕日は落ちて　妙《たえ》なるしらべあめよりひびく」

ところが、木谷先生から頂いた楽譜にフランス・キャロルと書いてある。どうしてフランスのキャロルなんだろう？　フランスにはフランスの讃美歌があるのかしらといっているのと妻がいったが、無論、長女は知らない。

フランスにはフランスの讃美歌があるのだろうか？　国によって歌っている讃美歌がみな違っているのだろうかという疑問は、最初に妻から「あら野のはてに」の楽譜を見せられて、フランス・キャロルと印刷してあるのに気附いた日から生じた。私は小学生のころ、六年間受持ってくれた先生が熱心なクリスチャンで、その先生から勧められて先生の関係している教会の日曜学校へ通った。上級生のころであった。だから、日曜学校でみんなと一緒に讃美歌を歌った。中学へ上ってからは教会へ行かなくなったから、キリスト教と私との縁はうすいものであったが、讃美歌を知らないわけではない。

その私は、「あら野のはてに」の楽譜にフランス・キャロルと印刷されているのを発見するまでは、漠然とながら、讃美歌というのは世界共通の、ただ一つの標準のものがあるのだと思っていた。どうしてフランス・キャロルなのだろう？　国によって教会や家庭で歌う讃美歌が違っているのだろうか？

そこで私は、熱心なキリスト教徒の両親のもとで大きくなった阪田寛夫に訊ねてみることにした。私の出した葉書に対して、阪田は速達の葉書で答えてくれた。更に重ねて私の出した葉書に対して、便箋七枚に及ぶ封書の返事をくれた。

最初にくれた速達の葉書には、「あら野のはてに」が日本に入って来た歴史にふれてあった。阪田から教わったところによると、世界中の讃美歌には、民謡、歌曲、オペラなどから採用した曲が少なくないということだが、この「あら野のはてに」も、もともとはフランス十八世紀にロレーヌその他いくつかの地方で歌われていた民謡なのであった。楽譜になったのは一八五五年で、そのころ世界中の歌が大いに交流したらしい。英米で讃美歌になった。これがはじめてわが国へ入ったのが昭和六年版で、由木康の訳により、聖歌隊用の合唱曲として採用された。やがて昭和二十九年版では会衆用の讃美歌になった。これが讃美歌一〇六番だという。

阪田は日本基督《キリスト》教団の讃美歌委員会編の『讃美歌略解』を読んで、調べて、私に返事を書いてくれた。

また、「あら野のはてに」を聖歌隊用の合唱曲から会衆用の讃美歌にするとき、もっと易しい形のものをアメリカの何かの讃美歌から収録したという。ということは、もともとはフランス生れの讃美歌であったものを、いったんアメリカで根づかせてからのちに、今度はアメリカ経由で日本の讃美歌にしたといえるのかも知れない。

そこで、木谷先生から頂いた「あら野のはてに」の楽譜に「フランス・キャロル」とあるのを見たとき、私が抱いた、どうしてフランスのキャロルなのだろう？　という疑問は、「あら野のはてに」がもともとは古くからフランスの民謡であったものが、アメリカ経由で日本に入ってクリスマスに歌われる讃美歌となったことを頭に入れるなら、そうして、「フランス・キャロル」を「フランス生れのキャロル」といい直すなら、自ずと解決することになる。

そこで、「讃美歌には世界各国共通のただ一つの標準のものがあるのではなかったのか」という私が漠然と考えていた疑問が残る。最初にくれた阪田の葉書によると、英米では教派別に讃美歌を出版しており、編集が違うので番号はばらばらである。日本でも明治三十五年までは、英米に本部があって日本に伝道したそれぞれの教派別に讃美歌が出ていたのを、明治三十六年に各派の宣教師や日本の訳詩家、牧師たちが「讃美歌委員会」を作って、はじめて各派共通の「讃美歌」を編集出版した。これが明治三十六年版だという。

日本国内ですらそんな風であったのだから、私がぼんやりと考えていたような、世界各国共通のただ一つの標準の讃美歌というものは、ありそうにない。そんなもの、あるわけがないと私は考えるようになった。そこで私は念を押すために、重ねて阪田寛夫に次のようにいってもいいか、どうかただしてみた。

「世界各国では、それぞれ別々の讃美歌をうたっていて、スタンダードの、ただ一つの讃美歌集というものは存在しない。ただし、各国の間で讃美歌の交流は行われていて、従ってどの国でも共通してうたわれている曲（「きよしこの夜」のごとく）は少なくない」

私のこの問いに対して、阪田から折返し、「プロテスタントの讃美歌についていえば、その通りだと思います」という回答があった。

阪田寛夫のお父さんとお母さんは、熱心なプロテスタントの信者であった。私は大阪の新聞インクを作る会社の経営者であった阪田のお父さんが一生のうちに教会を二つ建てたこと、キリスト教関係の団体への寄附を惜しまなかったこと、寄附を頼みに来る人が話を切り出そうとすると、相手にしまいまでいわせずに、「なんぼ、要りますか?」といって訊き返すような人であったこと、夫妻は結婚以来、自宅の居間を教会の聖歌隊の練習に提供したという話を阪田から聞いたことがある。

プロテスタントの両親のもとで大きくなった阪田寛夫が、カトリックの讃美歌について語ろうとしないのは、もっともなことである。

また、阪田は、昭和二十九年版の現行の日本の讃美歌五百四十七曲について、「原詞」の国別の一覧表を作ってくれた。ギリシャ語、ラテン語からイタリア語、ドイツ語、フランス語、オランダ語、英語、中国語、日本語にわたるものである。

この一覧表によると、いちばん少ないのはイタリア語の2。いちばん多いのは英語の366である。フランス語6のなかに、「あら野のはてに」が含まれていることはいうまでもない。

私は日本で歌われている讃美歌の大部分は、英米から入って来たのではあるまいかという印象があって、果してそうであろうかという疑問を阪田宛の葉書にしるしたのだが、この一覧表によって、大部分とはいえないけれども、半数以上の讃美歌が英米生れであることを教わった。手間ひまかけて貴重な一覧表を作ってくれた阪田に感謝したい。

大掃除に来てくれた長女のこと。

南足柄から来た長女は、来るなり妻が用意しておいたズボンにはきかえ、たちまち書斎の硝子戸ふきから始める。いい具合に夜のうちに降り出した雨が上り、長女が着いたころには、日が差して暖かくなる。硝子戸ふきのあと、外まわりのすす払い。家の中のクリーナーかけ。二回目の散歩から帰ったときは、書斎の掃除を終ったところであった。

午後は、風呂を磨き上げる。台所の換気扇をきれいに拭いて、うまくまわらなかったのをまわるようにしてくれた。昼は、妻が買っておいた太巻とおとなりの相川さんから頂いたヒレカツを長女に食べさせた。午後の仕事の区切りがついたところでお茶にする。長女に頂きものの神戸フロインドリーブのドイツケーキを食べさせる。そのあと、長女は三男の大学生の明雄のアルバイトの話に熱中し、ロマンスカーに遅れるよ、早く出ないと妻に急きたてられて、やっと家を出た。

送って行った妻が戻る。妻の話。バスの停留所が見えるあたりまで来たら、バスがとまっている。動きかけていたのをいっしょけんめい手を振ってとめてもらい、長女は走って行き、乗る。妻がバスの切符を長女に渡そうとして落し、慌てて拾ったりして、気が急いた。ところが、長女に持たせて帰すつもりでいたすきやき用の牛肉と藤屋のアップルデーニッシュの入った包みを妻が持ったままでいたのに気附いて、やっとバスに間に合って窓からこちらに手を振る長女に向って、「これ、これ」と手もとの牛肉の包みを指して知らせる。

バスに乗った長女の方は、すきやきに入れる白たきとトマトの包みを持っているだけ。家を出る前に長女に牛肉の包みを渡しておけばよかったのに、長女のおしゃべりで時間がおくれ、気が急いて、自分でその包みを持ったのがいけなかった。「今晩、すきやきにしなさい」といって買って来た牛肉の包みが、妻の手もとに残ってしまった。がっかりして坂道をとぼとぼ家の方へ引返していたら、坂の上まで来たところ、「おーい」と呼ぶ声が聞えた。長女が走って来て追いつく。こちらの合図に気が附いて、バスの次の停留所で下してもらって走って来たという。牛肉の包みを妻から受取るなり、また駆けて行った。

あとで長女から電話がかかった。「いま、向ヶ丘遊園のフォームにいます。ロマンスカーに悠々間に合いました。あれから生田の駅まで走ったの。お騒がせしました」という。「大した馬力だな」と私は妻にいい、二人で感心する。雨戸しめて、妻は足柄へ電話をかける。小学四年の正雄が出た。「お母さん、ロマンスカーに乗ったよ。お風呂わかしておいてねとお母さんがいっていたよ」という。めでたし、めでたし。

# 七

大晦日の午後、散歩の帰り、崖の坂道の下でこれから坂を上って行こうとする清水さんに会う。朝、電話がかかって、今日中に伊予のかまぼこ、お届けしますとお知らせがあった。さげ袋を手にかけて、片方の手にはばらの花。心臓があまり丈夫でなくて、この急な坂を上るだけでも大へんなので、「お持ちしましょう」と手を差出したら、清水さん、さげ袋でなしにばらの方を渡した。

「貴大《たかひろ》ちゃんは順調に育っていますか」

十一月にアムステルダム駐在の栄一さんの留守宅に生れた赤ちゃんのことを訊く。清水さん、「ええ」という。

家に着くと、玄関へ入るなり清水さんは腰かけに坐った。あの崖の道を上るのがきついのだろう。坂道を上りながら、こちらは先日、清水さんから頂いた伊予のみかんがおいしいことを申し上げた。

今日はかまぼこと清水さんのお国の伊予のお菓子を頂く。妻は、清水さんに上げるつもりで作ってあったミートシュー（シュークリームの皮の中にハムを入れたもの）と広島の妻の姉から届いた広島菜、「山の下」のあつ子ちゃんから届いたヒルトンのとりのてばさき、白石の蕎《そ》麦《ば》を二つのさげ袋に入れたのを持って、清水さんのお宅まで送って行く。


足柄の長女から葉書来る。

「昨日は大変お騒がせいたしました」という書出しで、牛肉の包みを忘れたのに気が附き、乗ったバスを次の停留所でおり、坂道を登って行く妻を「オーイオーイ」と叫びながら走ったこと（あの登り坂はきつかった）、やっと追いついて牛肉の包みを受取るなり、今度は生田駅まで走りに走り、37分にフォームに立ち、40分の上り電車に間に合い、42分向ヶ丘遊園着。かくて5時発のロマンスカーにゆうゆうと間に合ったこと、あの牛肉は三十一日に今年のご馳走納めとして皆ですき焼なべを囲むことにしますといい、

「昨夜はバタンキューと寝てしまって、坂道を登ったり下りたりしている夢を見ました」

とある。

長女のプレゼント。二十七日に南足柄から大掃除に来てくれたとき、来るなり書斎で紙箱に入ったものを私に渡した。

中から出て来たのはウールの、着心地のよさそうなスポーツシャツ。いい色、いい柄のシャツであった。「ありがとう」という。

妻にはテーブルクロスをくれた。

オランダみやげの絵本のこと。

清水さんの栄一さんから頂いたお土産の絵本は英語の説明入り。妻は分らない単語を辞書でひきながら読む。

川岸に生えている草を食べているうちに川にはまった牛は、丁度そこへ流れて来た桶にのっかって流されてゆく。いい具合に岸へ来たところを遊んでいた子供たちに助けられて、岸へ上る。この牛は歩いて行くうちににぎやかな市へ出て来る。そこに御主人が来ていて、連れ戻される。もとの牧場へ帰った牛は、御主人に牧夫のかぶるような赤い帽子を頭にかぶせてもらい、のどかに草を食べているところで終り。

妻は、「面白い、面白い」といい、成りゆき任せのところが自分に似ているという。

大晦日の夕方にアレンジの花が届く。「山の下」の長男夫婦と読売ランド前の次男夫婦からの贈り物。花屋から電話がかかってから、届いた。

きれいな、塗りの御所車の上に水仙、梅、木瓜、名前を知らないうす紫の小花がさしてある。御所車を台にしたところが、お正月らしくていいなあと、妻と二人でよろこぶ。「山の下」のあつ子ちゃんとミサヲちゃんに電話をかけてお礼をいう。


一月一日。元日には全員集まることになっているので、妻は昼前から居間の食卓の用意にかかる。おせちの皿とローストビーフの皿など。めいめいの名前を書いたおせち袋も置く。

夕方、南足柄の長女から、道路が混んで、いま東名高速を出ました、十五分後に着きますという電話かかる。四時半すぎに「山の下」、続いて次男一家来る。「山の下」の恵子ちゃん、「明けましておめでとうございます」と大きな声で何度もいう。ところが、咳をしているので、妻は大阪の小林晴子ちゃん（兄の長女）から届いた手編みのカーディガンを着せて上げる。これで温かくなるだろう。

フーちゃんは、静かに「こんにちは」といって入って来る。私と妻宛に書いた年賀状を手渡してくれる。表に、「おじいちゃん　こんちゃん　しょうのふみ子」。裏には、「あけましておめでとうございます。びょうきしないでね」と横書きにした下に、いのししと犬の絵がかいてある。いのししにさわっている人物がいる。これが「おじいちゃん」で、犬にさわっているのが「こんちゃん」。

妻と私の健康を案じてくれているのが、うれしい。有難い年賀状をくれた。

そのうちに南足柄の長女一家到着。これで全員(十六人)が顔を揃えた。

書斎でお年玉をわたす。フーちゃんには『ふしぎの国のアリス』の本、正雄に『ガリバー旅行記』。

南足柄の長女から紀州九度山の梅(大阪の小林晴子ちゃんの贈り物)で漬けた梅酒をウイスキーの壜に一本貰った。「おいしく漬かった」と何度もいう。妻にはゴディーバのチョコレート、ハロッズの紅茶とジャム、食用油の重い缶をくれる。暮の二十七日に大掃除に来たときには長女から私にウールのスポーツシャツ、妻にテーブルクロスを貰っている。重ね重ねの有難い贈り物である。

フーちゃんからは絵入りの年賀状のほかにもう一つプレゼントを妻が受取っていたことが、次の日の朝、分った。山茶花らしい花びらが葉っぱの上に何かの木の実といっしょにのせてある。「山の上」へ来る道で見つけて拾って来たものか。

「こまやかな子だね、フーちゃんは」

「やさしいね」

妻がピアノの上に置いたフーちゃんのプレゼントを見ながら、二人で話した。

お年玉を渡すとき、南足柄の邦雄（長女の夫）、和雄、良雄、明雄にはそれぞれパジャマ入りの箱。長女、「山の下」のあつ子ちゃん、ミサヲちゃんにもパジャマを上げた。

「なつ子、大よろこびしていた。今年はパジャマ大会なの」

と妻がいう。

五時開宴。

「皆さん、明けましておめでとうございます」

と私の発声で全員、「おめでとうございます」と唱和。大人の男はビールで乾盃。恒例の益膳のうな重がみんなの前に（フーちゃん、正雄、春夫、恵子の四人はうな丼）置いてある。和雄、良雄、明雄らの若い衆の卓には、ローストビーフ山盛りの皿と食パン。これがいつもきれいに空っぽになるのは気持がよい。

フーちゃんは早速、うな丼を食べている。この子は牛肉も大好き、うなぎも好物。

長男は高校時代、サッカー部のキャプテンをしていた明雄とこれも高校、大学を通じてサッカー選手であった次男を相手にJリーグの好きな選手のことを話している。

早く食べ終った恵子ちゃんたちは、懐中電燈を片手に図書室へタンケンに行く。図書室は電気を消して机の上のスタンドの明りだけにしてあったらしい。

福引。フーちゃんはいちばん当てたかったクッキーの箱を引き当ててよろこぶ。栗が大好きな恵子ちゃんは、お父さんに耳打ちされて、栗の袋を当てた「じいたん」のところへ出向いて、自分の当てた紙ナプキンの包みを差出し、

「くりとかえて下さい」

といった。

栗の袋と交換してやると、よろこんで帰る。

恒例の百人一首、坊主めくりを一回ずつする。帰るのが遅くなって、お留守番のジップが御飯を食べられないとしきりに心配するフーちゃんに、次男は、この間、ミサヲちゃんたちが栃木のおじいさん、おばあさんのところへ帰っていた時なんか、いつも夜中に食べさせていた、

「大丈夫だよ」という。

はじめ南足柄の留守宅のトムとジェリーにといって、塗りの箱いっぱいの余り物の料理を詰めてもらっていた長女が、その料理をそっくり、「ジップに上げて」といってミサヲちゃんに渡す。フーちゃん、よろこぶ。

開宴に移る前、書斎にいたとき、次男は七五三のお祝いの日に写真屋で写したフーちゃんの写真二枚を見せてくれた。(全員の写真とフーちゃん一人の正面向きの写真は、前に貰っていた)フーちゃんが振り向いているところをうしろから写したもので、よく撮れているのに感心

した。ただし、この写真は余分に無いので、今日この場で見せてもらうだけで、次男にすぐに返した。

妻の話。フーちゃんは来るなり、妻の部屋で机に向って絵をかき出した。そこへ恵子ちゃんが来て、なぐりがきをする。大だこ入道のようなのに目、鼻、口を入れて、それで終り。フーちゃんは、ベッドの上に寝かせてある、着物を着たゆき子ちゃんを丹念に写生する。着物の梅の花までかき入れてある。

ゆき子ちゃんの次は、エプロン姿のリリーちゃんをかく。「ゆき子ちゃんとリリーちゃんの家」も、かき添える。これはフーちゃんの空想でかいたもの。二階建の家で、屋根の大きな煙突から煙が出ている。

妻の話では、フーちゃんは物もいわずにかいていたらしい。フーちゃんは空想の絵もかくけれども、物を見て、丹念に写生する方が好きらしい。次の日、この絵を見せてもらって、「いいなあ」といって、二人で感心する。

ところで、最初着いたときはしきりに咳をしていた恵子ちゃんは、小林晴子ちゃんの贈り物の手編みのカーディガンを妻に着せてもらったら、ぴたりと咳が止った。

夕食のとき、長女が持って来てくれたウイスキー瓶入りの梅酒を飲む。おいしい。長女が

「うまく漬かった」と何度もいっていただけあって、確かに漬けてから何年もたった梅酒のような味がする。

夕方、ご近所の古田さん夫妻、年賀に来られる。御主人は飼犬のさくらちゃんを抱いている。昨日、郷里の岐阜から帰った。椎茸を頂く。暮にはいつも三人のお嬢さんを連れて岐阜のご両親のもとへ帰る。

「気持のよいご夫婦だな。明るくて」

と妻と二人であとで話す。

暮に清水さんから頂いたばらのうち、書斎の机の上に活けてあった淡紅色と白の二つが、ひらいて大きくなった。

庭の山もみじの下の水盤へメジロが二羽来て、水浴びをする。はねとばす雫《しずく》が朝日に光る。しばらく水浴びしてからとなりの椎の枝へ。また水盤へ戻って水浴び。何度も続ける。メジロがどこかへ行ったあと、水盤の水は、庭の木立とその間から覗く空を映したまま静まっている。

夜、妻が台所で、ピノキオの「星に願いを」の曲を口ずさんでいる。そのあと、ピアノで弾く。いい曲。

木谷先生から今年の初げいこで頂いて来た一月の歌は、「冬の夜」。

「燈火《ともしび》ちかく衣縫《きぬ》う母は」で始まる唱歌。

この母が、「春の遊《あそび》の楽しさ語る」と、

「居並ぶ子どもは指を折りつつ　日数かぞえて喜び勇む」というところがいい。

木谷先生から頂いた楽譜には、「作者不詳、文部省」と英語でしるされているが、一節目も二節目も、終りが、

「囲炉裏火《いろりび》はとろとろ　外は吹雪」

となっているところを見ると、作者はあるいはどこか雪国で幼年時代を過したことのある方なのだろうか。それとも雪国の子の冬の夜を心に描きながら作ったものだろうか。

「和やかな、いい歌だな」というと、妻も、

「いいですね」

という。

朝、妻が、

「侘助《わびすけ》が咲き出しましたね」

という。

淡紅色の蕾が二つ、葉の間から見える。


午後の散歩から帰ると、妻がミサヲちゃんから電話がかかりましたという。明日（一月十三日）から氏家へ行くので、またその間ジップを預かって頂けますか？ よかったら、今日の午後、ジップを連れて行くつもりですが、春夫の友達が遊びに来ることになっていたのに急に来られなくなった。ふみ子は友達の家へ遊びに行く約束をしていたので、家に春夫ひとり置いて行かないといけない。明日の午前中に連れて行きますという。そこで、妻は氏家へ出かける日に、その前にジップを連れて来るのは無理だから、何とか春夫に留守をしてもらって今日、連れていらっしゃいといったという。あとでミサヲちゃんから電話かかる。ふみ子が四時半に帰ります、それで春夫はそれまで三十分、留守番をするといいますので、これからジップ連れて行きます、ご心配をおかけしましたという。よかった。

妻と二人で書斎の窓から外を見ながら待つうちにジップを連れたミサヲちゃん到着。持参のねじ込み式の金具を藤棚の下にとりつけて、ジップの鎖をつなぎとめる。中へ入ってもらって紅茶と果物を出す。ミサヲちゃんは家へ電話をかけて、フーちゃんに「これから帰るからね」という。

ミサヲちゃん、「いつも電話口で心細い声を出すふみ子が一層心細い声で、『おなか空いた、早く帰って』といいました」という。

ミサヲちゃんが帰ったあと、いつものジップの散歩用のロープが無いのが分る。散歩のときに鎖の代りに首輪につけるロープが無い。幼稚園の春夫にひとりで留守させるので、いろいろ気をもんでいたミサヲちゃんは、ついうっかりロープをスコップ入りのビニール袋に入れ忘れたのだろう。

妻は用意しておいた御飯をジップに食べさせる。牛乳も飲ませてやる。

妻が軒下に置いた段ボール箱へこれも用意しておいたお古のタオルケットをくわえ込み、その中でジップは夜を明かした。寒かったのだろう、もう一枚タオルケットを出して、沓脱《くつぬ》ぎの上にのせておいたら、それもくわえて段ボール箱へ入れてあった。

朝食後、ジップの散歩に妻と二人で行く。行きがけはむやみに強い力で引張る。崖の坂道で倒れると危いので、私がジップの鎖を持つ。坂を下りてから妻と交替し、あとはずっと妻がジップを引いて歩く。

朝、ミサヲちゃんに電話をかけて、ジップは鎖をつけて散歩させるから、ロープは持って来ないでと念を押しておいた。そのあと妻は銀行まで行ったついでにロープ一本買って帰り、まだ家にいたミサヲちゃんに電話でそのことを知らせる。ところがミサヲちゃん、速達でジップのロープ送りましたという。

午後の散歩から帰ると、郵便受にロープの入ったミサヲちゃんの速達が届いていた。手紙が入っている。

「鎖ではお散歩し辛いと思いますので、ロープを使って下さい。それではジップをよろしくお願いします」

ミサヲちゃんらしい。氏家へ行く日で用事が山のようにあるのに、郵便局まで速達便を出しに行ってくれた。それにしても、読売ランド前から生田までは電車で一駅の距離といいながら、ジップのロープ入りの速達が早く着いたのに驚く。

朝、妻は「つぐみが来て、水を飲んでいました」という。そういえば、昨日か一昨日、散歩中にどこかでつぐみの姿を見かけたような気がする。シベリアから来たつぐみだろう。うれしい。

朝、妻とジップの散歩に行く。前にいった通り、行きがけは特に力任せに引張るので、庭から門を出て崖の坂道を下りるまでこちらがロープを持つ。坂を下りたところで早くロープを持ちたがっている妻と交替する。あとは帰り着くまでずっと妻がロープを持って歩く。向うから犬を連れた人が来たときだけ、こちらはロープのそばへ行く。ただし、ジップはよその犬にはあまり関心を示さない。その代り、猫を見つけると、追いかけようとする癖がある。

机の前で仕事をしていたら、つぐみが一羽、庭へ下り立ち、すぐに水盤へ来て、水を飲む。二、三日前、妻が「つぐみが水を飲んでいました」といったのは、このつぐみであるのかも知れない。

あるいは、このつぐみは前の年の冬にこの庭へ下り立って、水盤の水を飲んだことがあり、覚えていて、またこの多摩丘陵の一つの丘を訪ねて来てくれたのであるかも知れない。どうだろう?

午後、書斎でクリスマスに妻の贈ってくれたハーモニカで「冬の夜」を吹いていたら、妻が来て、ハーモニカに合せて「冬の夜」を歌う。こちらは、ところどころ間違えたり、あやふやになるのだが、妻は「うまい、うまい」という。「旅愁」を吹いてみる。こちらの方が「冬の夜」よりも吹きよい。

「氏家は寒いでしょうね」と妻がいう。

昨夜のテレビでは、日光の何とかいう寺のお正月の行事で、集まった客に向ってみかんを撒くところが映った。このとき、日中の気温が氷点下五度といった。思わず妻と顔を見合せる。日光とミサヲちゃんの生れ育った氏家とはそんなに遠く離れていないのではないか。「ミサヲちゃんは学校のころ、よく日光へ行ったといっていました」と妻はいう。氏家は日光ほどではないとしても、かなり寒いだろう。日中、気温が零下になる日があるだろうか。

昨日（一月十四日）、ミサヲちゃんから電話がかかって、ジップどうしていますか？と訊ねたとき、元気にしているよと妻がいってから、「寒い？」と訊くと、「寒いです」といった。それから「かずやさん、震え上っています」といった。

氏家のミサヲちゃんの実家では、一室だけうんと暖房して、冬の間は家族はみんなそこで過すようにしているらしい。寒がりの私たち夫婦は、冬には氏家へ行けない。気候の温暖な神奈川で大きくなった次男が震え上るのも無理はない。

龍太のこと。ジップが来た翌日——妻は「山の下」へぽんかんを届けた。市場のおもちゃ屋

で買ったおしゃれバッグを恵子ちゃんに上げる。ネックレス、セルロイドの眼鏡、口紅なんか入っている。恵子ちゃん、よろこび、

「こんちゃん、ありがとう」

という。

早速、口紅をつけようとするが、これはおもちゃだからつかない。

休みの長男は、三月で満一歳になる龍太を二階であやしていた。階段の上り口に龍太が落ちないように柵をとりつけてある。

「龍太、ひとりで立つようになったよ」

と長男がいう。

妻が、昨日からジップ来てるんだけど、寝かせるのにいいくらいの大きさの箱はない？　と訊くと、長男は押入をあけてみるが、みんな衣類が入っている。

「いいわ。また何か見つかったら頂戴」

というと、下へおりて行き、物置から古い木箱を見つけ出した。底の抜けているところに釘《くぎ》を打って直して差出し、

「持って行こうか」

という。「そのくらい、さげて帰る」といって、さげて帰って来たのと妻はいう。

午後のジップの散歩のとき、妻が首輪にロープをかけたら、ジップが地面の上の妻に貰った牛の骨をすかさずくわえた。くわえたまま庭を出る。骨をくわえているものだから、いつものようにあちこち嗅ぎまわれない。途中で二度、妻が取り上げようとしたけれども、離さない。「このまま家までくわえたまま帰るよ」といっていたら、いつもの折返し点で、ジップが骨を地面に落してよそ見しているすきに妻がうまく骨を取り上げた。そのまま、スコップを入れたビニール袋に仕舞って持って帰る。

今日は、ジップが読売ランド前の家へ帰る日。朝食後、ジップの最後の散歩に行く。昼ごろ、ミサヲちゃんから電話かかる。昨夜遅く氏家から帰りました。ジップ、お世話になり、有難うございます。午後二時半ごろ、みんなで行きます。

ジップは、自分のねぐらの段ボール箱と屋根のビニール板とタオルケットを庭へ放り出してある。どういうつもりなのか、分らない。結局、長男が出してくれた木の箱には入らず、最初の小さな段ボール箱に入って寝た。

午後、散歩から帰ると、ミサヲちゃんたち来ていた。ミサヲちゃん、「有難うございました」という。フーちゃん、「こんにちは」という。六畳でお茶にする。春夫がお行儀の悪い坐り方をしていた。その足をフーちゃんが軽くぶつ。春夫、「フーちゃんのいじわる」とお母さんに訴える。「いじわるじゃないわ」とフーちゃん。「いじわるだもの」と春夫は早くも泣き声になりかける。

「氏家は寒かった?」と妻がミサヲちゃんに訊く。

「寒かったです。風が強くて」

妻から私がこのごろハーモニカを吹いていることを聞いたミサヲちゃん、子供がよろこぶから一曲聞かせて下さいという。春夫が書斎からハーモニカを取って来る。いま妻が木谷先生のピアノのおけいこのあとで歌っている「冬の夜」を吹くことにする。

ちょっと怪しいところもあったが、何とかしまいまで吹けた。フーちゃんたち、面白そうにきいていて、終ると拍手した。今度、フーちゃんたちが来たら、「春の小川」でも吹いてみよう。「春の小川」ならフーちゃんも知っているだろう。

「じいたんのハーモニカ」が済むと、妻は「さあ、遊ぼう」という。本当はフーちゃんのために百人一首をしてやりたいところだが、春夫が出来ないので、坊主めくりを一回だけする。そのあと、書斎で「宝さがし」をして、三時ごろミサヲちゃんたち、ジップを連れて帰る。名残を惜しむ妻はロープを持って、生田駅の先の方まで送って行く。

妻の話。洋菓子店の「なかがめ」の前でロープをミサヲちゃんに渡して、別れた。ジップは、少し行って振り返り、「この人、どうして一緒に来ないんだろう？」という顔をして、じっとこちらを見るの。

妻が戻って暫くしてミサヲちゃんから電話がかかる。

「いま、帰りました」

あれからずっとふみ子がロープを持っていましたという。

「よかったな。めでたし、めでたし」

というと、妻は、

「これでジップの四泊五日のウインター・プランは終りました」

という。誰も散歩中に怪我する者が無く、ジップにも怪我は無かった。

夜、炬燵でハーモニカを吹く。「冬の夜」から始めて、「赤蜻蛉」「サッちゃん」「春の小川」。妻は木谷先生から頂いた「冬の夜」の楽譜を持ち出して、こちらの間違ったところを訂正してくれる。二ところ間違えて覚え込んでいた。

今度、フーちゃんが来たら、「サッちゃん」を吹いてみようかなと思って練習してみるが、「サッちゃん」（大中恩作曲）はハーモニカに乗り難いことが分った。

ミサヲちゃんの話。

一月十二日、ジップを「山の上」の私たちへ連れて行った日のこと。夕食のとき、ふみ子が不意に、

「ジップに御飯やらなきゃ」

といった。ジップがいないことを忘れていたのである。お正月に来たときも、帰るのが遅くなると、ジップがおなかを空かせるといってしきりにフーちゃんは気にしていた。ジップ思いの、やさしい子だ。

妻の話。

ジップを連れに来た日のこと。こちらが散歩に行っているとき、炬燵にいたら、ジップがひと声吠えた。外を見ると、フーちゃんが庭に来ていた。ジップがよろこんだ。次に春夫が来た。そのあとミサヲちゃんが来て、ジップは飛び上ってよろこぶ。どうしていいのか分らないという様子でした。

六畳でお茶にしているときも、ジップは硝子戸の外から室内のみんなを覗き込み、満足し切った顔をしていた。ミサヲちゃんに、「ジップは本当に性格のいい犬ね」というと、ミサヲちゃんも「そうです」といった。

朝、ポストまで行った帰り、公園から出て来る清水さんの御主人と圭子ちゃんと杏子ちゃんに会う。お正月に入ってからはじめてなので、新年のご挨拶を申し上げる。御主人は例により身体を二つ折りにした清水式のお辞儀をされる。杏子ちゃんもおじいちゃんにならって、ふかぶかと頭を下げてお辞儀をする。清水さんから、このごろ、「ことりさんは?」というと、頭を下げて、両手をうしろへ突き出すという話を聞いていたので、

「ことりさんは?」

といってみた。

杏子ちゃんは、頭を下げて、両手をうしろへ突き出す。かわいい。これが杏子ちゃんが近頃になって覚えた芸であるらしい。清水さんの御主人は、

「やっとじーじとばーばを覚えました。いえるようになりました」

といわれる。

梅が一つ咲いた。すぐそばの枝に続いて咲き出しそうな蕾が二つ三つ出ている。四、五日前からもう咲くといって妻と心待ちにしていた。居間の方に寄った枝から先に咲いた。

書斎の窓からすぐ前に見える枝にも、三つくらい蕾がふくらんでいる。毎年、書斎寄りの枝

から先に咲く。今年は居間寄りの枝の蕾が早く咲いた。

メジロが来て、脂身をつつく。四十雀が来ると、近くの侘助の枝に移って待っている。四十雀の方が体が大きいので、メジロは譲る。四十雀がムラサキシキブの枝の籠に入った脂身をつついている間、侘助の枝でおとなしく待っている。

妻は南足柄の長女宛に宅急便を作って送る。「三匹の仔犬騒動」で長い手紙を書いてくれたお礼の金一封、正雄のプラモデル、サッカーボールのかたちをしたお菓子いくつか、藤屋のアップルデーニッシュほかパン菓子を詰める。

夜、妻が南足柄の長女に電話をかけて、宅急便を送ったことを知らせる。その中の金一封は、山の中に捨てられた仔犬三匹を拾って、三匹とも貰い手が見つかるまで世話をしたごほうびに、お父さんがなつ子に下さったものですと説明する。

長女の話では、三匹目が貰われて行った先の葉山の大きい家では、前から悪かった御主人のお父さんが一月の上旬に亡くなった。病院から家に帰してもらったとき、丁度、三匹目の仔犬が貰われて来て、病いが重かったそのお父さんが大へんよろこばれた。「チルチルミチル」から「チル」という名前がついていたが、「チル」のかわいい動作が亡くなる前のお父さんを慰めてくれた。今も「チル」を見ると、「チル」を可愛がった亡きお父さんをみんなが思い出し、気持が明るくなる。「チル」が来てくれたおかげだといって、家族一同で感謝している――ということであった。よかった。

葉書を出しにポストまで行った帰り、日の当るバス道路沿いの道を歩いていたら、買物の大きな包みを両手にさげた清水さんに会う。

「お早うございます」といってから、この間、御主人と圭子ちゃんが杏子ちゃんを連れて公園から出て来るところに会ったので、「ことりさんは？」といったら、杏子ちゃん、こんなふうにしましたよと、身ぶりを入れて報告した。清水さんは圭子ちゃんから聞いていたようであった。

清水さん、淳二さん（圭子ちゃんの御主人）が風邪で四十度の熱を出したので、今日は圭子が杏子を連れて来ます、それで早く買物をしてといわれる。

七

朝、妻が、

「クロッカスの芽がいっぱい出ました。ひらき戸の手前に」

という。

「町会の配給で買ったクロッカスの球根を植えておいたら、いっぱい芽を出しました」

あとでポストへ葉書を出しに行くとき、ひらき戸の手前を見たら、すみれの鉢を並べた横にクロッカスの元気のいい芽がいくつも出ていた。クロッカスを見ると、春が近いという気持になる。うれしい。

ポストまで行って帰ると、妻はいつものピアノのおさらいをしながら、ひとりで笑っている。朝、私がポストまで葉書を出しに行く二十分ほどの間に、妻はいつもピアノの一回目のおさらいをすることにしている。

「笑っていちゃ駄目だよ」

「バイエルの最後の曲なんだけど、それが難しいの。笑ってしまうの」

メジロが二羽で来て、水盤の水を飲む。

つぐみが来て、水盤で水浴びをする。

南足柄の長女から電話がかかる。長女宛に送った、三匹の仔犬騒動の話の出て来る「新潮45」の刷出しを、かかわりのある人の間で回覧している。みな、よろこんでいるという。三匹の仔犬の最初の一匹を貰ってくれたお向いの浦野さんが刷出しで私たちが宝塚を見に行くという話を読み、驚いた。というのは、御主人の妹さんが宝塚月組にいて、今は退団した高原るみ花であったから。私たち一家が以前から宝塚ファンであることが分ってうれしくなったという。浦野さんの御主人は長野の人。妹さんは「ベルサイユのばら」を見て、宝塚へ入りたくなり、親の反対を押し切って宝塚音楽学校に入学したのだそうだ。

長女の電話を聞いて、妻はすぐに自分の部屋の押入から宝塚の古いプログラムを引張り出して、「高原るみ花」を探す。剣幸さんの「哀愁」(昭和61年8月公演)のプログラムに出ている「高原るみ花」の写真を見つけ出した。長女にすぐ知らせる。

浦野さんのところには男の子がいて、正雄のいいお友達で、仲良くしている。正雄は泊りがけで浦野さんの家へ行ったりしている。

朝、こげらが来て、脂身をつつく。二日前にも来て、つついていた。背中に灰色の縞模様のあるこの小柄な野鳥は、前からときどき庭にやって来たが、名前を知らないままに、「また、あの鳥、来ているな」と思って見ていた。メジロくらいの大きさの鳥。

或るとき、テレビを見ていたら、背中に灰色の縞のある小鳥が映って、「こげら」という名前だと分った。

梅がいっぱい咲いている。侘助も沢山咲いた。

成城へ用があって妻と二人で出かけたついでに向ヶ丘遊園の本屋でフーちゃんに上げる『ガリバー旅行記』を買った。お正月に正雄に上げたら、長女の話では「すごく面白かった」といって正雄はよろこんでいたらしい。フーちゃんにも読ませてやりたい。

妻はこの間から次男の古い写真を整理してアルバムを作っている。赤ん坊のときから結婚までの写真。二月上旬の次男の誕生日までに届けてやりたいといって。夜なべ仕事で整理している。

一月二十八日は、毎年、柿生《かきお》のだるま市へ行くことにしている。うちへ来る植木屋にどこか火伏せのよい神様はないかと訊いたら、柿生のお不動さんへ行くとよいと植木屋が教えてくれたのが始まり。はじめはお不動さんへお参りしたが、間もなく毎年一月末のこの日にだるま市があることが分って、だるまを頂きにお参りするようになった。はじめてだるま市へ行くようになって、もう三十年になるだろうか。

参拝の道路に盆栽や植木を売る商人が並ぶ。それを眺めながら人混みにもまれて歩いて行くのは楽しい。いいお天気で暖かい日和《ひより》なのに、どういうわけかいつもの年より人出が少ない。毎年、境内の同じ場所にだるまを並べている「大磯福田」の法被《はっぴ》を着た見慣れた親爺《おやじ》さんの顔が見えない。妻が訊くと、身体の具合が悪いという。この親爺さんからだるまを買うと、いつもまけてくれる。親爺さんの顔が見えないと、さびしい。帰り、だるま市のあとは寄ることにしている生田駅前の「味善《みよし》」で恒例のたんめんを食べ、スズキでばらに上げる寒肥《かんごえ》の牛糞《ぎゅうふん》を一袋買い、重いのをさげて帰る。

# 八

だるま市へ行った日の夜。妻は、いつものピアノのおさらいで、これまで聞いたことのないマーチ風の楽しい曲を弾いている。こちらは掘り炬燵に入って、ざぶとんを枕に寝たままで聞いていた。

妻が居間へ来たとき、いまのは何の曲と尋ねたら、木谷先生から頂いた「ミッキーマウス・マーチ」という。テレビのディズニーのミッキーマウスの番組の始まるときに演奏されるテーマ曲ですという。「山の下」の恵子ちゃんなんか、いつも見ているらしい。

なるほど、こんな楽しいマーチが鳴り出すと、子供らはひとりでに身体が動き出すだろう。

木谷先生は、いい曲を下さった。

「星に願いを」を下さったときに一緒に下さった曲だという。バイエルをこれまで弾いて来て、いよいよ終りになったところで、「星に願いを」と「ミッキーマウス・マーチ」を下さった。

これでバイエルの最後の仕上げを楽しくやりましょうという先生のお気持なのと妻はいう。「星に願いを」はディズニーの映画「ピノキオ」の、あやつり人形のわが身を歎くピノキオに向って、ゼペットじいさんの貧しい家の壁に棲んでいるこおろぎのじいさんが、星に願いをかけたら、いつかかなえられるよといって慰める歌であった。「ミッキーマウス・マーチ」の方は、同じディズニーの漫画の、さあ、これからミッキーマウスが始まるよという合図の曲である。

朝、昨夜妻がピアノではじめて弾いた「ミッキーマウス・マーチ」の曲を口ずさんでみる。少し違っていた。朝食のとき、その話が出る。

ミッキーマウスの映画は、われわれが子供のころからある。私の小学校の同級生に漫画をかくのが特別上手な芦田三郎君がいて、ミッキーマウスを上手にかいたのを思い出す。この芦田君と私は漫画友達であった。芦田君はこの前の戦争でフィリピンで戦死した。

大阪に朝日会館というのがあった。お正月によくそこで漫画大会があって、見に行った。ミッキーマウスは人気者であった。ほかに可愛い声を出すベティ・ブープというのがあった。ほうれん草を食べると大活躍をするポパイがあった。ポパイはともかくとして、あのベティ・ブープなんかは全く見なくなったが、ミッキーマウスの人気は衰えないという話になった。

午後、「山の下」へ妻と二人で、この前、向ヶ丘の本屋で恵子ちゃんに買って上げた絵本『じんべいじいさんのいちご』を届けに行く。行く前に妻は電話をかけて、恵子ちゃんを電話口に呼んでもらって、

「じいたんと二人で恵子ちゃんにご本を買って来たから、これから持って行くよ」

といった。恵子ちゃんは、家の前で遊んでいたらしい。

「山の下」へ行くと、休みで家にいる長男が、家の前の空地に古い材木を使って作った腰かけに坐っていた。恵子ちゃんは長男の作ったかこいのある子供の遊び場にいた。

妻が恵子ちゃんのそばへ行って、リボンをかけた包み紙を外して絵本を取り出し、はじめの方を声を出して読んで聞かせて上げた。あとで妻の話を聞くと、

「じんべいじいさんは、いちごを育てていました」

というところで、恵子ちゃんは、

「お父さん、恵子がわるいことしたら叱るよ」

といったらしい。じんべいじいさんがいちごを育てているということから、あるいは園芸が好きで、家の前にいろんな野菜や草花を植えている自分のお父さんへと連想が移ったのだろうか。お父さんが大事にしている野菜を抜いたりして恵子ちゃんは叱られたことがあるのかも知

れない。

長男は、今度の阪神大震災のことにふれて、

「神戸、大阪の方、無事でしたか」

と訊く。妻の従弟で、私が『水の都』を書くときお世話になった芦屋《あしや》の「悦郎さん」の自宅が全壊になったのが分った、でも、一人も怪我は無く、無事だったと話す。

長男は、大学のサッカー部のOBで、神戸に勤めている者で震災に会ったのが何人かいて、みんなでお金を集めて送ることになりましたという。

玄関の前のひらき戸の手前にクロッカスがひとつ、頭を出した。むらさきの花。妻も気が附いた。

「春を告げる花だから、クロッカスは」

といって、二人でよろこぶ。それにしてもクロッカスは二月の草花で、一月の末に出るのは少し気が早すぎるかも知れない。

妻は震災見舞いの小包をこの間から作っていて、図書室の窓際のベッドの上にいろいろ並べていた。紅茶の缶、コーヒーの缶、節分の豆、紙ナプキンなどを詰めていたのが出来上り、今日、郵便局へ持って行く。神戸市中央区の学校友達で先年亡くなった佐伯太郎の奥さん宛のも

のと、宝塚の手前の仁川《にがわ》に住む私の妹宛。どちらも屋根瓦《がわら》がいたんだくらいで、幸いに被害は軽かったらしい。

昨日、ひらき戸の手前に顔を出したクロッカスが咲いた。蕾のときはむらさきと思ったが、咲いてみると、うすいむらさきの絞り。早く咲いたのに驚く。

庭の梅は三分咲き、侘助は満開に近い。

この間から妻はシューマンの「楽しき農夫」を弾いている。バイエルのおけいこが終りにかかったところに出て来る。妻の話では、木谷先生から頂いた「子供のバイエル」には、ところどころ、バイエルでない、ほかの曲が印刷してある。「ユモレスク」なんかも出て来る。バイエルではないが、その曲を弾くことによって、バイエルのおさらいに磨きをかけるということらしい。

バイエルは一〇六番で終りになるが、その一〇六番の前に「楽しき農夫」が入る。

木谷先生に「難しいですよ」といわれたので、妻はおっかなびっくりで弾いている。

夕食後、いつものように炬燵で寝たまま聞いていると、なかなかいい。題名通りの楽しい曲。

妻がいうには、左手でメロディーを弾き、そこへ右手の伴奏が加わる。そこが難しいらしい。

「きれいな曲だけど難しい」

という。

午後、南足柄の長女から電話がかかる。今年は、私たち夫婦が結婚してから五十年目の年に当る。そこで五十年のお祝いを子供らでしたい。相談をして、書斎の絨毯《じゆうたん》が大分いたんでいるので、新しい絨毯を贈りたいということになった。絨毯を入れるについては、古いのを取って新しいのを入れるまで、全部子供らでやるから、任せて頂きたいという。

長女は、この電話で用件を切り出す前に、

「お父さん、もうええ、もうええといわないで、しまいまで聞いて下さい」

といったらしい。先ずそのことを妻に念を押しておいてから、書斎の絨毯を二人の結婚五十年のお祝いにさせてほしいといった。

そうなると、こちらは、「もうええ、もうええ」というわけにはゆかない。子供らの申し出に従うよりほかない。

長女は、そのあとで、いまのは部屋の半分くらいの大きさだけど、今度お祝いに贈るのは部屋いっぱいの大きさの絨毯にしたいので、寸法を測って知らせてほしいといった。で、私は妻と二人で寸法を測った。本棚のところが出っぱっているので、そこのところを念入りに測って、メモ用紙に記入した。その仕事を夕食までにした。妻が長女に電話をかけて、絨毯の寸法を測ったことを知らせ、そのメモを手紙ですぐに送るからよろしく頼みますといった。

午後、妻は「山の下」へ安房鴨川の近藤が送ってくれた目刺《めざし》を届ける。龍太が風邪をひいておなかをこわしているという。昨日（節分）の晩、長男がりんごにかぶせてある青い、ふくらんだ紙でオニの面を作り、ツノをつけて、節分のオニになって、大あばれした。恵子ちゃんがよろこんだという。

「オニの面、じいたんに見せたいから貸して」

と妻がいったら、恵子ちゃん、「いや」といって、渡してくれなかった。

妻はミサヲちゃんに電話をかけて、絨毯のお礼をいう。春夫が幼稚園で貰って来た風邪がミサヲちゃんにうつって、二人とも風邪をひいていますという。二月上旬の次男の誕生日までに渡したいものがあるから、次男の休みの日に来てねと妻は話しておいた。

午後、尾山台の安岡からの贈り物のロイヤル・コペンハーゲンの紅茶茶碗とお皿のセットが高島屋から届く。私たち夫婦が安岡夫妻の結婚式のときの仲人を勧めたという御縁で、結婚五十年のお祝いを贈ってくれた。有難い。包みからとり出すと、うすいブルーのふちどりの中に紺で草花の模様の入ったお皿と同じ模様の紅茶茶碗。紅茶茶碗の方は早速、昼食に使わせてもらった。

南足柄の長女から電話かかる。絨毯の寸法を知らせた手紙が着いた。ところが本棚のある方の寸法を足すと、部屋の片方の長さより大きくなる。「これだとおかしい」という。「もう一回、正確なところを測り直して、いま、知らせて」という。

夕食の途中であったが、妻と二人で書斎の寸法を測り直して、長女に知らせる。本棚のある方は念入りに寸法を測ったつもりだが、どうしたのだろう？　大ざっぱなことで面目ない。一緒に家具屋へ行ってくれた長男の和雄は、去年の四月に入社した横浜に本社のあるお父さんの会社で財務部に配属されて、一日中、計算ばかりやらされている。その計算がよく合わないといって叱られる。これはおじいちゃんとこんちゃんの血すじなんだねと和雄がいったという。申し訳ない。

朝、清水さん、二日先の私の誕生日のお祝いのお赤飯と畑の大根にリボンをつけたのを届けて下さる。別にカーディガンの入った包みも頂く。玄関に出て行って、清水さんの御主人になって身体を二つ折りにしたお辞儀をしてお礼を申し上げる。包みをあけると、見るからに着心地のよさそうな、いい色のカーディガン。添えてあるカードには、

「いつまでもお元気なお散歩姿が拝見できますことをお祈りいたします」

と書いてくれてある。有難い。

夕食に清水さんのお赤飯を頂く。おいしい。

朝食のとき、先日、朝日の夕刊に出ていた小沼丹の「消えた飛行機」という随筆のことを二人で話していたら、妻は子供のころに雑誌で読んだ「見えない飛行機」というのを思い出して、その話をする。幼年倶楽部《くらぶ》に出ていた山中峯太郎《みねたろう》の小説。逗子《ずし》の海岸に外国から飛んで来た見えない飛行機が着陸する場面から始まる。草原の草が不意に一斉になびいて、飛行機が着陸する。透きとおった飛行機である。飛行機は見えなくて、草原の草がなびくところが面白かったという。

庭につぐみが来ている。この間からどうやら同じ一羽のつぐみが来ているらしい。地面の上を滑走するような具合に進む。シベリアから来たつぐみだろう。丘陵の上にある、木立の多いこの庭が気に入ったのだろうか。水盤があって、おいしい井戸水が飲めることも、ちゃんと覚えていて、来てくれたのだろうか。分らない。

千駄ヶ谷の日本青年館大ホールへ宝塚の雪組公演「グッバイ・メリーゴーランド」を見に行

く。演出の岡田敬二さんから招待して頂いた。これは、宝塚のバウホールで上演される筈であったのが、今度の大震災のために三日間だけで中止になったもの。日本青年館大ホールで上演されるようになったのはめでたい。

メルヘン風ながら、後味のいい舞台であった。何よりも震災をはね返そうという雪組の生徒たちの心意気に打たれた。主役は高嶺《たかね》ふぶき。

阪田寛夫も来て、あと、千駄ヶ谷駅前のユーハイムでお茶にする。はじめて入ったが、気持のいい店。

帰宅すると、フーちゃんから手紙が来ている。私の誕生日を祝って作った、折紙の小さい人形が入っている。カードには、片面に折紙の草花と蝶が貼ってある。

おたん生日おめでとうございます。

こんどあそびに行きます、元気でね。

ふみこより

「たん生日」「行きます」「元気」は漢字を書いてある。前は手紙は全部ひらがなであったが、近ごろはところどころ知っている字は漢字を書くようになった。封筒の表書きも、住所はお母さんに書いてもらったが、「庄野じゅん三さま」はフーちゃんの字である。その宛名の下にチューリップの絵を切抜いたのを貼ってある。こんなふうに細かい細工をするのがフーちゃんは好きらしい。うれしい。

中に入れた折紙の人形も、よく見ると、髪にかんざしをつけている。着物の柄もかわいい。上手に丹念に作ってある。七十四歳の誕生日に何よりのお祝いを送ってくれた。有難い。次男の誕生日がたまたま私と同じ日なので、ミサヲちゃんが覚えていて、フーちゃんに手紙を書かせてくれたのだろう。フーちゃんは、お父さんにも何かお祝いの「作品」を贈ったのだろうか。封筒のうらの所書きと名前はフーちゃんが自分で書いてある。

午後二時、約束した通り、次男一家来る。妻はお茶の食卓の用意をきれいにしてある。西三田の洋菓子店シャトレーに註文したショートケーキを真中にして。去年の十一月、フーちゃんと春夫の七五三のお祝いのときにケーキを註文した店である。私と次男の誕生日の、三日おくれのお祝いのパーティーのつもりらしい。

食卓のまわりにみんな着席する。春夫はショートケーキを見て、「食べたい食べたい」と叫ぶ。いちごと紅茶。シャトレーがつけてくれた小さい蠟燭を二本立てて火をつける。「ハッピーバースデイ」をみんなで歌い、次男と私の二人で蠟燭の火を吹き消す。ケーキを妻が切って、食べる。おいしい。

次男には山形の酒「初孫」一本、ミサヲちゃんには、近所の山田さんから頂いたお国の新潟の甘えびと妻が漬けたカリン酒を上げる。フーちゃんには、『ガリバー旅行記』。お正月に長女のところの末っ子の正雄に上げたら、「すごく面白かった」といった本。フーちゃん、よろこんで本をひらいてみる。

ミサヲちゃんの話。ふみ子が地震のときの非常持出しを用意しないといけないと何度もいいます。学校で先生にいわれたらしい。

妻が一月ほどかかって夜なべで作った次男のアルバムを上げる。ミサヲちゃんは赤ん坊のころの次男の写真を見て、春夫に似ていますといってよろこぶ。熱心に見ていた。

妻の話。食卓に出してあってそのまま手つかずで残ったおせんべいをそっくり袋に入れて次男に上げたら、次男がよろこぶ。ミサヲちゃんは、新潟の甘えびを貰ってよろこんでいた。フーちゃんと春夫、両手を前につき出して、舌を出し、「ペロペロおばけ」といって、妻をなめに来る。二人が見ているテレビの漫画か何かに、「ペロペロおばけ」というのがあるらしい。

南足柄の長女が送ってくれた、何にでも効くという「命の水」を、次男とミサヲちゃんにウイスキーグラスに注いで飲ませてやる。それを見て、春夫ものみたいという。どこか悪いところがあると、これをのめばよくなるのよと妻がいう。春夫はどこも悪いところがない。何かおねがいするの、こうなってほしいということあるでしょうというと、春夫、「いつまでも生きていたい」という。妻が「百五十まで生きていたい」といったら、「もっと、いつまでも生きていたい」と春夫いう。

春夫の行っている香林寺幼稚園はお寺の経営している幼稚園なので、地獄と極楽のはなしなんか、先生が聞かせるのかも知れないと、あとで妻と話す。

欲しがるので、ウイスキーグラスに少しだけ「命の水」を春夫とフーちゃんの二人に飲ませたら、そのあと、二人は「ペロペロおばけ」になって、あばれ出した。「命の水」が効きすぎたらしいと妻はいう。

「英二伯父ちゃんのばら」に赤い芽がいっぱい出ましたと妻が知らせる。この前、一つだけ芽が出て、よろこんでいた。ここへ家を建てて引越したときに、大阪の兄がお祝いに枚方のばら園から送ってくれた、ブッシュとつるばらと合せて十本のばらのうち、三十何年たって生き残っている唯《ただ》一つのばらである。庭の隅の木の混み合ったところに、ひょろひょろと心細い姿で残っている。

庭のまわりに大きな穴を掘って、山の落葉の下の土を掘って来て、半分の深さまで埋めて、そこへ植えた（兄が手紙で指示して来た通りに）十本のばらは、植木溜のようになって日当りの悪くなった庭で次々と消えて行って、最後に一つだけ残った大切な「英二伯父ちゃんのばら」である。その兄が一昨年の秋、七十八歳で亡くなったので、なおのこと、この庭の隅にひょろひょろと伸びたばらが貴重なものとなった。

ひらき戸の手前にクロッカスのむらさきの絞りが一月末に一つだけ咲いたが、そのよこにもう一つ、むらさきの絞りが顔を出した。

手乗り文鳥のこと。

この前、次男一家が来て、次男と私の三日おくれの誕生日のお祝いをしたとき、帰る前にフーちゃんがミサヲちゃんに、手乗り文鳥買ってとねだるところを見た。次男が、「ジップがいるでしょう」といっても、「手乗り文鳥」とねだる。

妻が、「なつ子おばちゃんは、高校のときにセキセイインコを買ってもらったのよ。フーちゃんも高校になったら買ってもらったらいいわ」という。私も口を出して、

「小鳥の世話をするのは、大へんだよ」

といったが、フーちゃんは耳をかさない。

「手乗り文鳥」

という。

妻の話では、車を置いてある下の駐車場へ送って行ったら、フーちゃんはまだミサヲちゃんに「手乗り文鳥」といっていたらしい。友達のところで誰か手乗り文鳥を買ってもらって飼っている子がいるのだろうか。遊びに行って、友達が手の上にとまらせたりするのを見て、羨《うらや》ましくなったのかも知れない。

妻が次男に、「フーちゃん、ねばるね」といったら、次男は、「ふみ子はねばる」といった。どうなるだろう。

だが、次男のいう通り、ジップがいるのだから、本当ならフーちゃんがジップを散歩に連れて行かなくてはいけないのだから(今はミサヲちゃんがジップの散歩をさせてやっている)、手乗り文鳥を飼うのは無理というものだろう。

ベティ・マクドナルドの本のこと。南足柄の長女が私の誕生日のお祝いに焼いてくれたラムケーキと一緒に宅急便に入れて妻のために送って来たベティ・マクドナルドの二冊の本のうち、妻は『病気と私』を先に読んでいる。長女は図書館でこの本のことを知り、版元にお金を送って、本を手に入れた。面白いという。「何の病気?」と訊くと、「結核です」という。ベティ・マクドナルドは結核になって療養所に長い間入っていた。

午後の散歩から帰ると、門の前にバギーが置いてあり、「山の下」のあつ子ちゃんが龍太を連れて来たことが分った。「じいたん帰ったよ」と妻がいい、恵子ちゃん玄関へ出て来る。龍太を抱いたあつ子ちゃん、「じいたんのうちへずっと行っていないと恵子がいうので」という。

その恵子ちゃん、図書室で紅茶を飲ませてもらったが、居間の炬燵で雑誌を見ている私のところへビスケットの入った包みを見せに来る。雑誌を見ていると、そっと入って来て、背中のうしろに隠れる。あとで妻に話すと、図書室で恵子ちゃんにビスケットを分けて上げたら、「じいたんに見せて来る」といって、持って行ったという。

三月にお誕生日を迎える龍太は、このごろ伝い歩きをよくするらしい。あつ子ちゃんに、龍太は歩く？　と訊いたら、そういった。もうすぐ歩き出すだろう。

台所に来た龍太、こちらを見て笑う。はじめ書斎にいたとき、ほっぺたを指でさわって、「りゅうたん、来たか」といったら、笑った。この子、よく笑う。

妻の話。龍太ちゃん、よく食べるの。伊予柑《いよかん》半分食べて、おいも上げたら、大きいのを一つ食べて、まだ足りなくて泣き出すの。あの子、大したものですね。

ひらき戸の手前のクロッカス、黄色のよこにまた一つずつ咲いた。黄色がこれで四つになる。

「黄色のクロッカスは、春らしくていいね」

と妻と話す。

庭の紅梅が咲いているのに気が附く。花の数はまだそんなに多くはない。いつ咲き出したのだろう？

朝食のとき、妻は、いま長女から借りて読んでいるベティ・マクドナルドの『仕事と私』の話をする。子供のころのこと。姉のメリーというのがいて、次々といろんなことを思いつく。その皺《しわ》よせがいつも次女のベティに来る。

メリーが近所の子供を集めて、入場料を取って、「サーカス」を見せる。その目玉は、「人間どり」。納屋の二階からベティにとび下りなさいという。下にわらが積んではあるのだが、「こわい。いやだ」とベティがいったら、メリーは「だめよ。もう入場料をもらってるんだから」という。

仕方なしにベティは、集まった見物の子供たちの前で、納屋の二階からとび下りる。とび下りるというより、「落ちた」といった方がいい。そんなことをさせる姉であった。

いつもお料理のおすそ分けを小鉢に入れて届けて下さる近所の古田さんから、みかきにしんの煮たのを頂いた。お豆の煮たのも一緒に頂く。これは椎茸、にんじんなんかとうす味で煮てあって、おいしい。古田さんはこういうお惣菜の料理がうまい。

朝、今度の震災で芦屋の自宅が全壊した妻の従弟の悦郎さんから電話がかかる。西宮のマンションで震災に会い、ガス水道が出ないお嬢さんの一家とともに大阪土佐堀のマンションを借りて住んでいる。

お見舞いに送った、根岸の三徳の佃煮《つくだに》が着いたという。妻が、「おいしいでしょう」というと、

「まだ頂いておりまへん。いま、包み紙に書いてある文句を眺めてるところ。これから頂きます」という。包み紙に和歌のようなものが書いてあるという。それを悦郎さんは声を出して読んで聞かせてくれた。

「悦郎さんの元気なお声聞くと、こっちまで元気が出ます」

と妻がいったら、

「これ、生れつきの地声で、直りまへん」

といった。

芦屋の自宅がつぶれてしまったのに、悄気《しょげ》てなんかいない。内心は悄気ているに違いないのだけれども、表面に出さない。ユニークな人だといって妻と感心する。

最初、芦屋の家が全壊したことを知らせてくれたときなんかも、妻が、「心ばかりだけど、お見舞いを送りたい」というと、「いや、いや」といい、「送って来はっても、送り返します」という。そういっておいてから、芦屋の家を建て直しますから、それが出来たときにでも、お祝いを頂きますといった。少しもじめじめしていない。からっとしている。あとで、妻からその話を聞いて、

「さすがは大阪商人の心意気だな」

と、私と妻は二人で感心した。悦郎さんは、お祖父《じい》さんの代から茶道具を扱う美術商をしている。お父さんは早く亡くなり、お祖父さんに仕込まれた。

ひらき戸の手前のクロッカスの黄色のすぐとなりにまた一つ、黄色が顔を出した。二月の末近くなると、クロッカスの黄色が次々と咲く。クロッカスの黄色が咲くと、春がそこまで来ているという気持になる。うれしい。

昨日、妻が、

「洗濯干しの下にも一つ、黄色が咲いています」

といった。

居間の縁側の花瓶に菜の花と桃の枝が活けてある。妻が昨日、市場の八百清（花も扱ってい

る）で買って来たもの。

テレビの上に妻は、去年の私の誕生日に小学生の孫のフーちゃんが送ってくれたお雛さまのかざりを置き、雛あられの袋をその前に供える。午後、講談社の高柳信子さんが、九月に出る随筆集の切抜を整理したのを届けてくれるので。

フーちゃんの作った（次男もミサヲちゃんも手伝ってくれた）お雛さまのかざりは、おだいりさまや官女の折紙の前をひらくと、「おじいちゃん　おたんじょうび　おめでとうございます」という文字が出て来るようになっている。ミサヲちゃんが台になる紙を作り、次男はぼんぼりを作った。全体のデザインを考えたのはミサヲちゃんらしい。

夜、「お雛さまのかざりの前で九月に出る随筆集の話がきまって、よかった」と妻がいう。

夜、十時すぎ、丁度眠り込んだところへ神戸の学校友達の松井嘉彦から電話がかかる。妻が少し話してから代る。

東灘区《ひがしなだ》の自宅は無事だったが、神戸の街なかの工場がやられた。工場のいちばん大事な機械の上に建物が倒れた。ただ、下請けの工場がみな無事で、何とかして再建してくれといって来た。銀行はいくらでもお金を出すからやりなさいという。一時は悲観して途方に暮れていたが、みんながそういって励ましてくれるので、気を取り直し、田舎に土地を見つけて、やっと工場を再建するめどがついた。新しい機械も発注したという。「よかったなァ」といってよろこぶ。お見舞いに送った根岸三徳の佃煮が着いた。「ありがとう」という。「君も元気か」とききき、「元気でいる。よく歩いている」というと、最後に松井は、

「お互いに元気で長生きしよう」

といって電話を切った。

松井の工場が再建されることになって、よかった。妻と二人でしばらく話して、よろこぶ。それから寝直す。

妻は日記でフーちゃんのくれたお雛さまのかざりのこと、調べてくれる。フーちゃんが送ってくれたのが去年の二月。誕生日の前の日に宅急便で届いた。おだいりさまと官女の前で合せた袖をひらくと、フーちゃんの書いたカードが入っている。はじめに、「おじいちゃん　おたんじょうび　おめでとうございます」。そのあとは、「おげんきでね」と「ジップさわりに来てね」「たからづか　たのしみにしているよ」。

この「たからづか」は、四月の宝塚月組公演「風と共に去りぬ」であることが、これも妻の日記を調べてもらって分った。

ひらき戸の手前のクロッカスの黄が二つくっついて咲いたよこに、また一つ、黄色が咲いた。

二月も末となり、今やわが家の庭は、クロッカスの黄色の全盛時代である。毎日のように咲いてくれる。

妻は「山の下」へこの前、洗濯して上げた恵子ちゃんのパンツを届ける。「山の上」へ久しぶりに来たとき、帰りがけに家を出てから急にお便所へ行きたくなり、間に合わなくて、しくじったときのパンツ。

前の道で恵子ちゃん、自転車を走らせている。龍太は、そのよこで芋虫みたいに地面を四つん這《ば》いになって這っていた。あつ子ちゃんの話では、前の道を進んで行って、曲って、大家さんの門まで行くそうだ。とにかく、よく這う。足まで入るようになったエプロンが青いから、青い芋虫が這っているみたいに見える。「面白いの」と妻はいう。
「黙々として這って行くの。見せたかったわ」
「もう歩き出すかな？」
「伝い歩きはよくするそうです」

子供らが贈り物の書斎の絨毯を敷きに来る日だが、朝、起きてみると、生憎の雪である。庭の木の枝に積っている。がっかりする。長女一家のいる足柄も雪だろう。雪だと車が出せないから、今日は中止にした方がいいという。妻が長女に電話をかけて、今日は危いから止めなさいという。長女は行く気でいたらしく、止めなさいといわれて不満そうな声であったという。

ところが昼までに雪が止む。十二時前に長女から電話がかかって来る。足柄は雪が止み、日が差して来た。読売ランド前の次男に長女が電話をかけて天気の具合を訊いたら、次男も「やれるよ」といっているから、行きますという。二時ごろに着きますと長女はいった。妻は、「そうなるんじゃないかと思った」という。子供らが揃って休みをとってくれたのだから、今日、やれたら、それに越したことはない。妻は、仕事が終ったあとのお茶に出すローストビーフを買いに行く。

書斎のソファーや椅子を庭へ出さなくてはいけないので、長女は下に敷くシートを持って行きますといっていた。書斎から外を見ると、屋根の雪がとけて樋《とい》から流れ出した水で、庭先に大きな水たまりが出来ている。どうすればいいだろう?

天気はよくなった。二時に「山の下」の長男が一番乗り。長女ら足柄から到着。長男の和雄、大学生の次男の良雄、末っ子の正雄も来る。次男、来る。これで揃った。

長女の主人の邦雄さん、書斎を見て、これなら半分ずつやれば、椅子を庭へ出さなくても済みそうですという。（結局、ソファーや椅子、机などは廊下と居間へ運んで、絨毯のとりかえが出来た。水たまりの庭へ運び出さなくても済んだ）

手があるので、仕事にかかったら、たちまちはかどる。こちらは長女から「お風呂にでもつかっていて」といわれていたが、みんながソファーや椅子を動かすのを見ているだけ。自分の仕事机をとなりの居間の縁側へ運ぶとき、机を担いだだけ。古い絨毯を外したあと、長女が床を拭き掃除して、あと、から拭きして、きれいになった。古い絨毯は畳んで紐で括り、長女が車に積んで足柄へ持ち帰り、粗大ごみに出してくれるというから助かった。

床暖房の上にかぶせてあったカバーもすり切れているので、ついでに新しくした方がいいといい、長女が車で生田駅近くのスズキへ行って買って来てくれる。古いカバーの方は、これも長女が足柄へ帰る自分たちの車に積み込んでくれた。床掃除のとき、長男は家から強力なクリーナーを取って来て、クリーナーをかけてくれる。床掃除の前にはピアノも動かした。

長女を中心にみなよく働いてくれて、新しい絨毯もいい具合に納まった。どうかなと案じていた本棚の出張りのところも、寸法通りうまく収まった。廊下へ運び出してあったソファーや椅子などもそれぞれもとの場所に戻って、これで出来上り。新しい、うすいグレイの絨毯は、なかなかいい。長女はいいものを選んでくれた。

「手締めをしよう」ということになり、きれいになった書斎に仕事をしたみんなが輪を作って、私の発声で景気よく手締め三回。無事に大仕事が終ったことをよろこぶ。

あと、居間でお茶にする。上等のいちご。藤屋のサンドイッチ、かにコロッケやハンバーグの入ったパン、アップルセンターどっさり。ローストビーフ、紅茶。長女ら三軒にそれぞれお酒一本、缶ビール六つ、持たせて帰す。ほかに井伏さんの奥さまから今朝届いた甲州下部温泉の鉱泉水の瓶を三本ずつ分ける。みな大よろこびしてさげて帰る。

お茶のとき、妻は私が近ごろハーモニカを吹いていることを話すと、長女が、

「お父さん、聞かせて下さい。一曲」

という。

書斎からハーモニカを取って来て、何がいいだろうといったら、妻は「旅愁がいいわ」。で、「旅愁」を吹く。長女よろこび、

「いい音色ですね」

という。

長女は私に、「古い絨毯の下からウン百万円出て来るかしらと思ったけど、何も出なかった」という。もしもウン百万円出たら、絨毯を結婚五十年の私たちへのお祝いに贈ろうといい出し、家具屋へ註文に行くことから今日の絨毯運び入れまで、リーダーになって全部準備してくれた長女にいくらか分けてやりたいところだが、残念ながら何も出て来なかった。

この日、足柄から車に一緒に乗せて連れて来た末っ子の正雄は、絨毯入れかえの仕事には役立たないので、居間の炬燵に入っていた。その代り、シリーズの絵物語の「にんにく、温泉へ

行く」を持って来てくれた。正雄がにんにくを主人公にした絵物語をかいては私たち夫婦への贈り物にしてくれるようになってから、どのくらいたつだろう? 「にんにくの大ぼうけん」が第一回であったか。にんにくを主人公にしたところがユニークで、そのにんにくとは、つまり、正雄自身のことである。今回は「このところ遊んでばかりいて肩がこった」にんにくが、温泉へ行こうと思い立って、出かけて行く話。にんにくがお湯につかって、湯の中から片手を出しているところがかわいいと妻はいう。「面白かったよ」というと、正雄はうれしそうにしていた。

# 九

新しい絨毯をみんなで入れに来てくれた日のこと——続き。四時すぎに家の前で南足柄へ帰る長女一家に「有難う。ご苦労さま」と礼をいって解散。長男は「山の下」へ帰る。崖の坂道の下に車を置いてある次男と肩を並べて、車まで送りがてらこちらは散歩に出かける。子供ら元気かと訊くと、春夫が咳をしているという。

このとき、次男は、「ふみ子が日記を書きたいといい出して、いま書いている」という。

「何に書いているの?」

「ケイの太いのが入ったノートに。もう一冊分書いた」

思いがけないことで、よろこぶ。

どんなこと書いているのと訊くと、友達と遊んだことを書いて、「とても面白かった」と書く、大体そんなことが多いという。

「それはいいな。いつか読ませてほしいな」

という。フーちゃんが日記を書けばいいなと前から思っていたことを次男に話す。うれしい。

仕事が終ってからのお茶のとき。となりの席にいた長女の長男で四月から横浜に本社のあるお父さんの会社に勤めている和雄が、

「『夕べの雲』読みました」という。

「そうか。それはよかったな」

「赤梨《あかなし》のはなしが面白かった」

赤梨のはなしというのは「金木犀《きんもくせい》」の章のこと。駅前のもぎとり梨を売るじいさんから、中学の帰りに安雄がいつも一山いくらの赤梨を買って来る話。

それを聞いていた長女が、和雄が『夕べの雲』を読むというので、それはいいわ、『夕べの雲』はおじいちゃんのいちばん好きな小説で、自分でも代表作といっている本だから、読んだらいいわといったのと話した。


絨毯が入った翌日。書斎に新しく入った絨毯は、うすいグレイのいい色で、それも部屋の広さいっぱいにゆったりと敷きつめられている。妻と二人で、「気に入った」といって、書斎の入口に立って眺める。

「ついスリッパを脱いでしまうの。踏み心地がよくて、気持がいいので」

と妻はいう。子供らがお金を出し合い、力を合せて入れてくれたこの新しい絨毯は、私たち夫婦が結婚五十年を迎えるお祝いに贈ってくれたものだ。有難い。この絨毯が古びてしまうまで、二人とも元気で、機嫌よく暮せるように祈りたい。

次男からフーちゃんの日記のことを聞いた翌日、フーちゃんに次のような文面の葉書を書いて出した。

きのう、お父さんからフーちゃんが日記を書いていることをきいて、よろこんでいます。とてもいいことです。つづけて下さい。

おじいちゃんのお父さん、フーちゃんのひいおじいさんは日記をずっと書いた方で、また、自分の子供に日記を書かせた方でした。それで、おじいちゃんは今でも日記を書いています。フーちゃんのお父さんもむかし学校のころ、よく書いていました。いつかフーちゃんの日記を見せて下さい。うれしくて書きました。

妻は、フルーツケーキを焼く。この前、「ウイスキーの要らないのがあったら、下さい。フルーツケーキ焼くので」といわれて、昔は長女の勉強部屋であった部屋の押入から「キング・オブ・スコッツ」というスコッチを一本取り出して、妻に渡した。そのウイスキーを使って、焼いた。

夜、デザートにフルーツケーキを食べる。おいしい。

夜、妻は「ミッキーマウス・マーチ」のおさらいをしている。この前の木谷先生のおけいこでピノキオの「星に願いを」が上ったので、今度は「ミッキーマウス・マーチ」の番になった。テレビのディズニーのミッキーマウスの番組の始まるときに鳴り出す曲なのだが、これがなかなか難しいらしい。

「軽快で楽しい曲っていうのが、弾いてみると難しいのね」

という。

いつか「山の下」の長男が恵子ちゃんを連れて来たとき、「ミッキーマウス・マーチ」のことを話したら、長男も子供と一緒にテレビのミッキーマウスを見ていて、たちまちその曲を口ずさんでみせた。曲の途中で声を高くして、

「ミッキー」

といった。テレビの前でさあこれからミッキーマウスを見るんだと待ち構えている子供は、

こんな楽しい、心が弾むような曲をきいて、おまけに途中で「ミッキー」なんてかけ声をかけられては、たまらないだろう。

池田の河野温子さん（阪田寛夫のお姉さん）からお届けがあった鰆《さわら》の味噌漬を、妻は「山の下」へ持って行く。留守。鍵であけて入って、置いて来る。あとであつ子ちゃんからお礼の電話かかる。

午後、読売ランド前のミサヲちゃんに届けるつもりで妻が電話をかけたら、ミサヲちゃんはふみ子の西生田小学校のＰＴＡの会合に出るので、四時に読売ランド前駅へ行きますという。その前に生田の銀行に用があり、早目に二人で家を出る。銀行のあと、明日の箱根行きのロマンスカーで食べるサンドイッチのための食パンを買い、サンドイッチの箱を買ったりして時間をつぶしてから小田急に乗ったのだが、読売ランド前に三時半に着いてしまった。ミサヲちゃんとの待合せまでまだ三十分ほどある。仕方がないから、フォームのベンチで四時まで待つことにする。

ベンチに坐ったまま昼寝をして、やっと四時十分前になり、駅前に出た。この寒いときに駅のベンチでうつらうつら昼寝をしたのだから大したものだという。

ミサヲちゃんが遅れて走って来たのが四時二十分であった。しきりに謝まる。ＰＴＡの会の終るのが遅れて、急いで走って来た。

フーちゃんの日記のことを訊く。

「先生が日記書くようにいったのかしら?」

「いいえ、自分で日記書くといい出したんです。友達が書いていたのかも知れません」

何に書くのと訊くと、次男と同じようにミサヲちゃんは、ノートです、太いケイの入った、という。

「見たら、文は少しで、大方絵をかいてあるんです」

といって、ミサヲちゃん笑う。

「それはいいなあ。絵日記はいいなあ」

それから、いつか見せてほしいなというと、かずやさんがおじいちゃん見せてほしいといってるよといいましたら、ふみ子、いやだといっていましたとミサヲちゃんいう。

フーちゃんがいやだというなら、仕方がない。フーちゃんなら、いいそうだ。

ふみ子、おじいちゃんがずっと日記つけているという話を聞いて、何冊くらいになるかしらといいますから、百冊くらいになるねといいましたとミサヲちゃん、いう。

「続けるといいね」といって、ミサヲちゃんと別れて帰る。鯖の味噌漬の包みに、着いたばかりの「波」を入れる。今度出る『文学交友録』の書評を阪田が書いてくれているから、かずやに読むようにいっておいてとミサヲちゃんに話す。

箱根行きの日。朝、清水さん来て、毎年お雛さまに御主人が銀座で買って来て下さる空也《くうや》のさくら餅《もち》を二箱、水仙と一緒に下さる。昨夜、清水さんから電話がかかったとき、今日、箱根へ行くことを妻が話してあった。

「なつ子さんに会いますか」と清水さん訊かれる。箱根の帰りに南足柄の長女と会うことになっていたら、空也のさくら餅を長女に分けてほしかったのだろう。長女から松崎さんのくれた、何にでも効くという「命の水」が届いたとき、清水さんにも一壜分けて下さいといわれて、清水さんに上げた。それを清水さんは大へんよろこんでいた。その「命の水」のことがあるから、清水さんとしては、私たちがもし長女に小田原あたりで会う予定があれば、長女にもさくら餅を一箱分けてほしかったに違いない。

妻は南足柄の長女に電話をかけて、今日、箱根芦の湯のきのくにやへ行くことを知らせ、きのくにやの帰りに小田原で会って、清水さんからことづかったさくら餅を渡すつもりでいること、明日、きのくにやを出る前に電話をかけて会う場所と時間の打合せをしたいと話す。長女はよろこんでいた。

はがき出しに行く。スーパーマーケットのＯＫの前でぱったり清水さんに会う。長女に連絡して、明日、箱根の帰りに小田原で会うことにしたので、そのときさくら餅を渡しますという。清水さん、うれしそうにしていた。

清水さんの御主人は、銀座の宝石店に長年勤めておられる。いつのころからか、お雛さまに空也のさくら餅の箱を買って来て、届けて下さるようになった。予約しておいて買って来て下さるのである。有難い。

向ヶ丘遊園12時30分発のロマンスカーさがみで箱根へ。紅茶をとって妻の作ったサンドイッチで昼食。おいしい。小田原着。箱根登山鉄道の電車が満員で、一台見送り、次の小田急箱根湯本行きに乗車。湯本で登山鉄道に乗りかえる。窓際の席で真下に川の水が見えるときは、少し怖かった。小涌谷《こわくだに》で下車。すぐに来たバスで東芦の湯へ。バス道路のよこに先日の大雪のあとがそのまま残っている。

きのくにやに入る。部屋係ののぶさんから社長が入院していて、奥さんが毎日病院へ行っているという話を聞く。今度、予約のために電話をかけたとき、いつも予約を受けてくれる奥さんが病院へ行っているというので、奥さんがどこかお悪いのかと思っていた。そうでなくて御主人が入院しているのだと分った。先年、胃の手術をした。そこがまた悪くなったらしい。よくなってくれるといいのだが。

あと入浴。十年前、私は脳出血を起して入院した。翌年の夏、ここへ湯治のつもりで来て、三日間ゆっくり泊ったことを思い出す。ここの湯の効能書を見ると、「高血圧即日」と書いてある。その湯治がよかったのかどうか知らないが、その後ずっと元気になって、今は日に三、四回の散歩を楽しみにするくらいになった。そこで、縁起をかつぐつもりで、年に一、二回、妻とここの湯へつかりに来るようになったのである。

入れ替って、妻は風呂に行く。伊豆《いず》の網元で民宿をしているという奥さんと湯で一緒になり、その奥さんが一人で話しかけて来る。民宿へ来て下さいという。そんな話をずっと聞いていたという。

夕食では、野菜の沢山入った鴨なべがおいしい。あと、家から持参のウイスキーを飲む。

夜明けの四時に目が覚め、少したってから湯に行く。一人きりで湯につかって、部屋に戻って寝床へ入ると、顔から汗がふき出す。

妻は六時前に起きて湯へ。戻って、「大雪よ」という。まさか大雪になるとは思わなかった。朝食のとき、のぶさんに訊くと、雪でもバスは通るが、三十分に一本の雪ダイヤで、多少時間はよけいかかりますという。どうしたものか。小田原で長女に会うことにしているから困ったなといっていたら、あとでのぶさんが来て、専務さん（次男）が車で登山鉄道の駅までお送りしますと知らせてくれたので、ほっとする。

妻は南足柄の長女に電話をかける。足柄は雪は降っていないという。清水さんからことづかっているさくら餅のことを話すと、「欲しい」という。そこで時間が決められないから、登山鉄道に乗って小田原に着いたら改めて電話をかけ、それから長女が小田原まで出て来て会うということになった。

九時半に玄関へ出ると、顔馴染の次男さんが車の上の雪を払っていた。「有難うございます。助かりました」とお礼をいって車に乗る。道路は車の通るところだけ雪が無く、速度を落して走る。お父さんのことを訊く。大磯《おおいそ》の病院に入院している。毎日、お母さんを乗せて病院へ行く。また、迎えに行く。あまりよくないという。お年を尋ねると、お父さんは六十六歳。まだお若い。「御心配でしょう」という。

小涌谷の駅へ着けてくれる。

「助かりました。有難うございます。お父さまの回復を祈って居ります」

と申し上げて別れる。

おかげで登山鉄道に乗って安心して帰ることが出来た。お父さんの入院で毎日、大磯の病院までお母さんの送り迎えがあり、大へんなところへ、私たちを小涌谷まで送ってくれた。次男さんには相済まないことであった。

小田原着。ここは雪は降っていない。長女に電話をかけて、お濠《ほり》ばたの喫茶店で前に長女と一緒に入ったことのある「かざみどり」で会うことにする。長女は車ですぐに家を出る、二十五分で行きますといったと妻はいう。

こちらは駅のコインロッカーに荷物を預けて身軽になり、ゆっくり歩いて「かざみどり」まで行くことにする。大雪の箱根芦の湯から下りて来ると、小田原の町はひとかけらの雪もなく、歩くのが気持いい。

お濠ばたの外れの「かざみどり」へ。こちらが早く着いた。モーニング・サービスの厚やきトースト、ハムサラダつき、コーヒーというのを註文する。妻は紅茶。

レコードも鳴らさず、ゆっくりと寛げる店で、トーストを食べていたら、間もなく長女到着。昨日、仲人の大役を果した結婚式の話を長女から聞く。長女はホットケーキと紅茶を頼む。新郎は、主人の邦雄さんの勤めている会社の、邦雄さんの部下で、五月の大型連休にはいつも南足柄の長女の家へ来て、みんなで庭でバーベキューを食べていた仲間の一人。気だてのいい子だという。新郎の家は八百屋、新婦の家は海産物を扱っている店。

昨日、横浜の結婚式に二人で出かけたあと、末っ子の小学四年生の正雄がはじめてひとりで留守番をしたことを長女話す。夜、次男の大学生の良雄がアルバイト先から帰って来るまで、家にひとりきりでいた。学校から帰るときは、友達のお母さんが車で家まで送ってくれた。正雄にパンをくれた。

学校から帰って、戸締りをして、ヴィデオ(何のヴィデオか訊かなかった)を見ていたら、夕御飯食べるのを忘れていた。遅くなって気が附き、お母さんの作ってくれてあった夕御飯をひとりで食べた。寝床に入って寝ていたら、お兄さんが帰って来た。良雄が帰るまでひとりでいた。そんな話を長女はする。

今日は一時に正雄の小学校のPTAの総会がある。地区長という役をしている長女は出席しなくてはいけない。それまで時間があるから去年、お弁当を持って梅見に行った辻村植物公園へ案内しますという。

「かざみどり」を出て、長女の車で小田原の山手の辻村植物公園へ。日が差して来る。駐車場に車を置いて園内を一まわりする。梅は満開、人はあまりいない。

登り道のところで、うしろから来る長女が、

「メジロ、メジロ」

と叫ぶ。メジロの群れが蜜《みつ》を求めて梅の枝から枝へ移って行く。こんなに沢山のメジロを見るのははじめて。長女よろこび、騒ぎ立てる。

小田原駅まで送ってくれる。はじめロマンスカーの出る方の裏口へ着けたが、表口のコインロッカーにバッグを預けてあったのを思い出し、表口へまわってくれる。長女に礼をいって別れ、駅前の鈴広で清水さんのお土産にする「揚げかま」を買う。1時10分のロマンスカーで小

田原をあとにする。

長女にうまく会えて、清水さんのさくら餅一箱渡せたし、思いがけず辻村植物公園の梅見まで出来て、よかった。


近所の女の子の姉妹のこと。

半月ほど前になる。午後の散歩に出たら、よく家の壁のゴールに向ってバスケットボールをしている小学生の女の子が友達四人くらいと石段を上った門の内側に立っていて、呼ぶ。いつも笑って「こんにちは」と声をかけてくれる女の子で、門柱の上にキャンデーを並べて、

「これは何、これは何。どれにする?」

どれでも取りなさいという。

「もらっていいの?」

と訊き返してから、手前のを一つ取り、「ありがとう」といって引返す。友達が来て、遊んでいて、お母さんからお八つに貰ったキャンデーをこれからみんなに分けるところであったのだろう。そこへ前の道を通りかかった私に一つ上げようと思ったらしい。やさしい子だ。頂いたキャンデーはジャンパーのポケットに入れてそのまま歩く。

翌日、この家の前を通ったら、キャンデーをくれた女の子がいた。

「きのうは、ありがとう」

とお礼をいって通り過ぎた。

女の子ばかり三人いる。いつも私が通りかかると、笑って「こんにちは」と声をかける子は、三人姉妹のまん中の子らしい。きれいな顔だちの子。

日に何回も自分の家の横を通りかかる、よく歩く、元気なおじいさんと思っているのだろうか。そのおじいさんを呼んで、まだ自分たちは口に入れていないキャンデーを一つ分けてくれるとは、やさしい子だ。ありがとう。

玄関のもっこくの下にクロッカスの黄が四つ咲いている。昨日の朝から咳が出て、胸のあたりが少し苦しかった。昨夜、寝床に入る前に咽喉に効くかりんのはちみつ漬を湯でうすめて、漢方薬のアスゲンサンと一緒に飲む。

朝、咳が出て苦しい。梶ヶ谷の虎の門病院へ行く日で、いつものように近所の個人タクシーの中山さんの車で妻と一緒に行く。関先生の診察。血圧よろしい。

上野の芸術院の総会に出席。いつもは阪田寛夫を誘って帰りに高田馬場のコーヒー店「ユタ」へ寄って一休みするのだが、今日は咳が出るので止めにして真直《まつすぐ》に帰宅。くたびれた。

夜、入っていた掘り炬燵から出ようとすると、うまく身体が出ない。出かかって炬燵の中へ逆戻りする。どうしたのだろう？　妻が気附いて、

「大丈夫？」

といい、心配する。

風呂に入る前に、はいているパッチが脱げなくて、よろけて倒れる。もたついてばかりいるのを気にした妻が、熱を測る。九度二分あったから、驚いた。どうやら今日は熱があるのを知らずに上野へ出かけたらしい。何だか身体がだるいと思った。

朝から寝床にいて、一日中、眠り続ける。妻は、いつも「山の下」のあつ子ちゃんが子供を連れて行く内科小児科の山本先生へ行き、相談する。先生は親切に詳しく話を聞いた上で、インフルエンザですねといわれ、抗生物質と解熱剤と咳どめの薬の処方を書いてくれた。普通なら本人の診察をしないと薬は出してくれないのだが、詳しく話を聞いて薬をもらえるようにしてくれた。

帰った妻から話を聞き、九度二分も熱があったら、かりんのはちみつ漬や漢方薬ではムリだなあと二人で話す。風邪はひかないことに決めていて、この十年くらい、実際、風邪をひいて寝るということは一度も無かった。インフルエンザでは仕方がないなといって笑う。

終日、臥床《がしょう》。眠ってばかりいる。薬が効いたのか、咳は殆ど出ない。

二日間寝ていたが、気分がよくなり、咳も止ったので、起きて仕事をする。八枚書けた。

妻は、午前中に「山の下」へおとなりの相川さんから頂いた海老、おいもを持って行く。長男、休みで家にいたので、私が流感で九度二分熱が出て、二日間寝ていたことを話すと、長男もこの間、風邪ひいて熱が出たという。

家の前の畑のほうれん草を抜いて、「生で食べるとおいしいよ」といってくれる。恵子ちゃんに、

「じいたん、おかぜひいて寝てたの。お見舞いの電話かけてね」

といったという。長男は菜の花もくれた。「おひたしにするとおいしいよ」といって。

夕食に長男のくれたほうれん草に和風ドレッシングをかけて食べる。おいしくてお代りする。

妻は「山の下」へお礼の電話かける。長男から恵子ちゃんに代ったので、電話に出る。

「じいたんだよ」

「じいたん、おかぜなおった?」

「なおったよ」

「バイバーイ」

妻が行ったとき、あつ子ちゃんは今月、一歳のお誕生日を迎える龍太が、よく食べる、六枚切りの食パンを一枚食べますと話していた。

仕事する。七枚書く。

午後、日の差す庭を歩く。庭の隅の「英二伯父ちゃんのばら」に勢いのいい芽がいくつも出ているのを見つけて、よろこぶ。

朝、熱測る。五度四分。やっと平熱になった。仕事する。六枚書く。妻は山本先生へお礼と報告に行き、診察してもらう。妻も咳が出始め、背中が痛むので。

妻帰る。咽喉が少し赤くなっていたという。こちらの風邪がうつったのか。私の方はあと五日この調子なら、日曜日にはビールとお風呂よろしいと山本先生はいった。

彼岸の入り。玄関の前の椿がいっぱい咲いている。「こんなに咲いてもいいのか」と思うほど咲いた。クロッカスに気をとられているうちに椿が咲いていた。気が附かなかった。

小玉光雄さんの案内を頂いて、妻と二人で松屋銀座へ春の二科展を見に行く。彼岸の入りのいい陽気で、銀座は人の波。

小玉さんはこの数年続けている歌舞伎の舞台姿スケッチのシリーズで、「娘道成寺」。その前にいつもみんなで宝塚を見たあとに行く立田野で昼食。妻はえびの釜めし。こちらはとりの雑炊。おいしくて、二人とも満足する。店を出て歩き出してから、妻は「おいしかった」と何度もいう。宝塚のあとみんなでこの店へ来る。そのときは私たちはみつ豆にきめている。ほかのお客が釜めしを食べているのを見て、一度釜めしを食べてみたいと思っていたのと妻は話す。

銀座から戻って、妻の買物についてOKへ行く。OKで有美ちゃんと有美ちゃんのお母さんに会う。有美ちゃんはピアノの木谷先生の門下生。有美ちゃんのお母さんが木谷先生に妻のことを頼んでくれて、それで妻はピアノのおけいこが出来るようになった。

久しぶりに会った有美ちゃんが大きくなっているので驚く。お母さんに、「有美ちゃん大きくなりましたね」というと、「ガラばっかり大きくなって」とお母さん。「何年になりますか」と訊いたら、「今度六年です」。

背がうんと高くなった。有美ちゃんはまだ小さいころ、道で妻を見かけると走って来て、妻にくっつく。何か用があるのかと思ったら、何も用はない。見つけると走って来てくっつく。人なつこい、かわいい子であった。この有美ちゃんが前から木谷先生にピアノを習っていて、妻のことを先生に引き合せてくれたおかげで、年をとってからピアノのおけいこが出来るようになった。妻の晩年の大きな楽しみとなった。有美ちゃんは恩人である。

私がお母さんと話していると、向うで妻は有美ちゃんとうれしそうに何か話している。「きっと、いま、どこを習っているのと訊いているんでしょう」とお母さんがいう。

あとで妻にそのことを話すと、「有美ちゃん、いま、どの曲弾いてるのときくから、『楽しき農夫』といったの。『ミッキーマウス・マーチ』もいえばよかった。有美ちゃんはと訊いたら、『ブルグミュラーとチェルニー』といっていた」と妻は話す。有美ちゃんはもうバイエルは上ったのである。

ＯＫへ行く前になすのやへ明日のお彼岸のおはぎのためのもち米を買いに行ったら、生憎売り切れで、明日の朝、届けてくれることになる。ＯＫのあと、市場の八百清へ行ってお彼岸の花を買う。花の方を任せられている八百清の小母さん、「いつもお世話になって居《お》ります」とうれしそうに挨拶《あいさつ》をする。

妻は、なすのやが配達してくれたもち米を炊いて、お彼岸のおはぎを作る。ミサヲちゃんに電話かけて、おはぎ作るから届けるといったら、行きますという。

お昼はいつもトーストと紅茶だが、今日は出来たてのおはぎを頂く。二つ食べて、どうするか考えて、三つ目に手を出した。お酒も好きだが、年とともに甘党になった父は、母が作った、もっと大きなおはぎを、三つくらい平気で食べていた。それも御飯を食べたあとである。父に似て私も年をとるにつれて甘党になって来た。

午前中、おはぎが出来たとき、妻がピアノの上の父母の写真の前にいつも通りお供えして、二人で手を合せた。

午後、ミサヲちゃんから電話かかり、「お母さん、もうお茶の用意されましたか」と訊く。おはぎをもらいに行くつもりでいたら、春夫の具合が悪そうなのでという。それなら届けるよといい、安心させる。妻と二人で久しぶりに読売ランド前の次男の家へおはぎ、苺《いちご》、大根と大根葉のいためたの、ケーキなどを持って行く。

フーちゃん、こちらの持って行った苺を食べる。二パックあるのをたちまち全部食べ、それからケーキ一つを食べ、おなかが痛くなり、便所へ行く。急いで苺を食べすぎたのがよくない。よほどおいしかったらしい。みんなで食べるつもりでいた苺を一人で食べてしまった。

フーちゃんの学校で作った犬の絵を見せてもらう。よく出来ている。お習字の「十五」と書いたのを三枚、台所との間の壁に貼ってあった。その中から一枚分けてもらう。

ミサヲちゃんの話。かずやさんは十七年続けて来た音楽の仕事から、会社の方針でこれから力を入れることになる書籍の販売の方へまわされた。これからまた忙しくなるので、今月末に休暇をとるようにいわれ、家族で会社の契約しているホテルのある鳥羽《とば》へ行くことにした。この機会に鳥羽から伊勢《いせ》へまわって家族でお伊勢まいりをすることにしました。鳥羽のホテルに二日泊る。楽しみにしています。ミサヲちゃんのところへ行く前、妻は、「山の下」と清水さんにおはぎを配った。

朝食を食べかけていたら、次男が出勤の前にお彼岸のお参りに来てくれる。新しい仕事のことを訊く。会社はレコードの販売で成長して来たが、今度、本に力を入れることになった。新しく仙台に八階建のビルを建てて、その中の何階かを書籍の売場にする。鳥羽への旅行。豊橋まで新幹線で行き、そこからフェリーで鳥羽へ渡る。鳥羽のホテルで二泊したあとお伊勢さんに参拝するという、それはいいなという。フーちゃんや春夫がまだ小さいころに家族全部でお伊勢参りが出来るのはいいという。

フーちゃんは御飯が好きで、朝、パンのとき、「パン？」とがっかりした声を出すと次男が話す。昨日は、昼間、苺を食べすぎておなかが痛くなったが、あとは何ともなくなり、晩は御飯をいっぱい食べたという。

朝、昨日、ミサヲちゃんから貰って来たフーちゃんのお習字「十五」を妻と二人で見る。とてもいい。のびやかで力強い。「三年　庄野文子」もいい。

次男の話。ふみ子の学級でお別れの文集を作ることになり、「私のじまん」という題でみんな書く。ふみ子は「私は日記を書いています」ということを書いたという。どんな作文だろう？　読みたい。

次男に「フーちゃん、日記ずっと書いている？」と訊くと、「ずっと書いています」という。「見せてほしいな」「うちへ来たときに見るのならいい。こっちへ日記を持って行かれるのはいやだといってるけど」と次男はいう。

「白木蓮《はくもくれん》の花が咲きかけています」と妻がいう。見に行くと、ふくらんでいた蕾がひらきかけている。白木蓮が庭で咲くと、春本番という気がする。

ミサヲちゃんのところへおはぎを届けた日の夕方、「山の下」の長男が恵子ちゃんを連れてお彼岸のお参りに来てくれ、ピアノの父母の写真の前で恵子ちゃんと並んで手を合せた。そのときの長男の話。

龍太がよく食べる。晩ご飯のとき、あつ子はお皿を運ぶのに忙しいので、食卓で自分の左側に椅子をおいて龍太を坐らせ、ご飯を食べさせてやる。早く食べたいものだから、食べるものを口に入れてやるまで、両足をはね上げて催促する。恵子もよく食べるけど、龍太はもっとよく食べる。

朝、庭へ出てばらに水をやっていた妻が家に戻って、

「春蘭《しゅんらん》が咲きました」

という。

庭の東南の角の盆栽の鉢から下した井伏さんの木瓜のそばに咲いている水仙を妻は切って来て、書斎の机の上に活ける。

昨日、昼食のあと、「英二伯父ちゃんのばら」を見たら、二、三日前から勢いよく出て来た芽が葉のかたちになりかけている。うれしい。妻が日差しを遮る庭木の枝をうんと払って、日当りをよくした効果が出て来たらしい。

午後の散歩に出かける前に庭へまわって、梅の下の春蘭を見る。いくつも花が咲いている。春蘭の花が咲くと春になったという気持がする。

南足柄の長女から庭でとれた椎茸をいっぱい詰めた宅急便が届く。ほかに何にでも効くという「命の水」が三本入っている。一本は清水さんに上げる分。「すみれと桜草がきれいです。見に来て下さい」というメモ。

妻は、昨夜、夜中におなかが痛くなり、朝まで眠れなかった。どうやらおなかへ来る風邪をひいたらしいという。朝はお粥と梅干にする。午後、成城の銀行へ行く約束になっていて、妻が行けるかどうか案じたが、行きますという。幸い、何とか行けた。

小雨のふる中で庭の白木蓮の花が少し大きくなる。妻は昨夜、ぬる目の湯につかり、あとぐっすり朝まで眠れましたという。おなかはよくなる。

ミサヲちゃんから電話かかる。明日から一家で鳥羽、伊勢へ行く。妻が新幹線の切符買ったのと訊くと、いいえという。ぶっつけ本番で自由席で行くつもりらしい。昨日、宅急便で送った川口さんのフルーツケーキ、パウンドケーキを旅行に持って行けばいいと妻がいったら、「もう食べちゃいました」。宅急便に入れた次男一家の四人の名前と私の署名入りの『文学交友録』のお礼をいう。「きれいな装丁ですね」とミサヲちゃんいう。表紙の絵は、かたくりの花。

いい天気になる。次男一家の旅行は好天に恵まれた。ジップは今回は、読売ランド前の近くの犬を預かってくれる店へ預けたという。昼ごろ、妻と「もう新幹線に乗っているだろう」と話す。鳥羽で二泊する海ぎわのホテルは、いいホテルらしい。

晴。「今日はミキモト真珠島を見物しているだろう」と妻と話す。鳥羽のホテルにもう一泊する。楽しい旅行をして、無事に帰宅してほしい。

妻は、「白木蓮がはらはらと散っています」という。

妻はピアノの木谷先生から貰った三月の歌の「もう春ですよ」を歌っている。おなかへ来る風邪もすっかりよくなった。この歌、「ぽかぽか春がやって来た」で始まり、「もう春ですよ、春ですよ」で終りになる。おっとりとした、いい童謡。楽譜には「吉田トミ作詞、井上武士作曲」とある。古い歌らしい。

妻が歌うのを聞いていると、本当に「もう春ですよ」という気持になる。

午後、鳥羽・伊勢の旅から帰った次男一家が来る。伊勢神宮で頂いたお札を届けてくれる。有難い。鳥羽のホテルのことをいちばんに訊くと、食事がよかったと次男がいう。一日目が和食で、二日目がフランス料理。「伊勢えびは出た？」「メニューにはあったけど、値段が高かったので、止めました」。

プールがあって、水着を持って来たので、泳いだ。温水プール。海へ向って斜面になった広い庭があり、散歩をした。

ベッドは二つあり、一つにミサヲちゃんと春夫が寝た。春夫は何度もベッドから落ちた。ふみ子は一人でベッドに寝た。畳の間がついていて、次男はそこで布団で寝た。

二日目、鳥羽水族館へ行く。あしかのショウがあった。（フーちゃんに「何がいちばん面白かった？」と訊くと、「らっこ」といった。）真珠島でミサヲちゃんは結婚十周年の記念に真珠のイヤリングを買ってもらった。伊勢神宮では杉の木立が立派なのに驚いた。参拝をすませてから、「赤福」の店で四人で出来たての名物の「赤福」を食べた。楽しい旅行だった。楽しいことばかりだったと次男はいった。

次男の話を聞いて、私たちもよろこび、満足する。

## 十

盆栽の鉢を頂いて庭の東南の角の日当りのいいところに下した井伏さんの木瓜が今にも咲き出しそうに、淡紅色に色づき、ふくらんでいる。

わが家の園芸主任である妻に訊くと、この木瓜は、井伏さんがまだそんなにお悪くならないころに奥さまから贈って頂いた。青山の第一園芸から届いた。頂いてからもう何年にもなる。玄関の前や門の横など、いろいろ置き場所を変えてみた。盆栽の育て方がよく分らないので、庭に下すことにして、植木溜のようになった庭の東南の角の日当りのいいところに鉢から下して植えた。うまくついてくれればいいと思って水をやっていたら、どうやら無事についたらしい。

今度、花が咲いたら、庭に下してから最初に咲く木瓜の花となる。

二、三日前、妻がクリーニング屋のナイスへ行くと、清水さんが来ていて、女主人と話していた。妻は一月からずっと私が着ていたカーディガンを持って行った。これは、前に私の誕生日に清水さんから頂いたもの。
「やっと剝がしました」

といって、そのカーディガンを清水さんに見せたら、笑っていた。

そのあと、清水さんと一緒に清水さんの畑へ行き、黄水仙やらヒヤシンスやらいろいろ切って頂いて帰った。その花を書斎の机の上に活ける。

「清水さんの畑、お花で埋まっているの」

と妻がいった。春を告げる花が家に溢れて、うれしい。


ミッキーマウス・マーチのこと。

この前、鳥羽・伊勢の旅から帰った次男一家が伊勢神宮のお札を届けに来てくれた日。お茶を飲みながら次男から旅行の話を聞いたあと、フーちゃんは書斎へ移り、ピアノで「ねこふんじゃった」を弾く。

妻が一月以来、木谷先生のおけいこで弾いているミッキーマウス・マーチを弾いて聞かせたら、弾いてみようとする。テレビのミッキーマウスを見ているから、曲は頭に入っている。妻は指一本で弾いたらいいといい、弾きかたをフーちゃんに教えて上げる。

六畳にいると、その指一本のフーちゃんのミッキーマウス・マーチが聞えて来る。うまく弾いている。誰が弾いているのか分らないままに聞いていたが、次男一家が小雨のふる中を帰ったあと、妻から話を聞いて、さっきのミッキーマウス・マーチは、指一本の弾きかたを妻から教わったフーちゃんであることが分った。

「フーちゃん、覚えるのが早いの」

そういって妻は感心している。

夕方、週に一回のピアノのおけいこから帰った妻に、どうだったと訊くと、「楽しき農夫」が終って、これでバイエル上りましたといい、バイエルの楽譜をひろげて見せる。

「楽しき農夫」はシューマンだが、これがバイエルの楽譜のおしまいに出て来る。題名の通り楽しい曲だけれども、弾いてみると難しいと先生からいわれていたもの。このあとに一〇六番があるが、先生は「これはしません」といわれた。「楽しき農夫」が上ってバイエルが上ったというわけ。

バイエルの楽譜のうしろの頁に赤のボールペンで花まる印がかいてある。そのよこに、「平成7年4月3日終了」として先生のサインが入っている。

「おめでとう」

という。

年をとってから始めたピアノのおけいこの最初のバイエルに妻は一年と何カ月かかかった。妻を木谷先生に引き合せてくれた近所の有美ちゃんは、幼稚園にいるときにおけいこを始めたが、バイエルが上るまでにはもっと長くかかったらしいと妻はいう。

バイエルの練習曲は、はたで聞いていても楽しくなる。こちらはいくら長くかかろうとも気にならないが、「上りました」といわれると、それはよかった、まずはめでたいという気分になる。お名残惜しいという気持もいくらかあるから不思議だ。

木谷先生から、「次はブルグミュラーです、楽譜を買っておいて下さい」と妻はいわれた。ブルグミューラーには、どんな曲があるのだろう?

妻はミサヲちゃんに電話をかけて、

「傘、買ったの。フーちゃんと春夫に上げる本もあるの」

というと、「行きます」という。

ミサヲちゃんの誕生日は三月だが、お祝いに何か買って上げる、何がいい? とミサヲちゃんに訊いてから、新宿の駅ビルの「すずげん」でミサヲちゃんの傘を買って来た。「遅れるけど、いいのを上げるからね」といっておいたのである。

電話をかけたとき、フーちゃんが出た。

「お母さん、いる?」

「いる」

「代って」

「わかった」

「明日から学校?」

「はい」

いつものようにフーちゃんは心細い声を出した。

二時ごろ、散歩から戻ったら、フーちゃんたち来ていた。春夫は六畳から顔を出して、

「お早うございます」

といい、フーちゃんは出て来て、静かな声で、

「こんにちは」

という。

お茶の支度が出来ている。苺を食べる。フーちゃんは苺のあと、大きな大福をとり、割って三分の一ほど食べ、あとはお母さんに食べてもらった。春夫はおせんべいをいくつも食べる。

「フーちゃん、旅行楽しかった？」

と訊くと、力をこめて、ウンという。

フーちゃんは妻から貰った『あしながおじさん』の本をひらいて見る。フーちゃんと春夫には、別にしかけのある絵本の『グロースターのしたてやさん』を上げた。窓のところを開くと、猫が顔を出したりする。貧しい仕立屋さんをねずみの仲間が助けて、服を仕上げる。おかげで仕立屋さんの商売は繁昌するというお話らしい。贅沢な作りの絵本。『ピーターラビット』の絵本というシリーズの一冊。

お茶のあと、「たからさがし」。こちらは散歩に出る。散歩から戻ると、ミサヲちゃんたち帰るところであった。

妻の話。「たからさがし」のあと、何をしよう？　絵をかいてあそぼうと妻がいったら、フーちゃんは顔を輝かせてよろこんだ。フーちゃんの好きなリレー式の「えつなぎ」をすることにして、「気持のわるいのかこうね」と妻がいって始めた。春夫がみんなに色鉛筆を配る役をした。

夜、妻の話。「えつなぎ」をするとき、フーちゃん、うれしそうに笑っていた。帰り、うらの林の中の道を送って行ったら、別れるとき、フーちゃんと春夫がオオカミになって、うおーと吠えてみせた。妻がオオカミつかいということになった。

二回目の散歩に出る前、台所を通ったら、妻が小さな缶を二つ持って門の方へ歩いて行くのが窓から見えた。何をしに行くのだろう？

散歩に行くとき、訳が分った。妻は郵便受にペンキを塗っている。さっき手に持っていたのはペンキの缶であった。

「ウォールナットと書いてあるんだけど、塗ってみたら、グリーンぽいの。くるみ色の筈なんだけど」

と妻はいう。

散歩から戻ると、ひらき戸の大谷石の上に蓋の附いた小さな木箱をのせて、「ぬりたてですので、新聞と郵便物はこの箱に入れて下さい」と書いた紙が添えてあった。

「こんなことしていたら、面白くて止められない」

と妻はいう。

近所の女の子の姉妹のこと。

散歩に行くとき、家の横を通ったら、二人で壁にとりつけたバスケットボールのネットに向ってボールを投げていた。いつも私に会うと、「こんにちは」といって笑いかける女の子のシュートしたのがうまくネットに入った。「うまい」といって、手を叩いて通り過ぎる。帰りに家のよこを通ると、さっきの姉妹が一輪車に乗ろうとしていた。

崖の坂道の途中の曲り角まで来たとき、二人は、家のよこから頭の上で大きく両手を振って合図しているのが見えた。こちらも大きく手を振った。サヨナラ。

妻は帝塚山の義姉から届いた紀州の干物の食べ残しのあらを取っておいて、庭の隅の「英二伯父ちゃんのばら」の根元を掘って埋める。猫が掘り起さないように、瓦を一枚のせておいたという。

このばら、先日来、新しい赤い葉をいっぱい出している。今は細くて心細い姿だが、太くて丈夫なばらになってほしい。

十時半ごろ、南足柄から長女が来る。いつものラムケーキ（私の好物の）のほかに、近所の久布白さんの焼いたまるいパン、ほかいろいろ持って来てくれた。

この間うち正雄の小学校のＰＴＡの会合なんかで忙しかったという。そんな中で私宛に書いた『文学交友録』（新潮社）の署名本を送ってもらったお礼の手紙を手渡す。一つの章を読む度にこれがいちばん面白いと思いますといい、

「一年間、こんなに気力を集中して書き続けて来られたのは、本当にすごいですね」

「きっと売れに売れて嬉しい悲鳴が上る予感がします。箪笥《たんす》の上の大雄山最乗寺のお守りに向って日の出に向って、どうぞいっぱい売れますようにとお願いしています」

と書いてある。大雄山最乗寺は、長女がときどきお参りに行く、山の中にある曹洞宗《そうとう》の古いお寺。

(次の日の朝、この手紙を読み返してみて気が附いた。封筒のなかに、50円と80円の切手の対《つい》になったのが二枚、入っていた)

いい手紙をくれた。ただ、当方は間違っても自分の本が「売れに売れて嬉しい悲鳴が上る」ようなことになりっこないことは承知している。承知はしているけれども、こんなふうに長女が景気をつけてくれると、つくづく有難い。

長女は、つい先日、霜よけの筵《むしろ》を外したばかりの庭の浜木綿《はまゆう》を見て、ここはまわりの木の根が混み合っているから、庭の東南の隅の日当りのいいところへ移した方がいいという。こちらも前からそう思っていたが、木の根が混み合っていて、とても掘り起すのは無理だから、諦めていた。

長女は、やってみるといい、難なく浜木綿を大きく、深く掘り起して、いっぱい根の附いたのを八株ばかり、井伏さんの木瓜の手前に大きな穴を掘って、移し植えてくれた。その間にうらの雑木林の崖へバケツをさげて行き、山の落葉の下の黒土を取って来て、掘った穴の底へ入れ、その上に浜木綿を植えてくれた。大仕事を苦もなくやってのけた。

「これはひろがるよ」

という。

ゆったりと植えて、浜木綿のかたまりが出来た。南足柄の、箱根の外輪山の一つの山の中腹の雑木林のなかの家で暮して来て、山から移植したえびねを何十本も育て上げたりして来た長女だけあって、このくらい何でもないというところを見せてくれた。有難い。

この浜木綿は、大阪帝塚山の生家の庭にあったものを、母の病いが重くなったころ、私が見舞いに行ったとき、兄の勧めで株分けして東京へさげて帰り、石神井公園の家の庭に移したものであった。株分けした日のことを覚えている。母は家の中の病室の寝床にやすんでいた。庭へ出てスコップで浜木綿を掘り起しながら、いま部屋で寝ている母のいのちを分けてもらって、東京練馬の私の家へ移すんだという気持がした。

この浜木綿は、もともと兄が南紀白浜の海岸に自生していたのを持ち帰って、帝塚山の庭に植えたものである。石神井公園の家の庭にもしっかり根づいて、毎年花を咲かせるようになった。私たち一家が多摩丘陵の一つの丘の上に家を建てて移り住むようになったとき、引越し荷物のトラックに積んで持って来た。

長女のおかげで、やせて細く小さくなっていたこの浜木綿が、また元気をとり戻してくれるとうれしい。

昼は、妻が新宿三越で「いちばんおいしいお米、下さい」といって、買って送った越後のこしひかりの津南米というのを炊いて、自家製のちりめんじゃこの佃煮と青じその漬物（私の好物の）をご飯の上にたっぷりふりかけて食べさせて、浜木綿移植の大仕事をねぎらった。

午後、長女は書斎の硝子戸ふきをしてくれる。松崎さんから貸してもらって南足柄の自分の家のお風呂に吊してあった大事なメダルを持って来て、風呂に吊してくれた。このメダルを吊した湯につかると、身体の中の悪いものを全部吸い取ってくれるという。松崎さんの「命の水」と同じことで、身体にいいと思ってお湯につかると、確かに元気になるのだろう。おまじないのマスコットのようなものと思えばいい。

せっかくそのメダルで家族一同丈夫で暮しているのに、外してうちへ持って来たら、なつ子のところが困るでしょうと妻がいうと、うちはみんな若いからいいのと長女はいう。またメダルが入用になったら、いつでも返すからねといって、長女の好意を受け入れることにした。

妻は市場へ買物に行き、八百清から電話をかけて来て、長女に「苺とトマトとどちらが欲しい？」と訊く。長女は苺を貰うことにした。妻は長女が帰るとき、苺のほかに紀州の干物などいろいろ持たせてやった。

長女は、末っ子の正雄が私たちのために書いた「にんにくの家大公開」の絵を持って来てくれた。これはいつも私たちに贈ってくれるにんにくを主人公にしたぼうけん物語とは違って、にんにくがいま自分のいる家の中の様子を知らせるもの。つまり、南足柄の正雄のいる家の間取りが出て来るのだが、うまく書けている。

夜、妻は長女のところへ電話をかけ、正雄に「面白かったよ」といって、お礼をいった。


井伏さんの奥さまから盆栽で頂いて庭に下した木瓜が咲いた。蕾が出てからが長かった。淡紅色かと思ったら、紅《あか》い花。

長女が井伏さんの木瓜のそばに移してくれた浜木綿は、よくついているようだ。今に浜木綿の林が出来るかも知れない。

今日(四月十日)は、「山の下」の恵子ちゃんの入園式。昨日、妻が洋菓子店のシャトレーへ行って、お祝いのケーキを註文した。

朝、少し早く起きて、「山の下」へ。妻は家の中のいろんな花から抜いて小さな花束を作り、持って行く。いい天気でよかったと二人でよろこぶ。

九時ごろのバスで幼稚園へ行くとあつ子ちゃんが話していたので、八時すぎに行く。長男が出て来る。会社を休んだらしい。妻は恵子ちゃんに花束を渡して、「おめでとう」という。恵子ちゃん、「ありがとう」という。まだ幼稚園の制服に着がえていなかった。「元気で幼稚園へ行くんだよ」といって恵子ちゃんの頭を撫でてやり、ついでに長男が抱いている龍太の頭も撫でてやる。

長男は家の前まで私たちを送って来る。

「龍太、歩くんだって？」

というと、十歩歩きましたという。この前、あつ子ちゃんが「山の上」へ来たとき、四歩歩きますと話していた。十歩歩けば大したものだという。

長男が種から育てた花壇の「ネモフィラ」（覚えにくい名前の花）がよく咲いている。白の、ちいさな花。先に紫が入っている。長男は龍太とお留守番をするのだろう。恵子ちゃんは紺のベレー帽をかぶって行くらしい。

ブルームーンの先から蕾がいくつも出ている。このブルームーンは生田へ来てから妻が買って来て植えたばらだが、「英二伯父ちゃんのばら」よりも元気がいい。

午後、妻が註文してあった入園のお祝いのケーキをシャトレーへ取りに行き、二人で「山の下」へ。家の前の空地にいた紺のベレー帽に紺の制服（上っぱりのようなもの）の恵子ちゃん

が、

「じいたーん、こんちゃーん」

といって走って来る。一時すぎにお祝いのケーキを届けに行くと知らせておいたので、あつ子ちゃんが気を利かせて、入園式から帰った恵子ちゃんを制服のままで遊ばせておいたのだろうか。

恵子ちゃん、前の空地で摘んだ草花をくれる。長男が出て来て、写真をとるといったが、そのまま家へ入る。持って来たケーキの箱を長男に渡す。箱からとり出すと、「けいこちゃん入園式おめでとう」とかいたまわりに苺がのっているショートケーキが現れる。恵子ちゃん、よろこぶ。

「先生は?」と訊くと、恵子ちゃん、

「いがらし先生」

「何組ですか」

恵子ちゃんの制服の胸の名札を見た妻が、「チューリップ」という。チューリップ組のしょうのけいこ、である。

恵子ちゃん、うれしそうに「ありがとう」という。

「山の下」からの帰り、妻は、恵子ちゃんは龍太が生れたとき三カ月ほど通った保育園でも、行くのを楽しみにしていて、保育園で人気者だったの、今度の幼稚園も入る前から楽しみにしていたらしいと話す。

かたくりの花のこと。三、四日前、夕方、ピアノのおけいこから帰った妻が、

「はい、おみやげ」

といって、小さな白い花を渡した。

「かたくりの花。清水さんに頂いたの」

話を聞くと、おけいこに行く道で清水さんに会った。畑の花を届けにお宅へ行くところですという。その中にかたくりの花があったので、それだけ頂いて、木谷先生のところへ行き、おけいこの間、ピアノの上にのせておいた。このかたくりの花は、宮城の妹さんから送って来たのを清水さんの畑に植えておいたのが咲いたのだという。

妻はそのかたくりの花をウイスキーグラスに活けて、炬燵の上に置く。三月の末に出た『文学交友録』の表紙がかたくりの花なので、よろこび、ウイスキーグラスの花を眺める。実物のかたくりの花を見るのは、これがはじめて。うれしい。

午後の散歩から帰ると、門の前であつ子ちゃんがバギーから龍太を下すところであった。そ

ばに立っている恵子ちゃんに、「幼稚園、行ってる？」と訊く。ウンという。

「お友達できた？」

恵子ちゃん、首を振る。

「先生は？」

「いがらし先生」

「やさしい先生？」

「ウン」

あとで六畳で新聞を見ていると、恵子ちゃんはビスケット一枚持って来て渡す。次は湯呑のお茶を持って来てくれる。おいもの小さいのも持って来てくれた。いろいろ、かまってくれる。あとで妻の話を聞くと、恵子ちゃんは「じいたんにお茶ついで」といったらしい。

龍太は廊下を歩く。妻が手を持ってやると、いくらでも歩く。五、六歩はらくに歩く。


朝、清水さん、畑の花を持って来て下さる。かたくりの花の葉っぱのついたのも下さる。妻はそのまま書斎の机の上に活ける。あとで妻は、この前、畑のかたくりの花をひとつ頂いたとき、私が電話でお礼を申し上げたので、きっとまた私たちをよろこばせようと宮城の妹さんに電話をかけて、かたくりの花を送ってもらったのでしょうねという。有難い。

すみれのこと。この一週間ほど、門へ下りる石段に並べた鉢植のすみれが格別きれいに咲いている。この前、南足柄の長女が来た日、この石段のすみれを見て感心していたと妻はいう。そのころから格別きれいに咲いている。むらさきが五つ、黄が四つ、どれもよく咲いた。

庭の山もみじの芽が出て来た。もう葉のかたちになっている。二、三日前から出て来た。

妻は、木谷先生から頂いた四月の歌の「どこかで春が」を歌っている。いい歌。誰の作かと思って、妻に楽譜を見せてもらったら、百田宗治とある。作曲は草川信。

「どこかで春が生れてる」という歌い出しで、途中で調子が変って、

「山の三月」

となるところがいい。

朝、妻がピアノのおさらいをしている。

「いい曲だなあ。ブルグミュラー?」

というと、妻は、そうです、ブルグミュラーのいちばん最初の曲で、「素直な心」というの、

という。

「いい曲だなあ」

「ブルグミュラーって、きれいで」

「どこの国の人？」

「ドイツです。でも、楽譜の説明を読むと、ピアニストとして主にドイツで活動して、のちにフランスに帰化してパリで亡くなったと書いてあります」

山もみじの芽がひろがり出して、葉のかたちを作ってゆく。

居間の食卓にすみれの花を切ったのを「ガーリック」と書いた硝子の小壜に活けてある。先日、なすのやが宅急便を取りに来たとき、玄関の石段に並べた鉢植のすみれを見て、「大きくなった花は切った方がいい。そうすれば八月まで咲きます」といった。妻はそろそろすみれが終りになったら、あと何を植えようかと考えていたところだったという。で、なすのやのいった通りに早速、すみれの大きくなった花を切って食卓の小壜に活けた。

夜、古田さんが電話をかけて来て、みかきにしんの煮たのを届けて下さる。夕食を始めたところで、少し頂く。おいしい。よくこんなにいい味に煮るものだなと二人で感心する。お酒にぴったりの味である。

山もみじの出たばかりの小さい葉がひろがった。小さいながらもみじの葉のかたちをしている。やがてこれがもっとひろがって、空が見えなくなるくらいに茂るだろう。

蘇芳《すおう》の花が咲き出す。木が枯れて、一度根元近くから切ったのだが、その切株から伸びて来た枝に花が咲いた。

「山の下」の長男から手紙が届く。恵子ちゃんの入園祝いのお礼。

拝啓　恵子がめぐみ幼稚園に入って一週間たちました。入園式の日に一つ上のクラスの男の子と格闘をして、この先どうなることかと思いましたが、その後はみんなと仲良く幼稚園生活を送っているようです。でもときどき、急に真面目な顔をして、「生き返る玉子と、生き返らない玉子とあるんだよ」などといって、驚かせることがあります。

少し遅くなりましたが、入園祝い有難うございます。何か記念になるものをと思い、お祝いのお金で柱時計を買いました。定時になると、うさぎがオルガンを動かし、文字盤がまわり、四種類のメロディーが鳴り出します。恵子は大よろこび。龍太は「あーあー」といって指さします。

入園式の日に届けて頂いたケーキ、おいしかったです。恵子は二口三口食べてはため息をつき、途中でこちらにVサインを出しながら食べていました。

これから先、長い幼稚園、学校生活がありますが、親ものびのび子ものびのびといけたらいいなと思っています。

敬具

入園式の朝の恵子ちゃんの写真が二枚入っている。白いカラーの附いた紺の制服に紺のベレーをかぶって、手さげ袋をさげているところ。一枚は、口に手を当てて笑っている。かわいい。別に家の前の空地で恵子ちゃんと龍太が土いじりをして遊んでいるところを写したスナップも一枚。

四月十九日　大阪へお墓参りに行く。阪田寛夫を誘って、妻と三人で出かける。阪田家の墓は、同じ阿倍野の市営墓地の隣り組といってもいいところにある。お墓参りを一日目に済ましたあと、翌日は宝塚大劇場へ星組の公演を見に行くことになっている。切符は阪田がとってくれた。

四月二十一日　六時までに帰宅。「山の下」へ電話をかけて、留守中、長男に郵便物と新聞をとり込んでもらったお礼をいう。恵子ちゃんに阪急でジャンパースカートを買ったので、明日届けるとあつ子ちゃんに話す。

十九日のこと。いつものように中之島の堂島川に面したホテルに入る。一昨年亡くなった兄のためにお線香を立てに行くのがこの旅の目的の一つだが、阿倍野の父母のお墓へ先に行くと、帝塚山が夕方になるので、阪田に話して、帝塚山を先にさせてもらう。

帝塚山では、兄の長女の晴子ちゃんとその長女で神戸女学院で声楽の勉強をしている由佳理ちゃんも来ていて、迎えてくれる。

兄の写真の前で先ずお線香を立てて手を合せる。お仏壇にお参りする。

悦子さん（義姉）は、苺のいっぱいのったタルトを焼いて待っていてくれた。由佳理ちゃんがみんなの前でそのタルトに粉砂糖をふりかけてくれる。この苺のタルトは、悦子さんの指示通りにして由佳理ちゃんが焼いたのだという。おいしい。別に悦子さんは苺のアイスクリームも作っておいて、出してくれる。それと紅茶。最近出て来たという父の手紙を表装した掛軸がかかっている。悦子さんは、持って帰られますか？　といってくれたが、帝塚山にある方がいいからという。なつかしい父の字。お酒の瓶の絵入りの手紙。

帰り、風が寒いからといってスカーフを探してくれ、私たちが帝塚山三丁目の停留所へ着くころに、晴子ちゃんがスカーフを手に走って来た。有難い。そのスカーフを首に巻きつけた。はがきで知らせておいたら、由佳理ちゃんも来て、みんなでにぎやかにもてなしてくれた。

阿倍野で。時間が遅くなって、いつもお花を買ってお線香に火をつけてもらう岩崎花店の戸がもう閉まっていた。仕方がない。お花とお線香なしでお墓へ。今日は母のお命日である。昨日、悦子さんが来て、供えておいてくれたお花が二つ、ある。気を利かせて、上の方の花立てを二つ、空けておいてくれた。墓石に水をかけてから、下の花立てのお花二つをとって、上の花立てにさす。「ごめんなさい」と父母に謝まりながら。

次にすぐそばにある阪田家のお墓へお参りする。今年の一月に病院で亡くなった阪田のお兄さんのお骨は、事情があって、まだここに納骨されていないのだが、「入っていることにして」手を合せる。

グランドホテルへ戻って、七時にいつものように二階の「竹葉」へ入り、三人で夕食。

二十日のこと。九時に阪田に私たちの部屋へ来てもらって、昨日、悦子さんが作って帰りにことづけてくれたまぜずしを頂く。折箱いっぱいに詰めてくれて、たっぷりある。おいしい。

地下鉄で梅田へ出て、宝塚へ。西宮北口からの今津線は、震災で不通になっていたが、有難いことに復旧して、前の通り、ちゃんと動いている。沿線には、まだ屋根に青いシートをかぶせたままになっている住宅も残っている。

宝塚南口で下車。どこかでコーヒーを飲みませんかというと、阪田が宝塚ホテルのコーヒー・ショップへ案内してくれた。静かな、雰囲気のいい店で、コーヒーもおいしい。半分くらい飲んだところへ給仕が来て、お代りしてくれた。

「いいところへ案内してくれて有難う」

と阪田にお礼をいってホテルを出る。

いつもは、花の道の下の食堂できつねうどんを食べてから大劇場へ入るのが私たちのコースだが、その店はつぶれて、無くなっている。

大劇場は震災でいたんだが、幸いに早く復旧して三月末に星組の公演でめでたく再開できた。植田紳爾作・演出の「国境のない地図」。幕切れのベルリンの壁の前で群集が「第九」の合唱を始める場面は盛り上った。フィナーレの恒例の初舞台生によるラインダンスは、たっぷり時間をかけて、見ごたえがあった。中之島のホテルに戻ったのが六時前。二日目も「竹葉」で夕食。

一日目は「竹葉」の食事のあと、私たちの部屋でお茶にした。小壜に入れて持って来たウイスキーを飲み、お墓参りのあと、近鉄百貨店で買ったきんつばを食べた。二日目も、前夜の通り、部屋でお茶にする。残しておいたきんつばを食べる。「どこかで春が」の歌を小さな声で歌い、「いい歌だ」とたたえる。

二十一日のこと。一階のアルメリアでいつものコンチネンタルの朝食を済ませてから、「三好さんの詩碑を見に行きましょうか」と阪田寛夫を誘って、中之島公園にある三好達治詩碑を見に行く。これは去年の十月に来たときに、妻と二人で探しに行って見つけた。その前にお墓参りに来たとき、探したが、見当違いの方角を探しまわって、見つからなかった。中之島公園にあるとだけ聞いて、探したのだが、このときは分らなかった。阪田寛夫はまだ詩碑のあることを知らなかったので、よろこんで案内することにした。

ホテルを出て堂島川沿いの道を淀屋橋まで行き、市庁の建物の横を通り、府立図書館を過ぎて、中央公会堂の玄関まで来ると、右斜め向いに詩碑が見える。

大きな黒御影《くろみかげ》の石に「乳母車」の詩が彫ってある。「母よ　私の乳母車を押せ」「淡くかなしきもののふるなり」の詩行の出て来る、三好さんの初期の名作である。私はむかし、学校にいたころ、創元選書の一冊として出た詩集『春の岬《みさき》』のなかで、はじめてこの詩を読んだ。三好さんとは生前に二度ばかりお目にかかって（どちらも会合の、ほかに客のいる酒席であった）、親しくお話をした、なつかしい思い出がある。詩碑というのはお参りするたちのものではないだろうが、父母の墓参りを済して来たばかりなので、いくらかそれに近い心持で碑の前に立ち、黙って「乳母車」を読んだ。裏にまわって、三好達治は一九〇〇年に大阪に生れた、若いころ、よくこの辺を歩いたという意味のことがしるされているのを見てから、詩碑の前を離れた。旅行の最後に三好さんの詩碑の前に三人で立ったことで、心に深い満足を覚えた。

旅行から帰った翌日。夕方、妻と「山の下」へ。大阪のお土産の恵子ちゃんのジャンパースカート、晴子ちゃんからことづかった恵子ちゃんと龍太への、くまさんの絵入りのハンカチ、キャンデーを届ける。

長男が休みで家にいる。「柱時計、見ますか?」という。丁度四時で、うさぎがオルガンを動かし、文字盤がまわり、オルゴールが鳴り出すところを見られた。

妻は、持って来たジャンパースカートを恵子ちゃんに着せて上げる。「幼稚園たのしい?」と訊くと、「ウン」という。

外へ出ると、龍太が置いてゆかれたと思って、泣き出す。妻が抱いて出て、木谷先生のおけいこのあとで歌う「春の風」(和田徹三作詞・広瀬量平作曲)の、「あそぼうあそぼう」というところを歌ってやると、泣き止んで、笑う。

送って出た長男は、家の前の花壇かられんげ、大根の花、麦を切って渡してくれる。礼をいって別れる。

書斎のピアノのそばの棚の硝子の花生けに昨日、長男が花壇から切ってくれたれんげ、大根の花、麦を活けてある。なかなか、いい。

午前中に妻はかきまぜを作る。十九日の母の命日は旅行で留守になったので、四日遅れて作った。出来上ったとき、ピアノの父母の写真の前にお供えして、二人で手を合せる。

午後、かきまぜを届けに読売ランド前の次男のところへ。次男は休みで家にいた。大阪の話をする。フーちゃんに阪急で買ったジャンパースカートと晴子ちゃんからことづかった、クリスマスの赤い柊《ひいらぎ》の絵入りの手作りの手さげ、キャンデーを渡す。フーちゃん、よろこび、早速、いろんな物を持ち出して、手さげに入れる。

次男のところでは、このごろ一家でおはじきを始めたといい、勝敗表をつけている。妻は次男を相手におはじきをする。次はフーちゃんとする。ミサヲちゃん、紅茶をいれてくれる。台所との間の本棚にディズニーのヴィデオがいっぱい並んでいる。「ピノキオ」がある。妻が木谷先生から楽譜を頂いた「星に願いを」の曲が入っている。次男に「ピノキオ」があるねというと、これは最初のころに買って、みんな気に入り、いちばんよく見たヴィデオです、ふみ子が好きで何度も見るので、すり切れたほどですと話す。

次男に仕事のことを訊く。会社が仙台に新しく建てるビルのこと。雨がふり出し、次男は車で送ってくれる。フーちゃんと春夫も乗って来る。次男に家へ入ってもらい、料理用の酒の二合瓶、みかんを上げる。次男、よろこぶ。

# 十一

うらの通り道のみやこわすれがいっぱい蕾をつけている。妻は、

「明日あたり咲き出します」

という。

みやこわすれは、咲き出すと、いつまでも次から次へと咲いてくれる。このみやこわすれを分けて下さった歯医者の植木老先生が、

「みやこわすれが咲き出すと、仏さんの花を切らさない」

といわれたのを思い出す。

みやこわすれが咲くと、いつも植木老先生のこの言葉が思い出される。お世話になった方だが、亡くなられて何年くらいたつだろう？　「山の下」では、この間、恵子ちゃんが歯が痛くなって、植木さんへ連れて行ったらしい。植木先生の長男があとを継いでいる。

フーちゃんの習字のこと。読売ランド前の次男のところへ大阪のおみやげを届けたとき、次男がフーちゃんの貰って来た書道会の賞状を見せてくれた。全国書初中央展で優秀な成績をおさめたという金賞。「うめ」と書いたお習字の上に金のしるしの紙が貼ってある。「よかったね」という。

この「うめ」のお習字は、前に来たとき、ミサヲちゃんから一枚分けて貰った。ふっくらとしたいい字。

この前、行ったとき、ミサヲちゃんはフーちゃんの新しい受持の先生のことを話した。三年になって、担任が変った。男の先生。はじめはちょっと怖そうに見えたけど、いい先生ですという。ふみ子もはじめは少し怖そうだといっていましたが、日がたつうちにいい先生だということが分って来たらしいです。

帰りがけ、玄関へ送りに出たフーちゃんに「日記書いてる?」と訊くと、「書いてる」という。「続けなさいね」といってフーちゃんの頭をなでてやった。フーちゃんが日記を続けて書いているのが分って、うれしい。

台所との間の壁にフーちゃんの最近のお習字「三人」が三枚貼ってあった。そのうちの一枚をミサヲちゃんから貰って帰る。のびやかな、いい字。

玄関わきのばら、長沢のもとの借家の庭から移したレッドライオンに蕾がいくつもついている。ミサヲちゃんに「蕾がついたね」という。その下に咲いているのはデイジー。

夕方、これから食事というときに近所の古田さんから電話がかかり、おからのたいたのを小鉢に入れて届けて下さる。早速、頂く。おいしい。古田さんはよくこうしてお惣菜を届けて下さる。それがみなおいしい。

うらの通り道で咲き出したみやこわすれを妻が切って来て、ピアノのよこの棚の花生けに活ける。書斎の机の上にも活ける。

庭の梅の実が大きくなって来た。

妻は、木谷先生から頂いた四月の歌の「春の風」(和田徹三作詞・広瀬量平作曲)をこの間から歌っている。「おはようおはよう」というところと「あそぼうあそぼう」というところが出て来る。たのしい歌。

この前、「山の下」へ行ったとき、妻は泣き出した龍太を抱いて、この「春の風」を歌ってやったら、龍太が泣きやみ、「あそぼうあそぼう」のところで、声を出して笑った。「あそぼう」が分ったのかも知れない——と妻が話していた。大阪へお墓参りに行ったとき、ホテルの部屋で童謡のはなしが出て、「春の風」のことを妻が阪田寛夫に訊くと、作曲は芸大の先生をしているベテランの人ですといっていた。

うらの通り道のシラーが咲いた。淡青色の花。うれしい。これは「山の下」の長男が球根をくれた。家の前で育てていたのを持って来てくれて、石垣の下のプランターとうらの通り道に植えたもの。「山の下」から来て、もう五年になりますと妻はいう。

午後、清水さんから電話がかかって、チューリップを届けて下さる。富山から宅配便で送って来たチューリップ。新聞に出ていたので、清水さんが申し込むと、三月いっぱいで終りましたということであった。ところが、それから一月近くたち、先日、その販売所から電話がかかって来て、今でもまだ要りますかと訊くので、下さいというと、送って来たのだそうだ。中に一本だけ、清水さんの畑で咲いたチューリップを入れてくれてあった。

大阪から帰ったら、庭のつつじの赤が咲いていた。書斎から見える。花の数がふえて来た。

清水さんのチューリップを玄関に活けてある。中でも二つ、いい色をしたのがある。妻と二人で指して、「きれいだな」といってよろこぶ。

「ボートをこぎましょう」の歌のこと。木谷先生から頂いた四月の歌の「春の風」の楽譜の反対側に出ている「春のおどり」(矢野静夫作詞・モーツァルト作曲)を妻は何気なしにピアノで弾いていたら、その曲が子供のころにしたあそびの歌の「ボートをこぎましょう」の曲であることに気が附いた。何も知らずに歌って遊んでいたのだが、それが何とモーツァルトの曲と分ってよろこぶ。

妻はピアノをやめて居間へ来て、その「ボートをこぎましょう」のあそびをして見せる。畳の上に足をのばし、「ボートをこぎましょう。かいをばにぎり」と歌いつつ、オールを持ったつもりで上体を前に倒し、うしろに倒す。

妻の説明によると、相手がいて、二人で畳の上に坐り、向い合ってボートをこぐふりをする。そういうあそびだという。

私に相手をするようにいって、「ボートをこぎましょう」を実地にやってみせようとする。身体を前に倒したりうしろに倒したりしなくてはいけない。面倒だから、すぐ止めた。

木谷先生から頂いた、ピアノのおけいこのあとで歌う歌の楽譜のおかげで、思いがけず、子供のころにした歌とおあそびを思い出して、妻はよろこんでいる。

妻は午前中にうらの通り道のみやこわすれを切って、次々と家の中に活ける。玄関、書斎の机の上、ピアノのそばの棚、居間、図書室、台所、洗面所、便所。家の中に淡青色のみやこわすれの花が溢れた。「もう活けたくても、戸棚から新しい花瓶を出さないといけないから、止めたの」と妻はいう。

書斎の硝子戸の向いのつつじの白い花がいっぱい咲いた。二、三日前から咲きかけていたのが、いっぺんに咲いた。

南足柄の長女から小包が届く。三月の末に出た私の『文学交友録』一冊と手紙が出て来る。絵はがきが入っている。

おとなりの大井さんの長男の二三夫君が五月十三日に結婚するので、お父さんの本をプレゼントしようと思っています。すみませんが、署名をして送り返して下さい。大井二三夫様美穂様でお願いします。

その絵はがきを読み終ったところへお使いから妻が戻って、手紙の方を読む。

本をまだ発送しないうちにお母さんからの宅急便といっしょに海外出張から邦雄さんが帰って来ました。同時到着でした。早速、宅急便に入っていた鰆の味噌漬を焼いて、お味噌汁とお漬物のお昼御飯で感動してもらいました。おかげでインドネシアのお土産のジャワさらさの敷物を本と一緒に送ることが出来ました。

そのあと、宅急便から出て来たワタクシの水色のレースのついたシャツが春らしくて、着心地もよさそうで、大好きです。うれしい。ありがとうございますとお礼を述べる。

東南アジアの出張旅行から帰ったトウさんは飛行機の中で『文学交友録』を読んで感動したそうですといい、その感想を一つ書きとめてある。「こういう本がどんどん売れないようでは日本もおしめえだな」

連休にまた大勢お客さんが来る。（この数年来、五月の連休に主人の会社の若い人たちが足柄へやって来て、庭でバーベキューをしたりして過すのが恒例となっている）一度来た人は必ず来る。口コミで評判がひろがり、お客さんの数はふえる一方ですと書いてある。

お使いから帰った妻は、長女の手紙を読むなり、私が署名した本を箱に入れて、なすのやへ持って行き、鮭の切身とにんにくのたまり漬を詰めて、宅急便にして出す。

夜、南足柄の長女に電話をかけて、妻は署名本をすぐに宅急便で送ったことを知らせる。お客さん、何人来るのと訊くと、長女は「恥かしくていえない」といってから、小さい声で「三十人」といったという。あとで妻と、「三十人じゃ大へんだな。十五人くらいまでなら何とかなるけど」と話す。長女の家に集合して、みんなで明神ヶ岳へ登山に行き、戻ってから庭でバーベキューをするのという。

妻が活けたみやこわすれが家中に溢れている。玄関のごときは三ところに活けてある。シラーも活ける。

妻は、いま読んでいる十和田操さんの『東海道中膝栗毛《ひざくりげ》』の話をする。年少の読者のために日本の古典をやさしく書き直したシリーズの一冊である。むかし、十和田さんから頂いたもの。「京と江戸との丁度半分のところまで来ました」というところまで昨夜読んだ。面白くて、早く行くのが惜しい気がするという。

昼前の散歩から戻って、玄関のもっこくの下にえびねが咲いているのに気が附く。庭へまわると、山もみじのうしろにもかたまって咲いている。このえびね蘭《らん》は、南足柄の長女が山から採って来て庭に植えて、えびねの群落を作った中から移してくれたもの。もう何年くらい前になるだろう？　ビニールの袋に入れたのをさげて来て、庭のあちこちを掘って手早く植えてくれた。

夜、風呂へ入ると、菖蒲《しょうぶ》が湯の中に浮かせてある。

「あ、菖蒲がある」といって、よろこぶ。五月五日に菖蒲湯につかるのは毎年のことだが、今日がその日であった。

湯につかって、菖蒲を頭にひとつ巻く。アタマの病気にならないようにと祈りながら。十年前に脳血管の病気で入院したことのある私にとっては、アタマがまず丈夫であってほしい、大事な場所だから。元気に仕事が出来ますようにという願いをこめて、菖蒲を頭に巻いた。

いい気分で菖蒲湯につかって出て、汗をいっぱいかいた。風呂から出て、台所にいる妻に、

「菖蒲買ってくれてるかなと思って入ったら、ちゃんと浮かべてあった」

という。妻は、「そんなことは忘れません」といい、「菖蒲と柚子《ゆずゆ》湯の間に、秋に何かもう一つあったらいいのに」という。

昼、妻は「山の下」へこどもの日の柏《かしわ》もちを持って行く。妻の話。龍太ちゃん、はじめはあつ子ちゃんが抱いて来たけど、台所をするのに床に下したら、自分で立って歩いて出て来るの。お出でといって手を出したら、あとすさりするの、笑って。あつ子ちゃんの話では、龍太ちゃんは人見知りしないんだって。近所の人たちと一緒のときなんかも、どこのお父さんにも抱かれるんだって。

夕方、居間の雨戸をしめるとき、藤棚の藤の花が垂れ下っているのがよく見える。

玄関のてっせんの蕾が二つふくらんでいたが、下の方が先に咲いた。毎日新聞の小玉祥子さんが「私のリフレッシュ」という題の談話をとりに来る日で、その前にいい具合に上のも咲いた。小玉さんには、日に三回の散歩のことを話し、あと家族みんなで見に行く宝塚歌劇を楽しみにしていることを話した。帰るとき、小玉さんを歓迎するかのように咲いたてっせんの花を見て頂く。

この間、長女が移し植えてくれた浜木綿は、しっかりと根づいている。ブルームーンの先に蕾がいっぱい出た。全部で八つある。あと一週間くらいで二つは咲きそうだ。少し赤くなって来ている。

ブルームーンを見に行く。上に出た蕾のうち、一つ、赤いのが見えて来た。もう一つ、すぐひらきそうなのがある。この二つは四、五日うちに咲くかも知れない。

妻は、この間から読んでいる十和田さんの『東海道中膝栗毛』の話をする。京、大阪まで来て、名残惜しく読み終った。

清水さんから電話かかり、畑のばらを届けて下さる。今年はじめて咲いた一番咲きのばら。

うれしい。中に私の好きな赤いエイヴォンがいくつか入っている。

もう何年くらい前になるだろう？　清水さんが一番咲きのばらを届けて下さった。妻がいつものように（そのころは、そうしていた）ばらの名前を一つ一つ訊《き》くと、中にエイヴォンがあった。

私は赤いばらが好きだといっているのを妻から聞いて、それで清水さんが届けて下さったのであったか。エイヴォンという名だと聞いた私が、妻に向って、

「エイヴォン？　エイヴォンといえばイギリスの田舎を流れている川の名前だ。ほら、『トム・ブラウンの学校時代』のなかで、トムが学校の規則を破って釣りをする川が出て来るが、あの川の名がエイヴォンだよ」

といい、花もいいし花の名前もいいのをよろこんだのを思い出す。

はじめて清水さんからエイヴォンを頂いてよろこんだこの日のことは、私の『エイヴォン記』（一九八九年、講談社）の中に出て来る。この本の「あとがき」に私は次のようにしるしていることもついでに紹介しておきたい。

「エイヴォンにすがって、エイヴォンに導かれるがままに始めたこの長篇随筆の、柱になってくれたのが、年老いた夫婦二人きりで暮しているこの『山の上』の家に母親に連れられ、ときには父親と一緒に現れて、私たちを楽しませてくれる小さな孫娘であった。この孫娘が私たち

の家へどんなふうにしてやって来て、どんなことをして遊んで、帰って行ったかを私はよろこびをもって書きとめた」

この小さな孫娘というのが、今は読売ランド前の丘の上の住宅にいる小学三年のフーちゃんである。私がこの子を主人公にした長篇随筆『エイヴォン記』を「群像」に書き始めたとき、フーちゃんは「満二歳になったばかり」と紹介されている。

清水さんは畑の一番咲きのばらと一緒に竹の子御飯を届けて下さる。夜、その竹の子御飯を頂く。おいしい。清水さんは「辛くて」と何度もいったそうだが、塩辛くはない。おいしい。清水さんは花を育てるのがうまい人だが、料理もうまい。

散歩に出かけるときと帰ったとき、玄関のてっせんの花（むらさき）を見る。いちばん下の蕾が大きくなった。

「よく咲いてくれたね」といって子供の頭を撫でるようにして、花の上を撫でてやる。

南足柄の長女からかかった電話のこと。大型連休の終った次の週のはじめに長女から電話がかかった。連休に大勢の客が集まり、もてなしをした疲れが出て、へたり込んでいるのではないかと妻と話していた。報告の手紙が来ないかと思っていたところであった。

妻が「何人来たの？」と訊くと、「二十四人」という。みんなで明神ヶ岳へ登り、お弁当におにぎりを五十いくつ作った。社長の子息一家が泊った。大へんだったけど、みんなが帰るとき、「また来て下さい」といった。みんなが来る前はさすがに気が重かったけど、来たら夢中になって、うれしかった。五日に来て、そのあと六日、七日と二日、ぼうっとして過した――という。

先ずは無事に終って何よりであった。それにしてもおにぎり五十いくつ作ったとは大へんだったなと妻と話す。

木谷先生から頂いた五月の歌は、「鯉《こい》のぼり」。「いらかの波と雲の波」で始まる唱歌。妻は居間へ来て歌う。「いい歌だな」といってよろこぶ。小学生のころ歌って、その時分から好きな唱歌だったと話す。

午後、妻がお使いに行った留守に、六畳で新聞を見ているところへ、「山の下」のあつ子ちゃんが恵子ちゃんと来る。恵子ちゃんはコスモスに似た色の花束を手にしている。あつ子ちゃんは恵子を残してお使いに行ってもいいですかと訊き、「いいよ」というと出て行く。

そのあと、書斎のソファーに坐っていると、恵子ちゃん来て、幼稚園で教わったお祈りのことばを口に出す。何度も「われら」というのがおかしい。めぐみ幼稚園はキリスト教の幼稚園だから、「お祈り」を毎日するらしい。

「お祈り、どういうの？」と訊くと、何とかのお名前を通してというふうなことをいう。

そのうち、妻が帰る。恵子ちゃんは持って来た花束を妻に渡す。「母の日」の花束ということらしい。淡紅色の小花を集めたもの。あと、妻は図書室でぬいぐるみを全部引張り出して、恵子ちゃんを遊ばせる。クマさんも犬もネコも全員「びょうき」ということにして、並べて寝かせて、あたまに小さなアイスノンをのせると、恵子ちゃんは大よろこび。お母さんが買物から戻って、帰りましょうといっても帰らない。

夕方、近所の、よくお惣菜の料理を小鉢に入れて届けてくれる古田さんが来て、「三田のお母さんへ」と書いたカードのついたカーネーションにかすみ草を添えた小さな花束を妻に下さる。有難い。

そのあと、西三田の洋菓子店シャトレーからショートケーキが届く。あつ子ちゃんとミサヲちゃんの二人からの「母の日」のプレゼント。「お母さんありがとう」とかいてある。妻はすぐにあつ子ちゃんとミサヲちゃんに電話をかけてお礼をいう。

あつ子ちゃんとミサヲちゃんから母の日にいろんな贈り物を貰っている。買物籠のいいのを貰ったことがある。そこで妻は、去年、二人がパラソルを贈ってくれたとき、「みんな仲良くしているのが母の日だから、もうお金のかかる贈り物は今年限りで止めにして」と頼んだ。それでシャトレーのショートケーキにしてくれた。妻はよろこぶ。

南足柄の長女から電話がかかる。ケーキを焼いて、新茶の缶と一緒に送りました、明日着きますという。

夜、シャトレーのショートケーキを頂く。おいしい。


午後、ブルームーンを見に行くと、蕾が一つ、咲きかけている。うれしい。


朝、南足柄の長女からの「母の日」の宅急便が届く。まるい、大きなケーキと新茶の缶。手紙も着いた。

「ハイケイ足柄山からこんにちは」で始まる便箋六枚にたっぷり書いた手紙には、「こちらは連休から十日たって、やっと家の中からあの三十人近い人の声と影が消えた感じです。すっごかったよー」と、いきなり書いてある。

五日の朝九時半をめざして続々と車が集合。そのころ、私は近くの宗広さんの家で必死に二十四人分の登山のお弁当作り。ご飯だけ大釜を借りて炊いて頂くつもりだったのが、あまりに大へんそうなので、おにぎり作りを手伝って上げるといって下さったの。なんとありがたかったこと。たらこと梅干のおにぎり一個ずつに玉子焼一切れ、お漬物、チョコレート一個つきのお弁当と、ウーロン茶の紙パックを全員に一つずつ配って、さあ出発、と書いてある。

車四台に分乗して出かけたらしい。走ること十五分、大雄山最乗寺から続く登山道と林道がぶつかるところで車をとめて、そこから歩いた。

「足柄平野を眺めながら、すみれ、木瓜、山桜の咲く山道を一時間半歩きました。途中おいしい湧き水も何ヵ所かあって、たっぷり飲みました。明神ヶ岳の頂上でお弁当に舌つづみ。玉子焼をひと口食べて、『わあーおふくろの味だあ』と叫んだ子あり。皆、元気を充電して、下り道はもうスタコラサッサ。帰ったらビールが待っていると思えば、足どりも軽くなるというものです」

予定通り二時すぎに戻ったら、家には山に登らない数人が来ていて、全員揃って乾盃した。

「つまみにはスペアリブのママレード煮（註・長女の得意の料理。こちらに届けてくれたことあり。おいしい）、チュニジア風のオムレツ、枝豆、竹の子の煮物、チーズなど、三日前から用意しておいたの。そのあと、天ぷら班（タラの芽、竹の子）、寄せ鍋班、煉炭《れんたん》でやきとり班、バーベキュー班と四つのグループに分れて、夕方までえんえんと祝宴が続いた」

「人手はたっぷりあるので、私は何もしなくてもいいようなものだけれど、やれ塩は？　七味は？　うちわは？　すり傷の薬はどこ？　という具合で、思い返すと、家と庭とをこまねずみのように行ったり来たりしていた気がします。でも、沢山食べておしゃべりして面白かったです」

おなかが大きくなると、犬の散歩に行く者、バドミントンをする者、庭のハンモックで昼寝をする者、面白くて火のそばを離れない者などいろいろあり。暗くなって、三升だきの釜で竹の子ご飯をたき、残り物の寄せ鍋をして、とどめをさし、本日の食べることは終了となったらしい。

「そのころ雨が降って来たので、全員であっという間にきれいにあと片づけをして、部屋でお茶を飲んで、夜、九時ごろ解散。来たときと同様、十台近い車がまた風と共に去って行って、わが家はもとの静けさに包まれましたトサ」

「ふだん静かな林の中で鳥の声を聞きながら生活しているから、たまにはこんな日があってもいいかなと思います。終ってみれば、楽しい思い出ばかりです。それにみな本当によろこんでくれたから、よかったよかった。どうかご心配なく。ぶっ倒れもせず、元気を回復して、いつものように忙しく暮しています。このスタミナに感謝！　以上遅くなりましたが、ゴールデンウイーク狂騒曲のご報告とします。エビネは丁度、連休中が満開で、ステキだったの。お父さんたちに見ていただきたかったけど、残念です。でも、次から次から美しい花が庭に咲いているので、是非遊びに来て下さい」

手紙の最後には、今日は母の日、この間作って好評だった「フリアン」というお菓子とお茶を送りますとつけ加えてあった。

朝、妻は植木鋏を手にして庭へ出て行き、一番咲きのブルームーンをひとつ切って来た。昨日一日ふり続いた小雨で駄目になるかと案じていたが、無事に咲いてくれた。このブルームーンを妻は書斎の机の上に活ける。雨の雫のいっぱいついた葉と一緒に。うれしい。わが家の一番咲きのばらである。

夜、長女が焼いてくれた「母の日」のケーキ、「フリアン」というのを食べる。おいしい。アーモンドの粉が入っていると妻がいう。

朝、ブルームーンを見に行く。二つ目と三つ目の蕾が咲きかけている。書斎の机の上の一番咲きのブルームーンが少しひらいて来て、きれい。

妻は庭へ出て、下の駐車場に面したうばめがしとつつじの間のブルームーンがひとつ咲いたのを切って来た。道路に面したブルームーンはいつも注意しているけれども、この木の茂みの間の小さなブルームーンは、つい忘れがちで、知らない間に蕾をつけていた。有難い。妻はそのブルームーンを、書斎の机の上の、最初に咲いたブルームーンのよこへ活ける。

朝、清水さんから電話かかる。「畑にいますから、寄って下さい」

妻は、長女の母の日のケーキと新茶をいれた小さな急須《きゅうす》を買物籠に入れてさげて行く。妻の話。畑のばら園を見せて頂く。清水さんのばらは、みな勢いがよくて、幹も太くてしっかりしている。うちのばらのようにひょろひょろしたのは、一つもない。そのばら園を見ながら持って来たケーキを清水さんと一緒に食べて、お茶を飲む。清水さんよろこび、またばらをいっぱい切って下さった。

龍太の怪我のこと。先日、手紙をくれた札幌の読者の方からフーちゃんと恵子ちゃんの二人のために縫ってくれた「人形のおふとん」の箱が二つ届く。中からきれいに縫い上げた人形のふとん、かいまき、枕などが次々と出て来る。箱の上に「文子さまへ」「恵子さまへ」と書いてある。お手紙によれば、この材料を買いに小樽《おたる》まで行ったという。手間ひまかけて念入りに縫い上げてくれたもの。有難い。

妻は先ず「恵子さまへ」の箱を「山の下」へ届けるために電話をかけたところ、あつ子ちゃんから意外なことを聞いて驚く。昨日、龍太が二階の硝子戸に頭から勢いよくぶつかり、硝子がこなごなに割れた。大きな音がして、お向いの奥さんがどうしたのですかと訊きに来て、車で龍太を外科へ連れて行ってくれた。顔に二ところ怪我をしたが、縫わなくてもいいといわれたという。

妻と二人、お見舞いの封筒と「人形のおふとん」を持って「山の下」へ行く。龍太は元気で、顔に二ところ、包帯をくっつけたまま、二階の部屋を歩きまわっている。

あつ子ちゃんの話では、外科の先生は龍太の顔の傷を見て、「これは縫わなくてもいいね」といい、絆創膏《ばんそうこう》で包帯をくっつけてくれた。髪に硝子の小さな破片が入っていますといったら、「クリーナーをかければとれます」といったという。それを聞いて、妻と二人、「それはあつ子ちゃん、名医だよ。いい先生にみてもらってよかった」という。

妻はあつ子ちゃんに、「男の子はこれから何回もこんなことするよ。骨折したりするよ」と話す。

龍太の頭を撫でてやり、

「りゅうたん、いたかった?」

というと、笑っている。妻は室内にちらかった洗濯物の山をひとつひとつ畳んで上げる。終って帰る。妻と、怪我が軽くてよかった、勢いよく頭から硝子戸に突込んだ、その突込みかたがよかったのかも知れないと話す。

妻は庭へ出て、ブルームーンの咲いているのを一つ切って来て、ピアノのよこの棚の花生けに活ける。清水さんのばらのそばへ。

雉鳩《きじばと》の巣のこと。五日ほど前、妻が藤棚から垂れている、藤の花の咲き終ったのを切ろうとして、脚立を立てて上ったら、目の前で雉鳩が巣についていた。雉鳩と目を合せた。で、「あ、ごめん」といって脚立を下りた。

あんなところに雉鳩が巣をかけているとは知らなかった。雉鳩が驚いて飛び立つかと思ったが、じっとしていた。よせ集めの木の枝の、大ざっぱな巣。雉鳩が巣について雛をかえそうとしているのを見たのははじめてで、驚いた——とあとで妻は話した。

札幌の伊藤和子さんが送ってくれた「人形のおふとん」の入った箱をフーちゃんに届けるつもりで妻がミサヲちゃんに電話をかけたら、かずやさん休みだから頂きに行きますとミサヲちゃんがいった。

二時すぎにみんなで来る。二月の次男と私の三日おくれの誕生日のお祝いのパーティー以来である。出がけに切って来た玄関のばら、赤いのと黄色のと二つ、フーちゃんが持っていて、玄関で妻に手渡す。

六畳で、午前中に私が買ってさげて帰った西瓜《すいか》（四分の一）を切って、みんなで食べる。おいしい。次男は皮の白いところが見えるまで食べる。フーちゃんも春夫もきれいに食べ、お互いにどれだけきれいに食べたか見せ合う。

次男は会社が仙台に建てたビルの開店準備のために十日間仙台に出張していて、昨日帰ったところだという。仙台の話を聞く。部長と二人、ビジネスホテルのツインの部屋に一緒に泊っていた。朝食は、前日にコンビニエンス・ストアで買っておいたおにぎり弁当を食べた。朝は四時に新しいビルの前に荷（本）が着く。それを八階の事務所まで二人で運び上げる。新しく仙台の目抜通りに会社が建てたビルは、一階から四階までがレコードと楽器、五階から七階までが書籍の売場になる。仙台はいい町だという。

はじめ、フーちゃんに「人形のおふとん」の箱をあけて、妻が中のものをとり出して見せた。もともとあまり物をいわない、静かな子が、驚いて、声も立てずにきれいに縫い上げたふとんやかいまきを見ていた。

図書室の机の上に置いてあったインディアンの矢じりなどの入った箱にフーちゃんは気が附いて、ミサヲちゃんを呼んだらしい。そのあとも夢中になって見ていた。その様子に気附いた妻が、

「こういう石、見るの好き？」

と訊くと、「好き」という。

この箱の中の石は、次男が小学生のころに集めたもので、修学旅行に行った先の売店で手に入れた化石や、兄と二人で家の近くの山で掘り出した葉っぱの化石などもいくつか入っている。

インディアンの矢じりと石斧《せきふ》は、私と妻がオハイオ州ガンビアにいたころ、親しくなった農家のマッキーさんがくれたものである。マッキーさんの畑から出て来た。

この矢じりや化石の入った箱は、次男に進呈することにした。フーちゃんがよろこび、書斎へ行ったときも、ソファーで矢じりと化石の箱を見つめていたという。

妻の話。フーちゃんが「ピアノ弾いて」という。「春の小川」の弾きかたを教えて上げたら、覚えて、フーちゃんはすぐに弾けるようになった。

次男一家を下の駐車場まで送って行く。次男は、「人形のおふとん」の箱と妻から貰った井戸水の飲物（井戸水を三分間煮沸して、冷蔵庫で冷やしておいたもの。おいしい）の瓶を車のトランクに入れる。フーちゃんは矢じりと化石の箱を大事に抱えて乗り込み、うしろの座席から見えなくなるまで手を振っていた。

次男が持って来てくれた玄関のばら二つを朝食の卓に、コップに活けて眺める。そのあと妻は書斎の机の上へ持って来る。赤いのはレッドライオン。長沢の大家さんの家作にいたころ、庭に植えていたのを、読売ランド前へ引越すとき、持って来た。うまくついて、花を咲かせてくれる。もう一つは、黄色のばら。

午後、庭の草抜きをしていたら、妻が呼ぶ。玄関に清水さんが来て、畑で咲いた芍薬《しやくやく》をいっぱい届けて下さる。行ってお礼を申し上げる。清水さんは、玄関の腰かけに坐って、お茶を飲んでいた。

藤棚の雉鳩のこと。次男一家が来た日、妻は藤棚に作った巣についている雉鳩のことを話して、いちばんに見てもらった。フーちゃんたち、居間の縁側から藤棚を見上げていた。

杏子ちゃんのワンピースのこと。一昨日から妻は清水さんの孫の杏子ちゃんに上げるひだ飾りのついた夏のワンピースを縫っている。かたちが出来上って、図書室の洋服かけに吊してある。妻は清水さんに「杏子ちゃんのワンピース縫います」と話した。寸法をきくために。話したら、もう縫わなくてはいけないから、はじめに「縫います」といっておくのと妻はいう。杏子ちゃんは、梶ヶ谷のマンションにいる圭子ちゃんの三歳になるお嬢さん。よく圭子ちゃんが清水さんのところへ泊りがけで連れて来る。かわいい子。

ブルームーン。剪定鋏を手に庭へ出て行った妻が、庭で咲き切ったブルームーンを二つ切って戻る。「咲かせすぎた」といいながら書斎へ来て、机の上に活ける。二つとも大きなばら。

「うちのばら、細いと思っていたけど、かずやが持って来てくれたばらを見たら、うちのブル

—ムーンよりもっと細いの」

と妻はいう。

藤棚の雉鳩。朝、藤棚の下の落葉を掃いていた妻が書斎へ来て、

「雛がかえったらしい」

という。最初、妻が藤棚の巣にいる雉鳩に気附いてから、一週間になるだろう。それよりも前から巣についていたとすれば、雛がかえってもいいころなのかも知れない。

妻がいうには、下から巣を見上げたら、雉鳩の親の胸のところに何やら動いている灰色のものがある。「もがもがしている」それで、ああ、雛がかえったんだなと気が附いた。

雛のこと。藤棚の巣でかえった雉鳩の雛は、どうやら二羽らしいと妻がいう。今度、妻が見たときは、親の口のなかへ雛がかわるがわるくちばしを突込んでいたという。雛がかえってからしばらく親鳩は、雛を胸に抱くようにしてじっとしていたのではないかと妻はいう。

仕事をしていたら、勝手口で声がして、清水さんが畑のばらを届けてくれた。妻は、昨夜、ポケットをつけて仕上げたばかりの杏子ちゃんのワンピースを取って来て、清水さんに渡す。清水さん、よろこんでいた。この夏のワンピースは、杏子ちゃんに似合うだろう。

妻は、清水さんのばらの中からエイヴォンを一つ、書斎の机の上に活ける。

# 十二

午後、古田さん、竹の子を届けて下さる。お国の岐阜から送って来たのを茹でて持って来てくれた。玄関へ出て、お礼を申し上げる。

夕方、フーちゃんから電話かかる。妻が出る。

「ふみ子です。明日、運動会だけど、来られる?」

心細い声――泣き出しそうな声でいった。

「行くよー。フーちゃん、何に出るの?」

といったら、

「おかあさんに代る」

ミサヲちゃんに代る。かずやさんは会社の出張があるので来られませんけどと申し訳なさそうにいう。十時半ごろに八十メートル競走がある。九時四十分ごろに「表現」というのがあります。「なに？」「ダンスです」でも、それだと時間が早いから八十メートル競走に間に合うように来て下さればいいですとミサヲちゃんいう。

ところが、そのあと、今度はミサヲちゃんから電話がかかった。

「ふみ子は全部見てほしいといいます。『表現』というのを見てほしいらしいです」

で、九時四十分ごろの、三年生のフーちゃんの出る「表現」に間に合うように行くことにする。校門を入ったら、水車のまわっているところがあります。そこで待っていますとミサヲちゃん、いう。

待合せの時間がきまってから、妻が、

「お弁当つき？」

と訊いたら、「もちろん」とミサヲちゃんはいった。いつも運動会にはミサヲちゃんがおいしいお弁当をいっぱい作ってくれる。これまでフーちゃんの運動会の案内があったときは、いつもそうであった。妻は、ミサヲちゃんに「おにぎりだけでいいよ」といい、こちらは果物を持って行くからといった。ミサヲちゃんは、おにぎりのほかにいつも重箱いっぱいのおいしいおかずを用意してくれるので、そういった。

フーちゃんは、最初、電話をかけて来たとき、

「明日、運動会だけど、来られる？」

と心細い声で訊いたけれども、午前の部のはじめの方にあるダンスの「表現」というのも見てほしい、全部見てほしいとミサヲちゃんにいったらしい。それなら、全部見せてほしい。午後の部に三年の綱引きがあるらしい。それを見て帰ることにしようと話す。これで「全部見た」ことになる。ただ、次男が会社の出張で見に来られないのが残念だなと妻と話す。

五月二十七日。フーちゃんの運動会。朝から日が照りつけ、これ以上の天気はないというくらいの上天気になった。

八時二十分ごろ家を出る。読売ランド前に着いたら八時四十分。ミサヲちゃんと待合せの九時半まで一時間近くある。「ゆっくり、ぶらぶら行きましょう」と妻がいう。百合ヶ丘へ行く道から右へ折れて、坂道をのろのろ歩く。

やがて丘の上の西生田小学校の校舎が左手に近く見えるところまで来る。「創立120周年記念運動会」と書いた文字が見える。

「そうか。百二十年になるのか」

「古いんですね」

「古い学校なんだな」

と、妻と二人で感心しながら歩く。

待合せの時間よりも大分早く、九時すぎに校門に着いたので、ミサヲちゃんを探すつもりで中へ入る。運動場では、プログラムの1「応援合戦」が始まっていて、最後に元気のいい声で、

「フレーフレー赤組。フレーフレー白組」

といった。

校舎側の一段高くなった、日差しをよけた涼しそうなところにビニールシートを敷いて、ともかく席をとる。妻は、ミサヲちゃんを探しに行く。

しばらくしてミサヲちゃんと春夫と一緒に戻って来た。フーちゃんを探して歩き、三年白組の席でフーちゃんを見つけた。声をかけてから校門へ行ったら、向うから来るミサヲちゃんに会ったという。

ミサヲちゃんについて運動場の向う側にとってくれてある席へ行く。ミサヲちゃんの話では、出張で仙台へ行く次男が、朝早く来て、席をとっておいてくれた。それから仙台へ行った。

次男が早起きしてとってくれた席は、低鉄棒の並んでいるうしろ。大きな木が枝をひろげている真下の、涼しいところであった。ビニールシートをひろげて、ゆったりと場所をとってある。何よりも木かげで、涼しいのが有難い。いい場所を次男はとってくれた。それにすぐ前がフーちゃんの三年白組の見物席である。

妻の話をきくと、「三年白組」を探して歩くうちに三年生のかたまっている席へ来た。一人の女の子に、「庄野文子は？」と訊いたら、その子のとなりにいるのがフーちゃんであった。「来たよ」と声をかけたという。

フーちゃんの三年生全員の出る踊りの「荒馬」というのは、プログラムの5で、間もなく始まる。馬の首のかざりのついた、しぼりの布をまわりに垂らした竹のまるい輪の中に一人ずつ入って、ゆったりと踊りながら進むのである。

はじめにアナウンスがあって——妻からあとで聞いたのだが、これはもともと青森のねぶた祭で始まったものが、やがて各地の祭で踊るようになったといった。

手綱を持った手で自分の入っている竹の輪の前のところを押えると、うしろに垂れているしっぽが上る。踊りといっても、そんなことをしながら、ゆっくりと進んで行くだけの素朴な味わいのものである。妻は見物席の前へ出て見たので、よく分ったらしい。うしろにいた私には人の頭の間からちらちらと見えるだけであった。レコードが鳴っていたが、何か歌でもうたっていたのか、それともおはやしだけか、よく分らない。歌のようなものはなくて、ただおはやしだけが鳴っていたような気がする。

アナウンスでは、最初に「荒馬」がもともとは青森のねぶた祭で始まったという紹介があってから、

「これを元気な三年生にやってもらいます」

といった。

なるほど五年、六年では身体が大きすぎるし、一年、二年では小さすぎて頼りないだろう。フーちゃんらの三年生が、丁度いいのかも知れない。

私はうしろにいたのでよく見えなかったが、この「荒馬」でフーちゃんは、先頭に立ってリードしながら進む馬の役をしたらしい。「荒馬」のリーダーをやらされた。それを妻から聞いたときは、どうして妻のように見物席の前へ出て行って、「荒馬」を見物しなかったのだろうと後悔した。前の日、ミサヲちゃんとの最初の電話の打合せで八十メートル競走に間に合うように行くということになっていたのを、フーちゃんが「全部見てほしい」といったわけがやっと分った。恥かしがりのフーちゃんだから、自分が先頭に立って進んで行きますとはいわなかったけれども、是非私たちにも「荒馬」を見てほしかったのだろう。

お弁当のとき、私はフーちゃんに、

「あのお馬は、生徒が作ったの？」

と訊くと、何か返事をしたが、よく聞えなかった。ミサヲちゃんは、学校で用意した、どこかから借りて来たものらしいですといった。なるほど、あれだけ手の混んだものは、生徒にはとても作れないだろう。

「荒馬」のあと、フーちゃんの出るのは、プログラムの11、「ゴールをめざして」。八十メートル徒競走。今度はしっかり見物しようとゴールのうしろの席の前へ出て待ちかまえていたけれども、フーちゃんが走って来るところはよく見えなかった。何着で入ったのかも分らない。一等や二等というのではなくて、うしろの方であったらしい。

お弁当。前の日の電話で妻がミサヲちゃんに「おにぎりだけよ」とかたく念を押したのに、ミサヲちゃんは例によって重箱にいっぱい、おかずを作ってくれた。とりのから揚げどっさり、かつおの角煮、玉子焼を野菜で巻いたものにミニトマト、枝豆などが入っていて、みなおいしい。おにぎりは、鱈子と梅干が入っていた。妻は、メロンをすぐ食べられるようにして持って来た。

ミサヲちゃんは、ビニールシートの上にのせるカバーとざぶとん一枚を持って来てくれた。おかげでみんなが席を離れて一人きりになったとき、ざぶとんを二つ折りにしたのを枕に寝ころんでいることが出来た。頭の上の木の枝の間から空が見える。寛いで休息が出来て、よかった。妻は翌日、日帰りの仙台出張から帰った次男に電話をかけてお礼をいった。そのとき、妻は、

「お父さんは涼しい木かげで気持よさそうに寝ていて、いくら呼んでも起きて見に来ようとしなかった」

と話していた。

騎馬戦。妻が見に来るように何度も呼ぶので、立ち上ったけれども、よく見えなかった。勝負がつくと、アナウンスで勝った組を知らせる。「白組」というと、すぐ前の三年生の白組の女の子がとび上ってよろこぶ。これを見たさに立ち上った。

午後のプログラムの、フーちゃんの出る「ゴーゴーつなひき」を見て帰る。家に帰って、書斎のソファーで昼寝。暑い一日であった。


ブルームーンのこと。二つ残っていたブルームーンの蕾が大きくなって来た。朝、妻が見に行き、もう少しといって切るのを止めた。夕方見に行くと、蕾が少しいたんでいる。昨日、吹きまくった風でもまれたらしい。妻に話すと、二つ切って来る。書斎の机の上の清水さんのエイヴォンがひらき切っていたのと代えて活ける。


書斎の机の上の、昨日活けたブルームーン二つ、きれいにひらいた。わが家の庭にこんなばらが咲いてくれるとはといってよろこぶ。

妻は、買物の帰りに清水さんに会いに畑へ行く。清水さん、ばらと矢車草をいっぱい切ってくれた。杏子ちゃんはこの前、妻が縫って上げたひだ飾りのついた夏のワンピースが気に入って、大よろこびですと清水さんいう。

杏子ちゃんに上げたワンピースのこと。この前、朝、清水さんが来たとき、妻は縫い上げたばかりの杏子ちゃんの夏のワンピースを渡した。その日か次の日であったか、妻と成城まで行った帰り、バスを下りて、野球のグラウンドを越えて、木立の下を通って「かいじゅう」の置物のある小公園へ上って来たら、清水さんと圭子ちゃんが、妻が縫ったワンピースを着せた杏子ちゃんと一緒にいた。

清水さんは今日、圭子が連れて来たので、杏子に服を着せて「山の上」へ見せに連れて行きましたらお留守でしたといわれる。

せっかく崖の坂道を上って来て下さったのに留守で、相済まないことであった。でも、いいところで会った。杏子ちゃん、ワンピースがよく似合っていた。ところが、清水さんが杏子ちゃんに「ありがとう」といわせようとしたり、うしろ向きのところを私たちに見せようとするので、杏子ちゃんは機嫌が悪くなった。別れて帰る。圭子ちゃんはうれしそうにしていた。

庭の隅の「英二伯父ちゃんのばら」に小さい蕾が出ている。少し赤みを帯びて来た。

ブルームーンにまた二つ蕾が出て、大きくなりかけている。この間、二つ切ったばかり。ほかに一つ、小さい蕾が出ている。

六月一日。書斎の机の上のブルームーンを見て、妻は、

「きれいにひらいた。うちの庭で咲いたばらとは思えないほど」

といって笑う。

「清水さんのばらみたい」

という。二つとも、大きくひらいた。

藤棚の雉鳩が、雛を二羽、巣に残したままどこかへ行って戻って来ない。妻は心配する。雛にえさを運んでやる様子が見られない。「どうしたのかしら」と妻は気をもむ。「おなか、空かせているでしょうね」という。夕方まで親鳥は戻らなかった。

清水さんのばら。この前頂いて、玄関に活けてある清水さんの赤と白のばらがひらいた。妻と「きれいだね」といって、感心しながら眺める。

南足柄の長女に妻が宅急便に入れて送った結婚二十五年のお祝いの、妻の持っていた真珠のイヤリング、金一封などへのお礼の手紙が着いた。

ハイケイ　生田の山のご両親様。

すばらしい二十五周年のお祝いの宅急便が届き、うれしくて感激しているところです。あんなに沢山のお祝いはいただきすぎで、申し訳ないです。お父さんの仰せのように「キャベツやお魚や洗剤などに化けない」ように、しっかりと保存して、これから楽しみに計画をたてることにします。それから、お母さんが大切に使っていた真珠のイヤリング。いただいてしまっていいのですか？　一生の宝物になります。色も大きさも本当によくて、美しいイヤリングですね。何だか申し訳ないみたいです。ごめんね。そして、色とりどりのペーパーナプキンが六つも。

フォーションの金いろの紅茶の缶とグリーンのフォートナム＆メイソンのクイーンアン（名前がいいわ）、大好きなお紅茶の缶。そして何よりもうれしいお祝いのメッセージ。すばらしいお祝いの品々とお手紙を机の上に並べて、感動に浸っていました。

今まで二十五年間、古巣をとび出してから、がむしゃらに地ひびきたててつっ走って来ましたが（註・ここから亥《い》年生れで、妻の誕生日のお祝いのカードには、いつも「うしのお母さんへ　いのしし娘より」と書いて来る長女は、さながらいのししの気分で書いている）切株にけつまずいたとき、道に迷ったとき、落し穴に落ちたときは、いつもお父さんとお母さんに助けてもらい、教えてもらい、引っぱり上げてもらい、どんなにいつもいつも暖かく見守っていただいたことか。おかげさまでこうして家族一同、元気で無事で仲良く暮らしていることを仕合せに思い、感謝の気持でいっぱいです。

これからは子供たちが就職したり結婚したりで、まだまだ波乱があるかも知れませんが、あまり心配しないで見守っていて下さい。やっぱりこれからもまっすぐのケモノ道を走りつづける所存であります。

今朝、犬の散歩で森に入ったら、いのしし狩りのおじさん達が山の中に入って行くところで(註・これまではいのししの気分の手紙であったのが、ここへ本物のいのししが登場したから驚いた)、「これが昨日の晩つけたばっかりの足あとだよ」と教えてくれました。「でも今は多分、昼寝中で、見つけるのは難しいかもしれんな」といっていました。

「見つかるなよ。うまくやれよ」と心の中で応援して来たの。そうやすやすとシシ鍋にはならないよ。

ではお父さんとお母さんも忙しい六月を元気で楽しく乗り切って下さい。(註・六月には、毎月の診察〈血圧〉のほかに、大腸の検査を受けに、虎の門病院へ行くことになっている)

健康診断、きっと絶対ハナマルだから、安心して検査を受けて下さいね。さようなら!

夏子

この手紙の終りに長女はいのししが鼻息を吹き出しながら走る絵をサインのようにして書いてあった。そのいのししの下に「ババババ……」とあるのは、山の中を突進するいのししの気持になって書き入れたものだろう。

妻は、藤棚の巣の雛のところに一向に戻って来る気配のない雉鳩の親のことを気にしている。夜、「気になるから、しょっちゅう藤棚の巣を見ているんだけど、親鳥は来ないの。どうしているんでしょう？　雛は二羽ともじっとしている」という。

朝、妻が庭から戻って、

「ブローディア、二つ咲いた」

という。

一回目の散歩のときに見たら、石垣の下の道に面したプランターでブローディアの淡青色の小さな花が二つ咲いていた。清水さんが前の畑から今の畑へ移るときに、いっぱい分けて下さったブローディア。毎年、六月のいま時分になると咲く。うれしい。

午後、書斎のソファーで昼寝していたら、玄関で声が聞え、次男一家が来た。昨夜、ミサヲちゃんから電話がかかったとき、妻が「雉鳩の雛が二羽かえったよ。見にお出で」といったら、

早速見に来た。みんな藤棚の下へ行って、巣を見上げる。フーちゃんに、

「雛、見えた？」

と訊くと、うれしそうに「見えた」という。

六畳で次男から会社が今度仙台に建てた八階建のビルの開店（六月一日）のことを訊く。次男は、フーちゃんの運動会の日に日帰りで仙台へ行ってから、二日あとの二十九日に朝一番の新幹線で仙台へ行った。その日、新しいビルの落成の神事が午前中にあり、社長も出席。十二時に開店披露のホテルのパーティーに百五十人くらいのお客を招待した。その日からこの前十日間の出張に一緒に出かけた部長とビジネスホテルのツインの部屋に二晩泊り込み、三日目、夕方六時まで仕事をして、夜おそく帰宅したという。ともかく、無事に開店したことが分って、よろこぶ。

そのうちにお使いに出ていた妻が帰り、お茶にする。メロンと紅茶。

フーちゃんに、

「お父さん仙台へ行っている間、さびしかった？」

と訊くと、かぶりを振る。

次男の話では、十日間の出張のとき、仙台のホテルから毎晩、留守宅に電話をかけた。ところが、春夫は何かしらしゃべるのに、フーちゃんははかばかしく話さなかったらしい。ミサヲ

ちゃんは、「お父さんの出張でいちばんさびしかったのはお母さんとジップね」という。

フーちゃんもさびしかったに違いないが、物をいわない、無口な子だから、さびしがっているように見えなかったのかも知れない。

次男は庭の梅を見て、

「いっぱい実がなったね。いつ、採るんですか?」

と訊く。

「六月に入ってから、いつも梅雨に入る前に採る」

という。

夜、妻の話。お使いから帰ったとき、フーちゃんは書斎の机の下に隠れていた。帰ったのが分って、すぐに隠れたらしい。「あ、フーちゃん、いる」といったら、出て来た。フーちゃんは長沢の借家にいたころから、書斎の机の下へ入り込むのが好きだった。「アフリカ」といっていた。

お便所へ入ったら、窓にぬいぐるみのうさぎが立てかけてあった。お使いから帰ったとき、外からそのうさぎが見えた。「あ、フーちゃん、来ている」と思った。次男一家が帰るときになって、フーちゃんは「うさぎが無い」といって騒ぎ出した。で、

「うさぎならお便所にあったよ」といった。

朝、妻の話。昨日、春夫ちゃんが「この石、上げる」といって、小石をくれた。この前、インディアンの矢じりや化石の入った箱を次男に上げた。それで、こんな小石が好きなんだろうと思って、持って来てくれたらしい。昨日、ミサヲちゃんが、いま、うちで揚羽の幼虫を二匹育てています、一匹はもうさなぎになりかけていますといった。それで、うらの山椒の葉を切って、ミサヲちゃんに上げた。前にフーちゃんに上げた揚羽の幼虫がとまっていた山椒。ところが、帰るときになって、門を出てから、

「あ、山椒忘れた」

といって、ミサヲちゃんは取りに戻った。

四つ葉のクローバーのこと。次男一家は、昨日、ここへ来る前に西長沢公園へ行って、お弁当を食べた。そのあと、芝生のクローバーのなかから四つ葉のクローバーを探した。ミサヲちゃんは妻から今度私が毎月診察を受けに行っている梶ヶ谷の虎の門病院で、大腸の検査を受けることになったと聞いていたので、無事に検査が終りますようにというおまじないに、四つ葉のクローバーの一つを妻に渡してくれた。妻は「うれしいわ。検査の日、上着のポケットに入れて行くわ」とミサヲちゃんにお礼をいった。

石垣の下のプランターのブローディア。はじめ二つ咲いたが、次々と咲いて、いまは全部で九つ咲いている。「きれいですね」といって、妻と二人でよろこぶ。

なすのやがお米を届けに来たついでに、玄関の鉢植の、なすのやでとり寄せて植えたすみれを見て、いろいろコーチしてくれる。なすのやは草花を見ると、いま、どうしてほしいといっているのか分るのだそうだ。これは肥料を下さいといっていると、一目で分るという。

妻が、「藤棚の巣で雉鳩の雛がかえったんだけど、親鳥がどこかへ行ってしまって心配しているの」と話したら、すぐに庭へまわって見てくれた。

「もう飛びます」

という。

もう飛び立てるくらい、雛は育っているという。

朝、妻が庭から、「雛がいなくなった」という。雉鳩の巣が空っぽになっているという。

昨日、なすのやがちょっと見て、「もう飛びます」といったら、その明くる日にいなくなった。二羽とも飛び立った。

「なすのやはドリトル先生のような人ね」

と、妻がいう。

「そうだ。ドリトル先生だ」

という。

草花を見れば、いま何をしてほしいか一目で分る。藤棚の巣の雉鳩の雛を見れば、もう飛び立つとちゃんと見抜くのだから、働き者で福々しい笑顔の持主のなすのやは、まさしくドリトル先生だ。


南足柄の長女来る。前の日に電話がかかり、「明日行ってもいい？」と訊くので、「いいよ」と妻がいった。いろいろお土産を持って来てくれた。

書斎で、足柄の庭のざくろの木の洞《ほら》で、去年に続いて四十雀が雛をかえした話を聞く。洞の中の暗いところでよく見えないが、雛の黄色いくちばしが動くのが分る。親鳥が二羽、かわるがわるえさを運んでやっている。

妻が、こちらは藤棚の巣で雉鳩が雛を二羽かえして、昨日、それが飛び立ったことを話すと、長女は、「それはめでたい」といってよろこぶ。

足柄では猫がざくろの木のそばを通るので、雛に気づかれないように、長女は段ボールでかこいを作って、洞のまわりをふさいだ。

お昼に長女に食べさせようと妻は藤屋でサンドイッチとパンを買って来た。だが、長女は小女子《こうなご》と青じその漬物をのせた御飯がおいしい、おいしいといって、二杯食べた。

昨夜、電話をかけて来たとき、妻が病院で私の腸の検査が無事に済んだことを知らせると、長女はよろこんでいた。

午後の一回目の散歩から帰ると、長女は脚立に上って、梅の実を採っている。妻の話では、「梅の実はいつ採るの?」と訊くから、もう採らないといけないんだけどというと、採ろうかといい、脚立を持ち出したという。

みるみるうちに長女は梅の実を採った。有難い。梅の実を採るのは私の仕事になっているが、年とともに脚立に上って梅の実を集めるのが苦になって来た。脚立の上の段に上ると、脚立ごと倒れて落ちはしないか、心配になって来たのである。高いところの梅を採るときが怖い。長女がたちまち梅を全部採ってくれたので、助かった。

妻は、長女の採った梅を洗って、梅酒を漬けた。手早いことをやった。いつでも漬けられるように氷砂糖と焼酎を買ってあったので、長女が仕事を終って木から下りて来るまでに、果実酒用の壜に二つ、漬けてしまった。妻は、「お茶にするから、もう止めて」と長女にいう。

そのあと、庭から恵子ちゃん来る。龍太を連れてあつ子ちゃん来る。妻が「山の下」へ電話をかけて、大阪の村木が送ってくれた玉葱《たまねぎ》とじゃがいもを届けるといったら、あつ子ちゃん、なつ子さん来ているのですかといい、長女の顔を見に来た。六畳で新聞を見ていたら、恵子ちゃん何度も来て、「じいたん」と声をかける。龍太はひとりで歩いて来る。よく歩くようになった。長女帰る。妻は恵子ちゃんをバスに乗せて、駅まで長女を送って行く。恵子ちゃん、よろこんだらしい。

学校友達の村木から届いた玉葱とじゃがいもの箱にメモが入っていた。

「今年は玉葱が少なくて申し訳ありません。じゃがいもはメークインより男爵《だんしやく》の方が評判がよいので、メークインはやめました。雨が近いとかで、じゃがいも掘りに追われています」

夜、長女の届けてくれたふきと油揚の煮たのを頂く。おいしい。デザートに長女のお向いの浦野さんのくれたチョコレートケーキ。おいしい。妻は、長女にお礼の電話をかける。

朝、清水さんが畑のばらを届けてくれる。

「腸の検査済みました」と妻がいうと、よろこんで下さる。皆さん、心配して下さった。

妻は村木の玉葱とじゃがいもを清水さんに差上げる。丁度買おうと思っていたところですといって、大へんよろこばれた。

夕方、ブルームーンと「英二伯父ちゃんのばら」が咲いたというと、妻は剪定鋏を持って出て行く。途中で戻り、「明日の天気は？」と訊く。今夜から雨になるらしいというと、「それなら切ります」といい、ふたたび庭へ出て行く。

「雨になったら、花びらが可哀そう」

といい、ブルームーンと「英二伯父ちゃんのばら」を切って来る。コップに活けて、居間の食卓に置く。

「庭でもう少し大きくひらかせたいところだけど、雨に濡らすと可哀そう。これくらいが丁度いい」

と妻はいい、よろこぶ。

書斎の机の上には、清水さんの届けてくれたエイヴォン一つ、大きくひらいた。

「いいなあ」

といって、よろこぶ。

ブローディアのこと。石垣の下のプランターのブローディアが咲き揃った。五つ並べたプランターの五つとも、ブローディアの淡青色の花が咲いている。

最初に二つ咲いて、それから次々と咲いた。雨の中に立って、眺める。有難う。

居間の卓上でコップに活けてあったブルームーンと「英二伯父ちゃんのばら」を妻は書斎の机の上に移す。ブルームーン、大きくなった。「英二伯父ちゃんのばら」は赤い。これも少し大きくなった。

「切ってよかったね」

と妻はいう。

なすのやが南足柄の長女へ送る宅急便を取りに来てくれたとき、玄関の腰かけに坐ってもらって、用意してあったコーヒー(冷)を出した。そのとき、妻は、この前、なすのやさんに雉鳩の巣の雛を見てもらったら、「もう飛びます」といった、その翌朝、雛が二羽巣立ちましたと報告した。なすのやは何もいわなかったらしい。

妻は、飛び立った雛がどこにいるんでしょうねといって、気にしている。親鳥が雛を連れて庭へ来てくれるといいのにといっている。

妻と有楽町マリオンの朝日ホールへ剣幸とピアニストの上原由記音のコンサートをききに行く。早く着きすぎたので、入口の向いの書道展を覗いてみる。いい字のが目立った。いま、おばあさんの先生のところでお習字をしているフーちゃんが、大きくなってから、こんな書道会に入って習字を続けたらいいなと妻と話す。フーちゃんは習字が好きで、先生が花マル印をつけてくれたお習字を私たちはときどきミサヲちゃんから分けてもらう。のびやかで力強い字を書く。

開幕のぎりぎり前に阪田寛夫が来る。上原さんのピアノから始まる。パリの学校を卒業したあとスペインへ行って、スペインの作曲家、ピアニストに師事して、スパニッシュ・ピアノを学んだ人。話し方も真面目で落着いていた。

ウタコさん（剣幸）は、宝塚にいたとき主役をした「ミー＆マイガール」の歌で始める。あと「雨に唄《うた》えば」「リリー・マルレーン」などを歌った。気持のいいコンサートであった。

終って、阪田と三人で、いつも宝塚を見たあとみんなで行く立田野へ。みつ豆を食べる。阪田は、昔、子供のころ大阪の家にあった燭台《しょくだい》つきのピアノが、貰われて行った先の学校でも要らなくなり、一時は雨ざらしになっていたのを修理して、童話作家の工藤直子さんの伊豆の別荘へ引取られたこと、先日、そこへ河出書房新社から出た阪田の『どれみそら』の本に関係した人たちに来てもらって、披露の会をひらいた話をする。私は、

「よかったね。お父さん、お母さんのいい供養になったね」

といって、よろこぶ。工藤直子さんは、阪田寛夫が『どれみそら』の中で、音楽、子供の歌と自分とのかかわりを語ったとき、きき手になった方である。行き場のなくなった古いピアノ

をこの人が引取ってくれた。

ピアノを運び入れる日、廊下が曲り切れなくて、外からクレーンで吊り上げて、二階の窓から室内へ入れましたと阪田がいった。

立田野のあと阪田と別れて、茅ヶ崎の入江観さんから案内を頂いた「日本秀作美術展」を見に日本橋高島屋へ行く。入江さんは「サンジェルマンの道」。フランスの景色らしい。気持のいい絵。

夕食のとき、妻と、「ウタコさんの人柄の出た、親しみのあるいいコンサートだった」といって、よろこぶ。

午後、妻と生田駅前まで出かける途中、道ばたの崖に山あじさいが咲いているのに気附いて、立ち止る。

「山あじさいだな」

「そうですね」

「きれいだなあ」というと、妻も、

「きれいですねえ」という。

夕方、雨の止んだ庭へブルームーンを見に行く。一つ咲きかけている。もう一つ、蕾がある。

これは大きくなるまでもう四、五日かかるかも知れない。

午後、この前、南足柄の長女が来たとき、預かっていたかますの干物と村木からの玉葱、じゃがいもを持って、ミサヲちゃんのところへ届けに行く。

春夫がいた。残念なことにフーちゃんは今日は六時間授業の日で、まだ学校から帰っていなかった。ミサヲちゃん、おいしいお茶をいれてくれる。

壁ぎわに鳥かごのようなものがあり、その中に茶色の蓋のついた箱がある。それが今度買ったハムスターのねぐらだという。来月、フーちゃんのお誕生日が来るので、お祝いに何がほしいといっていたら、たまたまジップのロープを買いに行った店でハムスターを見つけ、これが欲しいとフーちゃんがいった。自分で世話をすることを条件にして一匹、買ったんですとミサヲちゃんが話してくれた。

春夫がねぐらの箱をあけて、ハムスターをとり出して、私たちに見せる。ねずみの一種。あと一月くらいでもう少し大きくなるらしい。その小さなハムスターが部屋の壁に沿って動きまわる。春夫が追いまわす。こちらは、春夫がうっかりハムスターを足の裏で踏みつぶしはしないかと、はらはらする。

ミサヲちゃんの話。ふみ子は本を読むのが好きで、学校の図書室で借り出した、子供向きの伝記シリーズの『ファーブル』を、いま読んでいます。夜、日記を書いてから、また読む。学校へ持って行って、学校でも読んでいるらしいです。学校から帰って、すぐ読み出します。

フーちゃんの最近の習字が三枚、壁に貼ってある。「みどり」が二枚、「山下」が一枚。「みどり」の一枚を分けて貰って帰る。のびやかな、いい字。

夕方、清水さん来て、ブローディアとばらの花束を下さる。お国の伊予から届いた夏みかんも下さる。

清水さんのブローディアとばらを頂いて、家のなかにお花が溢れる。玄関にはうすい色のばらを一つにまとめ、濃い色のばらを一まとめにして活ける。書斎のテーブルにはブローディアがいっぱい。妻は庭のブルームーンが一つ、咲きかけているのを切って来て、居間の食卓に活ける。「うちのばらとは思えないわ」といってよろこぶ。

# あとがき

子供が大きくなり、結婚して、家に夫婦が二人きり残されて年月がたつ。孫の数もふえて来た。もうすぐ結婚五十年の年を迎えようとしている夫婦がどんな日常生活を送っているかを書いてみたいという気持が私にあり、それが「新潮45」の亀井龍夫さんに分って、「貝がらと海の音」を書くことになった。

一回目に崖の坂道を疾走する小さなとかげを二人で見つけて驚く場面が出て来る。このよく走るとかげに勢いをつけてもらったのだろうか。おかげさまで十二回分を無事に書き上げることが出来た。

この小説は一九九五年一月から十二月まで「新潮45」に連載した。その間、担当の矢代新一郎さんには細かなところに気をつけてもらって、格別お世話になった。畑で丹精したばらを届けてくれる近所の清水さん、お惣菜を小鉢に入れて分けてくれる古田さんを始め、この物語に登場して花を添えてくれた皆さんに感謝したい。
最終回に庭の藤棚の巣でかえった二羽の雉鳩が巣立つ場面が出て来るのも、いいめぐり合せであった。今はどこにいるか知れないその雉鳩にも「ありがとう」といいたい。

一九九五年十二月

庄野潤三

P+D BOOKS ラインアップ

東京セブンローズ（上） 井上ひさし ●戦時下の市井の人々の暮らしを日記風に綴る

東京セブンローズ（下） 井上ひさし ●占領軍による日本語ローマ字化計画があった

天上の花・蕁麻の家 萩原葉子 ●萩原朔太郎の娘が描く鮮烈なる代表作２篇

海軍 獅子文六 ●「軍神」をモデルに描いた海軍青春群像劇

若い人（上） 石坂洋次郎 ●若き男女の三角関係を描いた〝青春文学〟の秀作

若い人（下） 石坂洋次郎 ●教師と女学生の愛の軌跡を描いた秀作後篇

P+D BOOKS ラインアップ

終わりからの旅（上） 辻井喬 ●異母兄弟の葛藤を軸に、戦後史を掘り下げた大作

終わりからの旅（下） 辻井喬 ●異母兄弟は「失われた女性」を求める旅へ

ある女の遠景 舟橋聖一 ●時空を隔てた三人の女を巡る官能美の世界

居酒屋兆治 山口瞳 ●高倉健主演映画原作。居酒屋に集う人間愛憎劇

父・山口瞳自身 山口正介 ●作家・山口瞳の息子が語る「父の実像」

硫黄島・あゝ江田島 菊村到 ●不朽の戦争文学「硫黄島」を含む短編集

P+D BOOKS ラインアップ

大陸の細道
木山捷平
●世渡り下手な中年作家の満州での苦闘を描く

変容
伊藤 整
●老年の性に正面から取り組んだ傑作長編

ア・ルース・ボーイ
佐伯一麦
●〝私小説の書き手〟佐伯一麦が描く青春小説

淡雪
川崎長太郎
●私小説家の〝いぶし銀〟の魅力に満ちた9編

時代屋の女房
村松友視
●骨董店を舞台に男女の静謐な愛の持続を描く

北の河
高井有一
●抑制された筆致で「死」を描く芥川賞受賞作

P+D BOOKS ラインアップ

子育てごっこ　三好京三
●未就学児の「子育て」に翻弄される教師夫婦

喪神・柳生連也斎　五味康祐
●剣豪小説の名手の芥川賞受賞作「喪神」ほか

宣告（上）　加賀乙彦
●死刑囚の実態に迫る現代の〝死の家の記録〟

宣告（中）　加賀乙彦
●死刑確定後独房で過ごす青年の魂の劇を描く

宣告（下）　加賀乙彦
●遂に〝その日〟を迎えた青年の精神の軌跡

貝がらと海の音　庄野潤三
●金婚式間近の老夫婦の穏やかな日々を描く

P+D BOOKS ラインアップ

| | | |
|---|---|---|
| 時の扉（上） | 辻 邦生 | ●自己制裁の旅を続ける男が砂漠で見たものは |
| 時の扉（下） | 辻 邦生 | ●愛のエゴイズムを問い続けた長篇完結へ |
| ばれてもともと | 色川武大 | ●色川武大からの〝最後の贈り物〟エッセイ集 |
| エイヴォン記 | 庄野潤三 | ●小さな孫娘が運んでくれるよろこびを綴る |
| 鉛筆印のトレーナー | 庄野潤三 | ●庄野家の「山の上」での穏やかな日々を綴る |
| さくらんぼジャム | 庄野潤三 | ●小学生になったフーちゃん。三部作最終章 |

P+D BOOKS ラインアップ

海市　福永武彦
●親友の妻に溺れる画家の退廃と絶望を描く

風土　福永武彦
●芸術家の苦悩を描いた著者の処女長編作

夜の三部作　福永武彦
●人間の〝暗黒意識〟を主題に描く三部作

夢見る少年の昼と夜　福永武彦
●〝ロマネスクな短篇〟14作を収録

加田伶太郎 作品集　福永武彦
●福永武彦〝加田伶太郎名〟珠玉の探偵小説集

廃市　福永武彦
●退廃的な田舎町で過ごす青年のひと夏を描く

（お断り）

本書は２００１年に新潮社より発刊された文庫を底本としております。あきらかに間違いと思われるものについては訂正いたしましたが、基本的には底本にしたがっております。また、一部の固有名詞や難読漢字には編集部で振り仮名を振っています。本文中に牧夫、八百屋、インディアンなどの言葉や人種・身分・職業・身体等に関する表現で、現在からみれば、不当、不適切と思われる箇所がありますが、著者に差別的意図のないこと、時代背景と作品価値とを鑑み、著者が故人でもあるため、原文のままにしております。差別や侮蔑の助長、温存を意図するものでないことをご理解ください。

庄野潤三（しょうの じゅんぞう）

1921年（大正10年）2月9日—2009年（平成21年）9月21日、享年88。大阪府出身。1955年『プールサイド小景』で第32回芥川賞を受賞。「第三の新人」作家の一人。代表作に『静物』『夕べの雲』など。

P+D BOOKS

ピー プラス ディー ブックス

P+Dとはペーパーバックとデジタルの略称です。

後世に受け継がれるべき名作でありながら、現在入手困難となっている作品を、

B6判ペーパーバック書籍と電子書籍で、同時かつ同価格にて発売・配信する、

小学館のまったく新しいスタイルのブックレーベルです。

# 貝がらと海の音

2021年1月19日　初版第1刷発行
2024年9月11日　第4刷発行

著者　庄野潤三
発行人　五十嵐佳世
発行所　株式会社　小学館
〒101-8001
東京都千代田区一ツ橋2-3-1
電話　編集　03-3230-9355
販売　03-5281-3555
印刷所　大日本印刷株式会社
製本所　大日本印刷株式会社
装丁　おおうちおさむ（ナノナノグラフィックス）


ISBN978-4-09-352408-7

P+D BOOKS